Blue Balliett

HOLD FAST

钻石谜踪

[美] 布鲁·巴利埃特 著
子淇 译

HOLD
FAST

人民东方
People's Orient
東 出版社
The Oriental Press

献给杰登，感谢他把自己的世界毫无保留地呈现给我，并且提供给我难忘的信息。

家（Home），中世纪英语和古英语中分别拼写为 hom 和 ham。

名词，和家人或者朋友一起居住的地方，温馨的港湾，舒适而充满珍贵回忆的地方。

据统计，2012 年学年末，芝加哥有将近 20000 名孩子无家可归，这个数字还不包括芝加哥周边的郊区。20000，这个数字意味着什么呢？咱们不妨数出 20 枚硬币，假设每一枚硬币都代表着一个孩子，然后，再数出 1000 组，这，就是我们无家可归的孩子的数量。

时间（Time），中古英语中写作 tima。

名词，物质运动中的一种存在方式，由过去、现在、将来构成的连绵不断的系统。是物质的运动、变化的持续性、顺序性的表现，由一套数字系统进行计量。

失去（Lost），在中世纪英语和古英语中分别写作 los 和 losod。

形容词，丢失，不再存在，没有了。

2003 年 2 月 16 日，欧洲发生一起史上最大的钻石抢劫案，4 名抢劫嫌疑人落网，但是宝石却不知所踪。钻石是在地球深部高压、高温条件下，经过漫长的时间，形成的一种由碳元素组成的单质晶体，是迄今为止人类发现的最坚硬的物质。它看起来是透明的，但是却隐藏着彩虹中有的所有色彩。因为其坚硬，它往往被用来当作承诺的象征，但却不知道，承诺也可以打破。

目　录

第 1 章　爸爸失踪了

Click，词根不明。

名词，“咔嗒”声。短促刺耳的声音，一般是机械装置发出的声音，比如摄像机或者电脑发出的声音。作动词使用时，表示选择、严丝合缝地贴合在一起。

冰冷的世界：2011 年 1 月的第三周

这是有史以来最寒冷、最黑暗、最让人痛苦的一个冬季，即便是在芝加哥城那些人看来亦是如此。光和温暖似乎已经永远离去了，人行横道和街道被厚厚的雪和一块块冰覆盖着，已经看不出原来的样子。人们都不说话，只听见铁锹铲雪的时候发出的声音，他们等着犁雪机的到来，但看来犁雪机永远也不会来了。凛冽的狂风已经连续刮了几个星期，人们似乎已经忘记在没有风的日子里是怎么走路的了。现在，风刮得人们东倒西歪，走一条直线是那么困难，人们在大风中只能弯腰前行。在这样的冬季，死亡的脚步越来越近。有家的人们窝在家里不愿出门，而那些没有家的人们则后悔父母生下他们，让他们在人间受罪。

在这个让人难忘的一月的下午，狂风猛吹着这个城市，在零度的温度下，人冻得跟石头似的。突然，传来了尖锐的刹车声、尖叫声和撞击声，车轮在雪中快速旋转着，一辆蓝色的自行车撞上了一辆卡车，被压在了卡车的下面，荷兰豆、西红柿和橘子从购物袋中飞到了雪里。

下午 1:11，一个男人在吃午饭时看了一下时间——下午 2:22，他把书放在书架上，然后推过一辆小推车。他看了一眼手表，点点头笑了。下午 3:33，他穿上夹克，同时看了看表上显示的时间，3:33，一溜儿“3”，再次点了点头。戴上一顶黑色的能遮住耳朵的帽子，他走进休息室，在一个小记事本上写下了什么，写这些花费了他一些时间。“是什么节奏呢，兰斯顿？”在离开这座建筑物的时候，他一边走一边低声嘟囔，“是什么节奏呢？”

下午4:44，警察接到了报警电话，电话是从伍德劳恩南郊的一座电话亭打来的。报警者称发生了一起交通事故：一辆自行车和一辆没有牌照的运货卡车相撞。几分钟后，警车抵达现场，却发现现场很诡异。周围没有找到目击者，这也很正常，这几周来附近的街道经常空无一人。那天下午没有人见过骑自行车的那个年轻男人，人们只见到他的自行车、他买的那些食品和他的小记事本，那个记事本是在附近的一辆汽车底下发现的。还有三个街区他就到家了，他应该是在回家的途中到商场买了些食物。

那辆卡车也不见了，地面上坚硬光滑的冰层没有留下任何痕迹和脚印，现场也没发现血迹。

“离奇失踪”，多么悲惨的四个字啊，它们意味着什么呢？4:44，这个时间又意味着什么呢？仅仅是由三个“4”组成的时间单位吗？还是说，它意味着一个四口之家在一个人离去之后仍然还是四个人？失踪的那个人是以灵魂的形式存在于那剩下的三人中吗？

全家福

手机中出现一张照片，是一张全家福：达什尔·珀尔和他的妻子萨姆、女儿厄尔丽、儿子朱比雷森。他们住在伍德劳恩，这个地方原来是芝加哥最有势力的黑帮的地盘儿，曾经，人们对这个地方都怀有敬畏之心。如今，伍德劳恩只是一个安静的、普通的居民区。这家人排成两列，整齐地坐在一栋楼的台阶上，孩子在前面，爸爸妈妈在后面，爸爸妈妈的膝盖碰着孩子们的后背，四个人的手紧紧握在一起，冲着镜头微笑着。爸爸的肤色是白色的，妈妈的肤色是黑色的，两个孩子一个是深褐色皮肤，一个是浅褐色皮肤。这个家庭成员的眼睛有三种颜色：绿色、琥珀色和金黄色。

照片里缺了爸爸

一般都是达什尔照相，所以他很少出现在照片中。这一张是儿子朱比依偎在妈妈萨姆的怀里，听妈妈大声给他读安·卡梅隆的《朱利安讲的故事》；这一张是厄尔丽躺在地板上，枕着一个枕头，正在读罗尔德·达尔的《好心眼儿巨人》，栗色的长发披散在蓝色的枕头上；这一张是一堆书，书脊正对镜头。

记忆中的爸爸

达什尔·珀尔从孩子们一出生就给他们大声读书，他是一个热爱文字的人，像热爱颜色、美食以及空气那样热爱文字。他曾经跟女儿厄尔丽说，文字无处不在，文字为所有人而存在。“它们是用来选择、欣赏、保留和给予的，它们是无价的珍宝。”这句话，厄尔丽不止一次从爸爸的口中听到。尽管那时候她还不知道“无价”是什么意思，但是从爸爸郑重的口气中她听明白了其中的含义。小时候，厄尔丽经常跟爸爸玩儿一个游戏，游戏是这样的：达什尔把自己的手臂伸开大声喊道：“文字是自由的/免费的，并且取之不尽！”然后，刚学会说话的厄尔丽就用她稚嫩的嗓音跟着喊：“自由/免费！取之不尽！”

每当达什尔坐下给孩子读书之前，他都会先把书打开放在自己的腿上，然后冲旁边的厄尔丽或者朱比悄声说：“文字是……”孩子们就会悄声接上后面的几个字。然后，达什尔才开始读书上的故事。那几个字中有 ee 和 if 在里面（达什尔说的那句话的英文是：Words are free and plentiful! Free 这个单词中有 ee 两个字母，plentiful 中有 if 两个字母。——译者注），厄尔丽觉得它们让这句话有飞翔的感觉。音节就是有骨节有羽毛的翅膀，没有重量但很重要。

梦想中的家

这是离他们现在住的地方很近的一所房子，这所房子是他们梦想中的家的样子。这是一座两层的小楼，有着很陡峭的屋顶和乳黄色的墙壁。房间里挂着白色的窗帘，一只猫咪正从窗帘的缝隙探出头往外看。房子的大门是绿色的，那种松树苍翠的绿；门前的台阶是浅浅的绿色，有点像初春那种青青的绿色。门廊上有一把摇椅和一个有些年头的老秋千，不管刮风下雨都可以在上面玩耍。院子里种着玫瑰，每年夏天都会开满红色的花朵。到了冬天，院子里会多一个大雪人，它有着胡萝卜做成的鼻子。珀尔一家经常在房子外面停下，然后注视着这所房子。

达什尔说："总有一天，我们也会有一所这样的房子，我们会有很多可以读书的地方，还可以楼上楼下地跑着玩儿。"说完，他愉快地笑了。

"而且会有独立的餐厅和卧室，这样我们就有了独立的空间，就可以保有自己的小秘密了。"妈妈萨姆补充道。

"比如说什么样的秘密？"朱比叽叽喳喳地说，"我喜欢秘密！"

"什么样的秘密都可以啊。"萨姆柔声说道，眼睛里是满满的渴望，"一些很可爱的小秘密，可以给你爱的人带来惊喜的小秘密。"

朱比忽地一下明白了："比如礼物！"

"是的，亲爱的。"

厄尔丽正忙着数房子前面的什么东西："如果咱们家有这

么一所大房子，我会从每扇窗户往外看风景。噢，这所房子有20扇呢！然后我会在前面的篱笆边上立一块牌子，在牌子上每天写一句话，让每一个路过并看到它的人都能记住他。”

达什尔笑了，说：“你不愧是我的女儿，厄尔丽，你的想法太棒了！我正在努力，争取咱们能早点搬进和这所房子一样温馨的家，我为自己能完成这样的梦想而自豪。到时候，我和我的姑娘还有小宝宝们，就可以有一个自己的家了。”说完，他将胳膊伸过去拥住萨姆，并且轻轻吻了一下她的脖子。

“小宝宝？在哪里？我怎么看不到？”只有4岁的朱比问。

“哎，你们俩注意下场合好不好？”11岁的厄尔丽无奈地说。

达什尔和萨姆笑了一下，没有说话，四个人都静静地看着那所房子。

“如果我们要连续一年，不，两年，连续两年只能吃豆角和蔬菜，来得到这所房子，你能做到吗，朱比？”姐姐问道。

朱比点了点头，走到爸爸身边牵起爸爸的手：“只吃豆角和蔬菜。”

窗里的猫咪忽然把爪子按到玻璃上，好像是在欢迎他们进去。

小小出租屋

珀尔一家在他们可承受的范围内，租了一间尽可能大的屋子。那是一间只有一个房间的屋子，从那间屋子出来往上走两段楼梯，然后右转，经过一个长长的、头顶上只有一个光秃秃灯泡的过道，就到达他们家的大门口了，大门是陈旧的银灰色，门旁边有一行整洁的、幼稚的笔迹：欢迎到我家来。在这句话的下面是一个图案，弯弯曲曲好像浴缸的图案里面有四个小圆圈，这个图案其实是这样的：一个贝壳中有四颗小珍珠。

一走进他们家，你就会发现这是一个小小的，但令人感到温馨和快乐的地方：厨房在一个小小的角落里；对面的角落里是一个仅能容纳一个人的小卫生间；一张双人床床垫铺在地板上，一个散发着阳光味道的大被罩将床垫和其余空间分隔成两个世界；两个整洁的卷起来的睡袋。这个房间唯一能看见外面风景的窗户下面有一堆泡沫垫子。从这扇窗户往外看，能看见一片天空和一块空地，那块空地是高高的杂草和小动物们的乐园，比如老鼠。这个房间还有一扇窗户，在厨房的洗碗池的上方，窗户外面是一堵墙，上面长满了绿色的青苔，青苔上开满了细碎的深红色的小花。

十几个颜色鲜艳的枕头整齐排列在房间的周围，地板上点缀着颜色漂亮的小塑料方毯：红色的、黄色的，还有蓝色的。几盏灯静静地待在几张小桌子上，这些桌子不是普通的桌子，而是由堆在一起的大百科全书组成的，外面缠绕着警察用的黄色的警戒线。靠近厨房的地方有一张咖啡桌，周围有几张低矮的椅子，这些矮矮的椅子是塑料的牛奶箱做成的，上面铺着已经没有海绵的垫子。这个屋子里，只有床上用品是买来的，其他的东西大都是从别人不要的旧物里捡来的或者自己做成的。

每一样东西都是可以再利用的。“我们让每一样东西的价值都发挥到了最大。”达什尔骄傲地说。“的确是的。”萨姆笑着说。吃完晚饭，朱比会在桌子底下爬来爬去，他说他玩儿的这个游戏叫作“卡车钻隧道”，胳膊肘上还粘着一条意大利面条儿。“你这个是胳膊肘式意面吗？”爸爸笑着说。

达什尔将手伸进衣服口袋，“咔嗒”，胳膊肘也成了一个故事。

爸爸的工作

达什尔每天早上骑自行车去上班，风雨无阻，他会一直骑到火车站，然后坐上火车到芝加哥市中心的公共图书馆——哈罗德·华盛顿图书馆。他在图书馆六层的历史与社会科学部工作，这是一个混杂着事实真相、故事和传说的部门，很有趣。达什尔已经在这里工作了两年多了，负责将图书分类并放在相应的书架上，但是其他的图书管理员很快就发现达什尔是一个很博学的人，是一个天才的思想家和如饥似渴的知识吸收者。他们知道达什尔梦想着有一天能考取图书馆科学学位。

在图书馆工作意味着你要知道如何找到几乎所有问题的答案，它还意味着你要知道什么类型的读者喜欢读什么样的书，还要做到及时补充新的信息和知识。达什尔很喜欢这份工作，并且有过目不忘的本领，什么事情，只要他见过或者听过一次，就不会忘记，“咔嗒”，那件事情就储存在他的大脑里了。他无疑是一个高智能的资料库。

爸爸的身世

爸爸达什尔和女儿厄尔丽都有在随身携带的笔记本上写东西的习惯。厄尔丽和爸爸一样，都会把让她感到惊奇的事情记录下来。珀尔家有一个名言记录本，记录一些名言警句，还有一个单词本，可以记录下他们喜欢的单词和这个单词的一部分定义。如果是朱比选择了一个单词，其他三个人会帮忙记录下来，因为朱比太小，还不太会写字。

单词本的最后26页是拟声词清单，每一页上写着26个字母中的一个，你可以在相应的位置写下你发现的拟声词。

"拟什么?"厄尔丽没听懂"拟声词"这个单词，这是她头一回听到这个词。她喜欢以C、B、I和S开头的词。厄尔丽从爸爸那里懂得，字典是一部能量超强的被低估了的书。首先，字典上有世界上最简短的故事，这些故事有自己的发音，有变化的形式，有自己的历史和神秘之处。随便翻开一页找到一个单词，你可以发现它的多种意思，然后根据需要选择自己需要的那个解释。当你把一个单词写进单词本，你还可以选一条自己喜欢的解释写进去，这就像在一座花园里采摘花朵，你不需要摘走所有的花，只选自己喜欢的就行。

"看见喜欢的就记下来，这样你就成为了那些故事的一部分，反之亦然。"达什尔说。厄尔丽不知道爸爸说的那些是怎样实现的，但是她知道了这样的信息：单词是有生命的。

达什尔说单词有自己的发展历史，有的都有数百年甚至几千年的历史了。它们来源于中古英语、古英语、拉丁语、希腊语、梵文以及其他语言，在这些单词中存在一些"词根"，"词根"属于单词的一部分，就像蔬菜的根一样。并不是所有单词都能找到"词根"，这样的单词在字典上会标记为：词根不可考。每回珀尔家族的人在单词本上记一个新词，达什尔会说："又一个单词被收养了，欢迎你来到新家!"

"每一个被'收养'的单词会感受到被爱的。"达什尔跟女儿说，挠了挠右耳朵，他一高兴就会做这个小动作，"语言会回应你的，知道吗?"他说这句话的时候，厄尔丽正在纸上画一个长长的、弯曲的单词，那单词里的字母，有长长的"O"，有张着嘴的"C"或者"U"。他接着说："如果一个单词长时间不被使用，它就会死去，然后消失。这种情况一般是正常的，每个单词都会有自己的时代，不久，就会有新的单词诞生。”

那是一个普通的星期六，但在知道那件事情之后，这个星期六就不再普通了。当时，厄尔丽正在单词本上添加“收养”和“调节”两个词，爸爸忽然跟她说，在还是一个婴儿的时候，他就被收养了，就像一个单词，被他们“收养”进单词本。

听到这个消息，厄尔丽的世界瞬间摇晃了几下，她费了很大的劲才调整过来：“你的爸爸妈妈怎么了？他们都去世了吗？为什么会把你给别人养？”

达什尔看起来有一瞬间的失神，他轻轻地说：“我也想知道呢。也许这就是我为什么这么喜欢单词的原因，每个单词都有好几种意思，还有自己的词源。我总是在想我的亲生父母，想象他们长什么样儿，有什么样的嗓音，但是我想象不出来。我是一个没有根、没有故事的人。珀尔夫妇收养了我，但是却在我3岁的时候死于一场火车相撞事故，我只记得和他们生活的几个有限的细节——有很高护栏的婴儿床和一只橘黄色的猫。后来，我被许多家庭收养过，有的家庭给了我爱，有的家庭没有。”

“你是一个秘密，也是一个超大家庭的一员！”厄尔丽连忙说，想安慰一下爸爸。

“是的，没错儿！”达什尔冲女儿笑了笑说，“我喜欢你的说法。现在你知道你们三个对我来说有多么重要了吧，你们让我的存在更有意义，这也是我为什么这么渴望有一个属于自己的温馨的家，这是我这辈子最大的愿望！”

厄尔丽拿过单词本，写下“更有意义”（critical）这个单词，她喜欢这个单词清脆而柔和的发音，听起来像一顶最神气的王冠，她在心里想象着这顶王冠放在哪里最合适，她想到了灰姑娘的玻璃鞋，但很快就否定了……直到“咔嗒”一声，这顶王冠落在了爸爸的头上，她瞬间觉得圆满了。

名字的由来

厄尔丽出生的时候，她的父母还上高中呢！爸爸妈妈给她取这个名字，有“承诺的惊喜”的含义，取这个名字，表示爸爸妈妈对她的到来很期待、很高兴。

达什尔喜欢这么说：“所以呢，厄尔丽·珀尔意味着准备好了的美丽，有了你，我们还有什么不满足的呢？”他还说，厄尔丽出生的时候，他和萨姆都觉得自己是世界上最幸福的人了。

名字的故事

“什么！那我呢，我的名字呢？”朱比偶然听到爸爸这样说，连忙大声问道。

达什尔笑着说：“那你觉得我和妈妈为什么给你取名叫朱比雷森呢？”他拿来字典，查到那个词，并且把词的意思大声念出来。这个词是从一个拉丁动词演化而来的，这意味着这个词已经有一千多年的历史了，当人们无忧无虑地庆祝什么的时候会用这个词。这个是很响亮、寓意着幸福快乐的词。听完达什尔的解释，朱比很为自己的名字感到骄傲，他高兴地喊道：

"响亮！幸福！快乐！"

"一个人的名字会影响他将来成为什么样的人，"达什尔接着解释，"拿你们妈妈的名字打个比方，你们的妈妈叫萨姆（英文是Summer，summer是夏天的意思。——译者注），萨姆这个词会让人想到快乐和完美，想到夏天飞舞的萤火虫、树上唧唧叫的小昆虫们、湖边和朋友的野炊、很多很多的阳光和蔚蓝温柔的天空，就像旁边这位完美而伟大的女人！"萨姆听他这样说，不好意思地拍了达什尔一下，达什尔狡黠地笑了。

"那'达什尔'呢？"厄尔丽问道。

"噢，这个名字有很多意思，比如闪光。"达什尔说，还眨了一下眼，"这个名字来自法语 *de chiel*，意思是小听差或者原来有钱人家的用人，而我现在在图书馆为读者服务，这个名字可真准啊！但是dash（达什）这个单词现在的意思是：你准备好了吗？这是一个带有狂热意味的词，词源是中古英语中的动词dasshen，意思是通过击打、敲打或猛扔出去使什么东西遭到破坏。"达什尔合上字典，然后把字典挑在一根手指上，看着两个孩子问道："把这个字典扔出去，怎么样？"

"不要扔啊！"孩子们高兴地喊道，萨姆则柔声说了一句："达什！"嗓音里有淡淡的警告意味。（萨姆有时会叫达什尔"达什"，这是一种更为亲密的称呼。——译者注）

"别担心，我开个玩笑。"达什尔咧嘴笑了笑，"咱们继续！我的名字做名词用的时候有下面几种意思：很猛烈的爆炸或者飞溅的水；用钢笔画出的东西；破折号；小小的但是很重要的量词，比如一撮盐；突然而来的冲动；短而快的竞赛；著名的摩尔斯电码的组成部分：摩尔斯电码全是由圆点和破折号组成的。哇噢！这个词的意义好丰富啊！祝我好运吧！"达什尔的话把其余三个人都逗乐了。

这就是这个家里所有人的名字的故事，这些名字和与其相关的生命还有家，紧紧联系在一起。

四人一体

做了父母以后，达什尔和萨姆觉得“爸爸”和“妈妈”的称呼太没有个性，于是他们想了很多名字，最后选定了“达什”和“萨姆”。等他们家庭的第四名成员出生以后，他们的名字连在一起就是 dashsumearlyjubie（此处不适合翻译成中文，因为后面提到的是这四个名字连在一起的节奏和读音，翻译成中文就失去了原来的意义。——译者注），连在一起读朗朗上口，如珠落玉盘，清脆好听，萨姆说，这声音就像冰箱贴吸到冰箱上发出的悦耳的“咔嗒”声。四个人的名字连在一起，是分不开的一个整体。

在每一本字典和家里比较特别的书里面，达什尔都会用整洁、弯弯曲曲的笔迹写上 dashsumearlyjubie 这个词组。世界上有很多姓珀尔的家族，但是只有一家是 dashsumearlyjubie。

爸爸的理想

家里的每一个人都知道这个计划：达什尔要考取他期望的学位。等朱比上幼儿园了，萨姆就可以在附近找份全日制的工作了，然后，等达什可以全职上班以后，她也会去上大学，她想考取咨询顾问的学位，这样她就可以帮助那些得不到足够建议和支持的青少年了。总有一天，他们会拥有自己的家，在每天的工作和学习结束后，他们就回家，回到一个永远属于他们的地方。厄尔丽很喜欢听爸爸慢悠悠地说出“回家”两个字，这两个字在她听来是那么动听。

这个梦想和计划是他们家拥有的最宝贵的财富，虽然它看不到，但是它在这个家中是牢不可破的，就像一条充满希望的大道，那条阳光大道就在那儿等着，它是他们的，是他们的梦想所在。

爸爸的老师

达什尔喜欢给孩子们讲他最喜欢的一位老师的故事，那位老师的名字叫斯吉坡·卫福（英文名字为 Skip Waive，如果取意译的中文意思，可翻译为“不要放弃”。——译者注），在芝加哥南部的一所学校任教，他是一个年轻的诗人。斯吉坡·卫福老师是一个性格坚韧的老师，精瘦精瘦的，像一根电线杆，肤色苍白，上课的时候会使用一面小国旗当教鞭。他还是一个少年的时候曾经几次被警察逮捕，但不管怎样，他后来总算改邪归正并且考入了大学。他没有说为什么他会突然转变，他没告诉过任何人这其中的原因。

“我并不是不尊敬国旗。”他说，把国旗别到一只耳朵后面，“而是咱们的国旗是我能想到的最实用的工具了！它不应该被放到角落里，我这样做可以物尽其用。”当他用国旗当教鞭指向黑板的时候，晃动的国旗就会成功吸引每个人的注意力。但是国旗有时会出一些状况，一次，它勾破了斯吉坡·卫福老师的领带，有的时候还会被成堆的粉笔压在下面。斯吉坡·卫福老师的声音有一种魔力，能让听他讲课的学生安静下来用心听讲。达什尔说那就像一连串流畅的音符，好像卫福老师说出来的话一辈子只有一次机会听到，那些信息就像闪光的宝石一样珍贵，会让你觉得如果错过这些话，简直就是愚蠢透顶。孩子们相信，卫福老师讲给他们听的内容会改变他们的一生，每一个数字和文字都至关重要，它们是万能的工具，有各种用途，你可以尽情使用和拥有它们，没有必要去偷。

“我就是催化剂，我只教给你们方法，你们把方法拿去用。”他总是喜欢这样说。

卫福老师认为韵律、数字和文字都是同一事物的组成部分。他说数学是一门研究秩序、模型和美的科学，算术和数字都包含在其中；语言是一套密码，就像数字一样，而每个文字的韵律赋予其意义和力量。

神秘的兼职

上个月，有两箱书运到了他们租住的公寓。达什尔说这是一名叫莱曼·斯卡布的国际书商快递给他的，这些书打算在芝加哥销售。达什尔没有见过莱曼·斯卡布，但是他的新朋友艾尔见过。艾尔是在感恩节前后被图书馆雇来干活的。达什尔说艾尔是一个有点神经质但是很聪明的家伙，酷爱文字和数字游戏。艾尔跟他说，有一天，斯卡布先生在哈罗德·华盛顿图书馆六层的书库里找到他，说他想找两个身强力壮的图书馆工作人员帮他处理和搬运一些旧书，当然，这些都是在图书馆下班后进行的。

斯卡布先生跟艾尔说，纽约那些有钱的图书收藏者经常会在死后把他们的私人收藏捐赠给那些大图书馆，尽管大部分的书会被接受，但是也有一些图书会因为那些大图书馆本身已经有足够的收藏而被拒绝，这些被拒绝的私人藏书就会被卖掉，这就是斯卡布先生来这里的原因。

“买卖这些书是能挣很多钱的，但是大部分人意识不到这一点。”斯卡布先生说，“你只需要确认两件事：有购买意愿的收藏者和情况良好的图书。然后你只需要做三件事情：收书、谈判和发书。现在我需要帮助，我会支付一定的酬劳给可靠的合作者。”然后，这个书商就问艾尔，谁还能一起共事，这个人必须可靠并且有能力。艾尔想到了达什尔，而达什尔二话没说就答应了。

达什跟厄尔丽解释说，他的一部分工作包括做图书清单，一箱图书一张清单，清单的内容包括作者的姓名、图书的书名、出版社、出版日期和出版版次。清单做完以后要在上面附上一张名片，然后用胶带封箱前把清单连同名片塞进箱子里。

“什么是出版版次啊？”厄尔丽问道，她喜欢爸爸这样和他们分享知识，爸爸说话的音调能让最普通不过的事情变得特别。

“图书是分批次印刷的，第一版第一次印刷的图书是图书收藏者的最爱。”达什回答道，然后冲她笑了一下，“另外，还有一个很有趣的现象，就是印刷册数的多少也很重要：如果第一版第一次印刷的图书是 1000 册，留存下来的书就比首印 10000 册的珍贵得多。这里有个悖论：少就是多，或者我们可以通俗点儿说，那就是物以稀为贵。”

尽管厄尔丽对图书版权页上的那些小数字不感兴趣，但是她喜欢听爸爸跟他们说这些数字的故事。爸爸有时会将视线停留在一页古老的书页上，有的时候他会轻轻用手指敲击那些书，有的时候他会用低沉的嗓音告诉她这些书的故事。因为达什尔没有名片，所以他会在午休的时候把手写的清单输入电脑，然后打印出来，在清单的最后粘上芝加哥公共图书馆的邮票，在邮票的上面写上自己的名字。好啦！这样看起来比附上一张名片正式多了！

一有时间，达什就会在网上检索一些图书的价格，借以预估它们的价值，他这样做主要是为了满足自己的好奇心。想要预估一个公平的价钱通常很难，因为作者的受欢迎程度总是在变，而这会影响潜在购买者的出价。每当达什发现一本低调的、满是灰尘的书其实是很珍贵的时（他自己觉得应该是很珍贵的），他就会很高兴，他说这感觉就像是在一个不被看好的牡蛎壳里发现了一颗珍珠。

他喜欢让厄尔丽看一些与众不同的书：一本镶嵌着绿藤和龙的皮质封面图书；一本有着知更鸟的蛋那种蓝色的天鹅绒封面的书，天鹅绒已经被磨破了，斑斑点点的，可见当初这本书的主人有多么爱不释手；还有每一页的边缘都有金边的书。只有一次，他从那些旧书里留下了一本，预估了一个合理的价格，然后将书价从自己的报酬中扣除。“真是一次简单的买卖。”他笑着对厄尔丽说。

达什每周的周末会给艾尔两箱整理好的书，艾尔开车来拉走，并给达什一个密封好的信封，里面装着现金。艾尔总是在晚上过来拉书，还说他会把书直接送到马凯特公园的一个地址，离伍德劳恩大约有10分钟车程。这里面有很多秘密，当厄尔丽问达什这些书都到哪里去了的时候，他这样解释。斯卡布先生好像只是链条上的一个环节，这个链条有着自己的游戏规则，从事每部分工作的人只要负责好自己的事情就好了，其他的不需要知道。达什甚至被要求不能告诉家人他在做什么。

“只是生意而已。”他跟萨姆说，厄尔丽听到了，在这个小小的公寓里，很难有什么隐私。

萨姆一方面因为有了额外的钱贴补家用而高兴，另一方面又有点担心，于是有一天晚上，在达什封箱的时候问道："这个书商为什么要花这么多钱让你们做这些事呢？他自己就可以直接把书运到马凯特公园啊。"

达什耸了耸肩，笑着说："喜欢书的人都有一些奇怪，谁知道呢，或许这个人只是想和芝加哥公共图书馆的工作人员一起共事吧！"

萨姆叠着刚洗好晒干的衣服，皱着眉头说："希望只是这样。"

"妈妈，会有什么事儿吗？你的话是什么意思啊？"厄尔丽插嘴问道，看看达什，又看看萨姆。

萨姆没有说话，达什给了萨姆一个拥抱："你焦虑的样子就像一个带刺的菠萝，但是，里面却是香甜的果肉。"

萨姆笑了，用一条干净的T恤轻轻甩了达什几下："好了，好了，知道你很能干，达什尔·珀尔。我只是有些担心，因为这个世界上并不是所有人都像你想的那么好，你知道吗？"

"嗯，是的，我知道，亲爱的。但是，你什么时候听说过，一个人会因为到公共图书馆找人帮忙卖旧书而犯罪的？"达什双手摊开，手掌冲上说道，"像这些旧书不会值太多钱，我做这份工作只是因为我喜欢双手滑过它们的感觉。"

萨姆又一次笑了，说道："你赢了。"然后绕过厄尔丽，给了达什一个安心的吻。

一本重要的书

达什留下的那本书是兰斯顿·休斯的《关于韵律的第一本书》，这本书是写给孩子看的，外面包着一层红色的纸质书皮，书皮上有五条白色的波浪线，像一条河贯穿整个书皮。书皮里面的图书封面是新叶的那种嫩绿色。他们手里的这本有些破旧，不过是一版一次的书，而且这本书已经绝版了，这就意味着这个世界上只有旧书了，书店里没有相关的新书出售。因此，这本书对于达什来说是很珍贵的。达什尔把它放在家中很特别的一个架子上，任何人在读这本书的时候都不能吃东西。

“这本书是我们家的财富，不允许油乎乎的手指在上面翻来翻去。”达什尔解释道。

厄尔丽在过去几周时间里已经对兰斯顿的语言风格有所了解，而且还记得几句书里的话。兰斯顿说，每个人都以自己的方式展示着节奏和韵律：印刷品、一幅画、一个声音或者肢体动作。兰斯顿·休斯在书中写道：“你的圈子和节奏只属于你。”厄尔丽很喜欢这句话，只属于你，圈子，节奏。

兰斯顿，厄尔丽已经把这个名字作为珀尔家的一员了，他们家收养了这个单词。

爸爸失踪

发生在那个灰蒙蒙的1月某日下午4:44的事故是不正常的，是错误的。错误，这个词的读音很好地表达了它的意思，这是一个很沉重的词，语调犀利、缓慢。错误，这个词让人想到了古老的冰天雪地中的北欧海盗。

达什到底去哪儿了？为什么他会在那个冰冷的时刻突然消失且毫无踪迹？没有人能还原所有的真相，他们做不到。达什曾经做过一个关于时间的游戏，他想从中找出规律并建立一个模型，或者说一种节奏。他曾经跟厄尔丽说，模型就是可以套用的规律性的东西，但是节奏不同，它有自己的特点，而且不可预言。

下面是厄尔丽从爸爸的记事本上发现的记录，这个记事本是从事故现场的一辆汽车底下找到的，下面的内容是达什最后的记录：

1:11~1+1+1=3

2:22~2+2+2=6

3:33~3+3+3=9

4:44~4+4+4=12

如果4:44=12，那么又会得到1+2=3？

如果5:55=15，又会得到1+5=6，这是不是意味着所有的数字都可以通过某种方式而循环？类似于1:11、2:22、3:33这样有重复数字出现的时间点，把每个数字相加后得到一个数字，然后把新得到的数字的每一位再相加，就会反复出现3、6、9这3个数字，而6和9又是3的倍数。

要研究一下这里面的奥秘。

看完整个记事本后，警察耸了耸肩，没发现什么有用的线索，就把记事本交给了萨姆。萨姆把它放进衣服里，紧贴着胸口。每当厄尔丽要求看一下的时候，她妈妈就把它拿出来，然后很快就要回去，放回老地方，好像这样就能保护达什。这些天来，厄尔丽已经看过无数遍这个记事本了。达什在写下这些东西的时候，到底在想什么呢？他一定是想算出什么，一个关于3、6、9的反复出现的故事……或者仅仅是3的倍数……厄尔丽大声把上面的话念出来时想到了兰斯顿的诗，那会不会是一个暗示、一条线索？只要一想到爸爸，厄尔丽就会感到一阵心痛，独自一人！独自一人！独自一人！爸爸正一个人经历着什么恐怖的事情！

“达什，你在哪儿啊？”她轻轻地问道。

只剩三个人

黑暗：达什的手机和他一起消失了，带着那些用这个手机拍的一家四口的照片，如果达什没有遇难的话，就还是一家四口，否则，四个人就只剩下三个了。

第 2 章　车祸后

Crash：碰撞的意思，来自中古英语 crasschen。

动词：打碎；使坠毁、撞坏；擅自闯入。

名词：撞碎；坠毁；破产；轰隆声。

Crash：来自俄语 krashenina。

名词：很结实的布，用来加固书脊。

10

达什的秘密

在那场事故的混乱过后，留给珀尔家剩下的三个人的是不尽的担忧和哀伤，他们终日以泪洗面，眼泪像是关不上的水龙头，然而哭泣只能让他们感觉更悲伤。萨姆几乎没有睡过觉，她打开存钱罐，一遍遍数着里面的零钱，她每天都给警察打很多次电话，提醒他们要继续寻找她的丈夫。厄尔丽请假了，这些天都在家陪着妈妈和弟弟。然而警察似乎并没把达什尔的失踪当回事儿，一位侦探对萨姆说：“很多男人都会这样，消失一段时间后就会自己回家的。”

“你们没有认真听我说，我的丈夫跟你们说的那些男人是不一样的，他不会这样做的！”萨姆的声音很坚定。

于是，侦探先生问了几个和达什尔相关的问题，比如他在图书馆是做什么的，最近是否做了什么不合法或者不太正常的事情。

“当然没有！”萨姆回答道。但是厄尔丽却知道一个秘密：大约一周以前，她看到达什尔往一本百科全书里塞了一个厚厚的信封，信封里全是钱，那本大百科全书是从一堆书中抽出来的，这堆书是被黄色的警戒线捆起来当小桌子用的。

事情是这样的，有一天，天色刚刚暗下来，达什尔带回一堆书，然后对大家说：“我还有一些事情要做，出去一下马上回来啊！”萨姆正在床上给孩子们读睡前故事，厄尔丽对妈妈给朱比讲的故事不太感兴趣，于是听了一会儿后就跑到帘子（前面提到过，厄尔丽家的房子很小，卧室是由一张被单作为帘子和其他地方分隔开的。——译者注）的另一边自己看书去了。达什尔回来后，没有看到蜷缩在角落里看书的厄尔丽，因为厄尔丽窝在那里，像只小老鼠。他走进公寓后，从夹克口袋里掏出一沓钞票，数了数，然后快步走到离他最近的那堆大百科全书前，把上面缠着的黄色警戒线拆掉，然后从大百科全书里抽出一个厚厚的信封，直到这时，他才发现厄尔丽正在看着他。

达什犹豫了一下，他很少这样做，然后说道："嘘，别说话！我打算给萨姆一个惊喜！你要替我保密，好不好？咱们说定了啊，你不许跟其他人说，否则会给我带来麻烦的。"然后他把刚才从口袋里掏出来的钱放进信封里，塞进那堆百科全书，又把黄色警戒线重新缠上并且拍了拍那堆书，好像是在说：在这儿很安全！厄尔丽点了点头，很高兴替父亲保守秘密，她知道萨姆喜欢惊喜。但是现在，达什已经失踪 4 天了，她该怎么办呢？她真希望自己从来没有看见爸爸藏那个信封。

"我要怎么办呢，达什？"她轻轻地问道，可是没有人回答她。答应爸爸的那个承诺现在像一剂毒药。

"否则会给我带来麻烦的。"他这样说，但是谁会找他的麻烦呢？他说这话是认真的吗，还是只是在开玩笑？如果把这件事告诉萨姆，会不会伤害达什？如果告诉萨姆以后，萨姆非要把这件事情告诉警察怎么办？如果因为告诉警察，使达什陷入麻烦而不能回家怎么办？厄尔丽的脑子被各种可能充斥着，她觉得自己快崩溃了。

"麻烦"真是一个很让人讨厌的词，连它的读音都那么难听，就像嘴里塞了一团烂泥。厄尔丽很少会觉得一个词是丑的，但是"麻烦"算一个。

悲伤

达什尔·珀尔已经失踪了4天了，家里一团糟。朱比天天哭着问："达什什么时候才能回家呢？"一遍又一遍。厄尔丽觉得自己的心里空空的，就像心被挖走了。她觉得走路都轻飘飘的，世界在她眼中变得好奇怪，如果死人能说话，他会告诉你，死后就是这种感觉。还有萨姆，她整天在家里走来走去，总是在流泪。到了晚上，厄尔丽会用枕头把耳朵堵上，这样就听不到妈妈的自言自语了："求求你，达什，请你千万不要出什么事！"一遍又一遍，穿着袜子的双脚在空荡荡的屋子里走来走去。

在家里待了几天以后，厄尔丽终于回学校了，她的朋友们很高兴见到她，但也都有些担心她。她的一个好朋友瓦内萨说："别难过了，我爸爸当时离开家的时候，我们也难过了一阵子，但是后来就觉得没什么了。现在，我妈妈又找了一个男朋友，我挺喜欢他的，他给我们买了一台新电视呢！"

厄尔丽听她说完，小脸儿皱了起来，放声大哭，一边哭一边说："你不了解我们家，我爸爸和你们的爸爸不一样，他决不会离开我们的！"瓦内萨走开了，耸了耸肩膀，好像在说"咱们走着看吧，你会明白我说的是对的"。当厄尔丽的一个老师拿着一盒子纸巾走进来并拥抱了她一下，厄尔丽知道，这位老师也相信达什已经离开家不会回来了。

放学回家后，萨姆问今天在学校怎么样，厄尔丽只说了一句"还行吧"。她不想把瓦内萨说的话告诉妈妈，她决定改变一下这个故事的节奏，起码在公众场合改变一下。第二天，她一进教室就直接向老师走去："我爸爸回家了，他正在做书的生意，想给我们一些惊喜。我们可能很快就要搬到自己的家去了。"她静静地说着，这些话从她嘴里说出来的时候，她想，一个谎言是不是真的可以成为现实呢？如果能该多好啊！瓦内萨有点儿半信半疑，并问她如果搬走了会不会经常回来玩儿。

"会回来找你们玩儿的。"厄尔丽保证说，"我们不会马上就搬走，我妈妈最近身体不太舒服，不过她会很快好起来的。"她低着头说，不想去看瓦内萨的表情。在这之后，厄尔丽很少和她的朋友们一起玩儿了，更多时候只是一个人静静读书，特别是在午饭时间。

达什藏起来的信封

一天晚上，朱比吃完一碗通心粉和一块奶酪后，还想吃一块曲奇饼干和一些水果，但是萨姆告诉他没有这些吃的了，朱比很懂事，尽管有一些难过，但他没有哭闹，而是跑到一个角落里默默地一个人玩儿起来。萨姆痛苦地跟厄尔丽说："厄尔丽，我们可怎么办啊？我已经没有钱了，我知道不应该和你说这些，但是咱们家的钱已经花光了。我想出去工作，但是找不到人可以帮我照顾朱比。而且，工作也很难找。或许我应该去找一下社会服务机构，咱们说不准会得到一些食品救济券。咱们的银行账户上已经没有钱了，我以为咱们有更多的积蓄，因为达什会从图书的生意上得到一些报酬，现在看来我恐怕想错了。我试着给我的父母打电话，我和你爸爸在一起的时候就被他们赶出来了，再没有联系过。而我没有其他的亲人了，达什也没有，你知道的。现在，咱们要怎么办啊？"说完，她拿起擦碗的毛巾擦着眼泪，上周开始他们就没再买过纸巾了。

“萨姆。”厄尔丽轻轻叫道。她妈妈抬起头看向她，说：“有什么话你就说吧，朱比正忙着自己玩儿呢。”“呜……呜……”的声音从角落传来。

厄尔丽语速很快地说：“上周的一天晚上，达什忙完他的旧书生意回家来的时候，我正在一个角落读书，我看见达什从夹克口袋里掏出一些纸币并把它们放进一个信封里，然后把装着钱的信封塞进那堆大百科全书里。他一开始没看见我，后来才发现我正在看着他。他说让我帮他保密，想给你一个惊喜，我答应他了，但是现在……”她的声音渐渐小了下去。

她妈妈脸上的神情很是复杂，震惊中带着一丝喜悦，问道：“他把那个信封藏起来了？”

“是啊，不过，咱们不也经常把圣诞礼物藏起来吗，这样就能给彼此惊喜啊。”厄尔丽耸了耸肩，用手背擦了擦鼻子。

“没错。”萨姆说，她的声音听起来有了些底气，“你把这件事告诉我是对的，我知道你答应过爸爸不说出去的，但是现在情况特殊……真是想不到的噩梦……他到底在哪里啊？”萨姆又抓起擦碗布并转过身去，擦着眼泪。

厄尔丽安慰似的拍了拍妈妈的背，萨姆转过身来紧紧把女儿抱在怀里，脸贴着厄尔丽的头顶。萨姆慢慢地说，声音平平的：“达什会支持我们这样做的。”她从橱柜的抽屉里拿出一把剪刀，厄尔丽则指着一本边缘鼓鼓的大百科全书。萨姆把缠着的警戒线剪开，把那本书抽出来，翻开。厄尔丽看着萨姆小心翼翼地瞟向信封里面，然后，萨姆的眼睛一下子睁得大大的：“我的天哪！”她失声喊道，“你爸爸一直在干什么？”

信封里是钱!

“你有钱了，萨姆!”朱比喊道，兴奋地丢下卡车就跑过来，“你！有！钱！了！咱们有曲奇吃了是吗，我现在就想吃!”

“嘘!”萨姆和厄尔丽同时让朱比小声些，大家都很兴奋，也不想瞒着朱比这件事。萨姆背过身去，在洗碗池旁边开始清点这些钱，她兴奋得说不出话，只不停地重复着：“好了，咱们有钱了。”清点完这些钱，她看着窗外那堵什么也没有的墙说：“这些钱到底怎么来的，这么多?”

厄尔丽很想知道到底有多少钱，但是她知道必须先转移朱比的注意力，把他哄到床上，读睡前故事，只有这样朱比才会安静下来。“朱比，今天晚上我来给你读睡前故事吧!”她对朱比说，感觉忽然之间自己和妈妈一起闯过了一个难关，到了一个新的阶段，“我保证你和萨姆明天都会有甜甜的曲奇吃。”

朱比眯眼看着她说：“什么啊，你觉得我们有钱了你就长大了吗？嗨，厄尔丽，你说萨姆会不会用那些钱给我买一辆新卡车啊？还有还有，我想让达什带着我去挑卡车！我要达什!”说到后面，朱比的嗓子有点哑了，厄尔丽赶紧打开书，这本书的名字叫作《需要房子，请找老鼠小姐》，讲的是一个老鼠建筑师，能为所有小动物设计独一无二的家。朱比很快就被小蜥蜴的家吸引住了，说：“和狐狸的房子比，我更喜欢这个房子，你呢，厄尔丽？还有，你看，我想要这样的阳台和梯子，还有带着把手的滑轮，能捕捉虫子的网。”

等朱比睡熟了，厄尔丽蹑手蹑脚走到厨房那儿，萨姆仍然站在洗碗池旁边，听到厄尔丽走过来，萨姆说：“厄尔丽，你现在要好好想，我们需要你的好记忆力。前一段时间，我晚上都要给朱比读故事哄他睡觉，你和达什则自己读书或者做别的事情，最近，达什和你都说过什么话？你一定要好好想。”

厄尔丽坐在妈妈旁边，双臂交叉说道：“我想想……他在读阿加莎·克里斯蒂的小说，她是一位侦探小说家，还读了阿加莎关于人生的感想。达什把她的一些想法记在咱们家的名言记录本里了，他说阿加莎的观点都很有智慧，阿加莎认为，有的时候，所有的线索就在眼前，但是却隐藏起来，就藏在咱们眼皮底下。达什还说，阿加莎曾经消失过一段时间，没人能够找到她，就好像她走进了自己的一本书里，过了一段时间，又从书中走了出来。”

“噢？”萨姆惊奇地说了一声，然后从书架上把名言记事本抽出来，用拇指直接翻到最近刚记录的那几页。“听着！”萨姆说，“这里有四段摘自阿加莎·克里斯蒂的话。”接着，萨姆大声读起来，还不时评论一下：

有一种很流行的看法认为，人很容易忘记小时候的事情，这样的看法并不准确。很多人，在一生的时间里都会受到孩提时期的影响，那些稚嫩岁月里发生过的事情会控制他的一生。“嗯，我同意。”

要构思一本书的提纲，最好是在洗碗的时候。“我喜欢这句话！”

要想前进，秘诀是迈出第一步。“噢，是的，说得太对了！”

很少有人看起来就是表面表现的那样的，我们很难去真正了解一个人。

萨姆读完，眉头紧紧皱了起来，脸上那充满希望的表情瞬间消失了，她和厄尔丽谁都没有说话。过了一会儿，萨姆又慢慢地重复着那四句话，眉毛高高挑了起来。“啊，他说过的话都那么有智慧，他可以做更好的工作。这一点我早就知道。他的脑子里有那么多有创意的想法，但是却不能应用在他的工作中，”她停了一下，又很快补充道，“他是那么聪明，那么有想法的一个人，你知道吗？他只是没有机会向世界证明罢了。这些名言就是这个意思。”

厄尔丽点点头，然后两个人在一片担忧和沉默中上床睡觉，小小的空间里被疑惑和难过充斥着。她没有遵守和达什的约定，这么做真的对吗？如果她和萨姆都错了呢？还有，信封里到底有多少钱呢？她知道萨姆被里面的数额惊呆了，她想知道为什么……但是，不，她不想知道更多达什的秘密了，不！不！不！不！

“如果达什现在能从那扇门走进来该多好！”萨姆在黑暗中说。

“会的，萨姆。”厄尔丽在帘子的另一边说，“还有，他会希望咱们用那些钱买些吃的，是不是？他会理解咱们搞乱了他想给你一个惊喜的计划的，是吧？”

“他当然会的，亲爱的。”萨姆说，她的语调让厄尔丽很想哭，这让她想起了达什在的那些时光。

妈妈的决定

第二天早上，萨姆从床垫底下把那个信封抽出来，然后给厄尔丽还有自己都编了一个法式发辫，并把自己的计划跟厄尔丽说了："今天你去上学，我会带着朱比到市中心的图书馆拜访一下图书馆的工作人员。自从达什失踪以后，这是我第二次去那儿，我会尽可能了解一些更详细的信息。"

听萨姆说完，厄尔丽觉得自己的胃有点抽筋，早饭吃的燕麦粥有点要往外翻，她几乎是脱口而出："你打算说出去？你知道……"

"不，我没想说，起码现在不会说。达什赚的这些钱是他在业余时间工作挣的，图书馆的人可能都不知道他在做这项工作，所以，这些钱和他们没关系。你知道，达什很善于抓住机会，很有可能，在他上大学之前就能挣足够的钱，给咱们一个自己的家！"

"可是，萨姆，你没有想过吗，或许达什已经陷入什么麻烦了呢，说不定有坏人或者什么纠缠着达什呢？我记得你和达什谈论旧书生意的时候，你还担心过啊？"

"厄尔丽！"萨姆把她的身子转过来，看着她的眼睛说，"你要把这种想法从你脑子里赶出去，我也会把它从我的脑子里赶走。你要相信你们的爸爸，他那么聪明、善良，一定会远离任何危险和陷阱的。"

"但是，他去哪儿了呢？"

萨姆深吸了一口气，然后缓缓吐出："这也是我要去图书馆的原因，我要去找线索，警察看起来并不相信咱们说的，他们觉得达什是自己跑掉了、离家出走了，所以我和朱比要自己去做一些调查工作，用我们自己的办法。"

"你想让我一起去吗？"

"我想时时刻刻和你们在一起，但是这次不行。人们一看到你们甜甜的小脸，就知道你们是在打听消息，他们就会警惕起来，而我想让他们告诉我记得的一切信息，你懂吗？"

厄尔丽点点头说："那你能把那些话记下来，回来告诉我吗？”

“我会一字不落地告诉你。”

厄尔丽于是不再说话了，安静地让妈妈给她编着辫子，脑子里想着爸爸关于3的倍数和数字的循环的记载。如果可以，她想用所有的一切换取一家四口人的重聚。

“我要怎么办呢，达什？”她在心里默默地问道，她屏住呼吸，等待着，但是房间里仍然一片寂静，她的脑子空空的，只听见妈妈的呼吸声和梳子梳在头发上发出的“沙沙”声，还有朱比的玩具卡车发出的“咔嗒”声，就是没有听到达什的回答。

预兆

在学校的午餐时间，厄尔丽到图书室借了一本兰斯顿·休斯的书，想让他的书陪着自己，希望他的文字能够让她觉得达什就在身边。很仔细地，她打开那本破旧的诗集，这本书已经很多年没有人借阅过了。达什原来曾经跟她讲过这位诗人的一生和他的精神世界，然而这一回，她注意到一件原来没有注意到的事：兰斯顿很喜欢“梦想”这个词。他经常使用这个词，达什也是。

她希望能把喜欢的诗句记录在名言记录本上，但是那个本不在身边，所以她记在了学习用的笔记本上。达什跟她说过，看到喜欢的句子，只要记录下喜欢的那几句就行，不需要整篇文章或者诗歌都抄下来。但是有一点必须要写下来的，就是写这句话的人的名字。“写这句话的人的名字相当于字典里的词根，记录了这句话的出处和根源。”厄尔丽这样跟达什说过。

达什尔则笑着回答："非常正确。你也是一个正在深深扎根的女孩儿，你的根扎得越深，成长的空间越大。嗨！看我说得多有哲理，说不准有一天别人也会引用我说过的话呦！"

"是的，非常有哲理！"厄尔丽说，从爸爸的话中能感觉到那暖暖的韵律。

厄尔丽那天在图书室记在本上的第一首诗叫作《追梦人》：

将你们的梦想带来给我，
追梦的人们，
将你们心底，
所有甜美的歌带来给我，
我好用蓝色的云锦，
将它们缠裹，
从而让这一切美好，
远离世俗粗糙的手掌。

然后她抄录下了下面几句诗，选自《我梦到一个世界》：

在这个世界，
黑皮肤和白皮肤，
无论哪个种族，
都能共享地球母亲的恩赐，
共享自由；
在这个世界，
一切悲惨和不幸，
都将停止它们匆匆的脚步，

而快乐，
则像珍珠一样，
散播人间。
这样的世界啊，
我梦见！

然而当厄尔丽读到下面这首诗的时候，她被无情的诗句打击得回到残酷的现实。这首诗的名字叫作《梦想》，诗句生冷坚硬，不能给人带来丝毫愉悦，就像是生活给人们发出的警报：

紧紧抓住梦想，
因为如果梦想死了，
生活就会变成折翼的鸟，
再也不能飞翔。

紧紧抓住梦想，
因为如果梦想走了，
生活就会变成荒芜一片，
只剩下冰冷的雪。

她合上诗集，从图书室的窗玻璃往外看。下雪了，雪轻轻地落下，每一片雪花仿佛长着翅膀的精灵，落在对面棕色的石头窗台上。每一片雪花都蓬蓬松松的，好像充满了空气，它们的边缘在接触到石头窗台时，会发出窸窸窣窣的声响。如果把雪花的边缘当作是它的翅膀，那么，雪花可就会碰到麻烦了，因为，翅膀一接触窗台，就融化掉了。

翅膀、根、家、梦想，这几个词听起来就像它们代表的意义一样，翅膀总是没有重量的，根会让人想到不断往深处挖，家会让人想到温馨和拥抱，而梦想，则让人联想到飞翔。梦想，多么流畅而响亮的发音。

翅膀+根+梦想=家，厄尔丽突然想到这个等式，立刻直起身子。深深扎根，高高飞翔，牢记自己要去的方向，然后，总有一天，你会达到自己的目标：翅膀+根+梦想=家！达什一定也认为这个等式是成立的，厄尔丽为自己感到了小小的骄傲。达什在很小的时候就被收养，然后又被别的家庭多次收养，他是一个没有根的人，因此，他的人生注定比常人更加艰难，兰斯顿也是这样。然而语言，为达什和兰斯顿提供了一把活下去的钥匙。

钥匙……

在下一刻，厄尔丽听到了达什尔清朗的声音。那声音是如此悦耳，像是咬断胡萝卜发出的“咔嗒”声，又像是合上一本书时发出的声音：“厄尔丽，我的女儿，紧紧抓住你的梦想，你能行的，只要去做，没有什么是不可能完成的。”

厄尔丽一下子僵住了，拿着铅笔的手僵在半空中。她环视了一圈，旁边正在读书的男孩看起来什么也没听见。她被惊到了，赶紧转身看了看后面，然后又看了看桌子底下，桌子底下除了自己的腿，什么也没有。然后，她平静下来，点了点头，一只手捂住嘴，悄声说：“我会的，达什，我保证！”

在最初的兴奋过后，紧接着就是排山倒海的恐惧：竟然听到他说话了，这是不是意味着达什已经出事了？厄尔丽不允许这样的想法盘踞在自己的脑子里，她拼命把这个想法丢出去，丢到脑子外面去：达什没事的，他不会有事的，他只是想办法给了她一条信息而已，但是，爸爸想让自己做什么呢？

厄尔丽看了一眼自己写在本上的兰斯顿的诗句，那些字因为被泪水打湿而显得有些模糊。达什在的时候，生活就像一场按部就班的冒险之旅，在旅途中，色彩艳丽，前路清晰。每一件事都是珍贵的、重要的、幸运的，每一个梦都是美好的，所有的一切都是值得去经历的，不管是一首诗还是一位邻居。每一天都至关重要。

而现在，厄尔丽觉得光明消失了，剩下他们三个人，找不到生活的方向。

她还要上下一节课，她已经迟到了。于是，把兰斯顿的那些“梦想”放到桌子上，厄尔丽飞快地跑向教室。

求助

那天下午，萨姆和朱比到学校去接她，一看见妈妈和弟弟，她就知道一定有什么糟糕的事情发生了，这是一种可怕的直觉。朱比从一个盒子里拿出两块动物形状的饼干递给她，那个盒子被朱比夹在下巴下面：“看，厄尔丽，这盒饼干是我的噢，是萨姆给我买的，里面还有‘河马’饼干呢！萨姆还给我买了一辆蓝色的新卡车！我把它装在口袋里了，到家里再拿出来，这样就不会弄丢了！”

这个时候，雪已经停了，但是外面却非常寒冷，朱比的外套拉链有一部分没拉上，冻得鼻涕都流出来了，但是萨姆好像没有注意到，这太反常了。

萨姆看着她说：“噢，厄尔丽，太糟糕了，咱们先回家再说吧！”他们默默地走过三个街区，只听见朱比叽叽喳喳的声音：“一只‘老虎’！噢，一只‘猴子’，可惜没有脑袋了！厄尔丽，你要吃一块吗？”

“当然。”她静静地说，心里却在想着：“到底出什么事了？”她害怕听到不好的消息。

一走进公寓，萨姆就把门锁上了，并确认了两次，确实锁好了，才跟朱比说，让他去听音乐或者玩儿刚买的卡车。她把曲奇饼干放下来，给朱比洗完手，又给他擦了擦脸，然后把他抱到房间的另一边安顿好。萨姆走回来，和厄尔丽一起站在洗碗池旁边，背对着朱比。萨姆把手张开，眉毛和眼睛努力向上看，嘴角向下耷拉着，她快速眨了两下眼睛，想把眼泪憋回去，但是失败了，眼泪还是滚落下来。

“噢，萨姆！”厄尔丽抱住妈妈，把自己的头搁在萨姆的脖子上。萨姆哭得很厉害，厄尔丽能感到妈妈的胸腔的起伏。她回抱住自己的女儿，深深吸了口气停止哭泣，然后转过身抓过洗碗布擦了擦脸。

“真想念有纸巾用的日子。”萨姆苦笑了一下，“噢，厄尔丽，我很抱歉，非常抱歉。我不知道接下来该怎么办了，我想我让咱们都陷入艰难的境地了，非常艰难。人们知道这笔钱的事儿了！”她的声音忽然变得尖利起来：“我真是太笨了！我没有得到更多有用的信息可以帮助咱们找到达什，我的脑子现在好乱啊，和你说这些我感到很难过，或许我不该和你说这些。可是现在只有我们三个，我需要你的帮助。我的脑子现在一团乱麻，已经不能思考了，达什又不在，我真不知道该怎么办才好！”说着这些，萨姆的眼泪又流下来。

“跟我说说怎么回事儿，萨姆。”厄尔丽试着让自己的话听起来显得冷静和成熟，但内心有一个声音在疯狂地喊着：“别跟我说，我不要听！不要！我只是一个孩子！”

然后，妈妈跟她说了今天发生的事情。今天，萨姆和朱比离开后去了最近的银行，达什尔几年以前曾经开立了一个账户。萨姆不想使用自动存取款机，就等了一会儿，到柜台办业务。达什尔失踪以后，她曾经来过一次银行，查询了一下余额，惊讶地发现银行账户里只有 110 美元。于是，那一次她取了 100 美元出来，只剩下 10 美元在账户里。达什在的时候，每个礼拜都会给她一些现金，维持家里的生活和支付房租，所以她对家中有多少存款没有一点儿概念。关于这一点，萨姆已经接受了。今天早上在银行排队的时候，萨姆在想另一个问题："为什么达什把那么多现金放在家里而不是存进银行里呢?"牵起朱比的手，萨姆离开了银行。在去市中心图书馆的路上，那个放着现金的信封仍然在萨姆的钱包里，她没有把钱存进银行。因为她在想，既然达什尔没有把钱存进银行，肯定是有原因的，是他要把这些钱投进他的旧书生意吗？他是不是觉得他能用这笔钱挣更多的钱，但是又不想让她担心，所以瞒着她呢？还有，达什尔到底是做的什么生意呢？这生意是由什么人控制的呢？为什么她亲爱的丈夫要把这一切都瞒着她呢？萨姆和达什尔之间从来没有过什么真正的秘密，当然，那些惊喜除外。所以，萨姆知道如果达什尔想隐瞒什么，肯定是为了保护他们这个家。但是，会有什么危险的事情要让达什尔这样警惕呢？

然后，萨姆接着跟厄尔丽说今天的遭遇。她带着朱比来到市中心的图书馆，直接到了六层达什尔工作的部门。服务台的沃尔姆斯太太是馆里的老员工了，看到他们过来，立刻站起身来给了他们一个大大的拥抱，不过沃尔姆斯太太看起来很憔悴。萨姆从来没见过沃尔姆斯太太这样紧张和心不在焉，她甚至只画了一只眼睛的眼线，唉，真是有点惨不忍睹。

"有什么消息吗?"沃尔姆斯太太问道,"我真是难以相信，我的意思是说，达什尔·珀尔，是这个世界上最不应该会出这种事情的人，他是那样善良、那样值得信任的人!"

"谢谢您这样说，您跟警察这样说了吗?"萨姆问道。

沃尔姆斯太太点点头，然后带他们去见部门的主管，他正好在。很显然，他已经跟沃尔姆斯太太打过招呼了，如果萨姆来了，直接请她进来就行。主管的办公区域比较靠后，离走廊有一段距离。萨姆听说他来了，但是还没见到他。

保罗·宾瑟先生看到萨姆，马上从椅子上站起来，问她最近怎么样，并欢迎她的来访。让萨姆坐下后，保罗·宾瑟先生给坐在妈妈腿上的朱比找了一个樱桃棒棒糖吃，然后问萨姆："你听说什么了吗?"问完后，他又整理了一下领带。萨姆摇了摇头，说："没有，而且我一直觉得不可理解。我的意思是，达什尔，是芝加哥最可靠的人了，不可能无缘无故就失踪的，你说呢?"

保罗·宾瑟先生笑着点了点头，说："是的，达什尔是一位非常有智慧而且有前途的年轻人。他正在通往成功的道路上前进，他为自己的家默默贡献着，这些都显而易见。这真是一个悲剧……"说到这里，保罗·宾瑟先生忽然意识到自己的用词似乎不太准确，赶紧停下，没有继续往下说，他看了看萨姆的表情，改口道："我是说，这件事真是神秘。"

而萨姆显然捕捉到了那句话，她重复着那个词语："悲剧!"然后说道："听你的意思，好像达什尔已经去世了！一定有什么事情发生了，只是我们还不知道发生了什么，仅此而已。达什尔不会有事的，所以，还是用神秘这个词吧!"萨姆犹豫了一会儿，咽了口唾沫，然后像下了很大决心似的说："图书馆有人听他说过什么旧书生意的事儿吗?"

听完这句话，宾瑟先生温和亲切的表情忽然之间变了，脸色阴沉僵硬下来："旧书生意?那是怎么回事儿?"他问道，紧接着又问了一遍，"那是怎么回事儿?"

"噢，其实也没什么。"萨姆说完这句话，又停了一会儿，她听出了那个男人语气中的怀疑。她还没有准备好把旧书生意的事儿说出去，但现在看来，好像开诚布公更好一些，如果她选择隐瞒，好像会使事情变得更糟糕。于是，萨姆接着说了，声音冷静而且坚定：“我丈夫一直在认真学习一些关于旧书的知识，并学着预估它们的价值。有时他会把一箱箱的旧书带回家里，然后仔细检查所有的书，没什么问题的话就会把那些书重新打包，并且把打包好的书交给艾尔，艾尔也在这家图书馆工作。达什还留下了一本书，他认为这本书很‘珍贵’，我们全家人肯定都会喜欢的，当然，他是在支付了一个合理的价格后才留下那本书的。”

说到这里，宾瑟先生忽然打断了她：“什么样的书？什么书？”

萨姆觉得宾瑟先生的反应有些奇怪，所以没有多说，只说：“对不起，我不记得那本书的名字了。”

宾瑟先生在便笺簿上写着什么东西，并且问道：“里面有图书证吗？图书馆经常会处理一些旧书，不过你仍会在那些旧书里发现图书登记什么的，就在书里。”

萨姆摇了摇头说：“我不记得有图书证。对了，顺便问一下，达什的朋友艾尔今天来了吗？我想见一见他，问他一些问题。”

宾瑟先生摇了摇头说：“他没在，他没在。”

“他生病了吗？”萨姆问道。

“生病。”宾瑟先生点了点头，“生病，是的。对了，你和你的丈夫一起看过那些箱子吗，你看过吗？”

“几乎没看过，他通常在我给孩子们洗澡的时候打开它们，他会先刷碗，然后就忙活他的那些旧书了，如果正好有的话。”

那位主管清了清嗓子：“他什么时候开始做这件事的呢，是在他的上班时间被缩减之后吗？”

“什么？”萨姆对主管说的事情没有一点心理准备，出自本能反应地问了一句。达什从来没跟她说过工作时间被缩减的事情。

“他的上班时间，被缩减了20%，大约是一个月之前的事吧，因为图书馆要减少预算支出。”

“噢，”萨姆镇定下来，刚听说这个消息让她心里很震惊，但是她知道她必须要打起精神来，不能表现出自己的困惑，于是说，“是的。”

“你是说大约是在他的工作时间被缩减后开始做旧书生意的吗？”宾瑟先生紧紧地盯着她。

萨姆盯着自己的双手，说：“大概就是那个时候。”她强迫自己集中注意力，真是太糟糕了，如果她知道达什尔的工作时间被缩减的事情，她无论如何也不会把达什尔做旧书生意的事情告诉这个令人恐怖的主管的。可怜的达什，难怪他们的账户上钱那么少！

宾瑟先生的椅子突然“咯吱”响了一声，打断了萨姆的沉思。“达什尔告诉过你是谁把这些书交给他的吗？在那些盛书的箱子外面，有没有留下什么名字或者回寄地址什么的？”

“除了我丈夫的名字，那箱子上面没有出现过其他的名字，而且标签上也只写着我们家的地址。”

宾瑟先生点了点头，又咳嗽了几声清了清嗓子，这回说话的声音比原来大了些：“你见过那个接收箱子的人吗？”

“没有，但是我觉得，应该就是艾尔，不过我从来没见过这个人。达什尔在这里面承担着自己的任务，而这工作也是他喜欢的。他只是按照艾尔说的去做，给每箱书列一张清单，艾尔把达什应得的那部分报酬给他。这笔钱用来维持我们家的日常生活。只是这样而已，我的丈夫做着自己喜欢的工作：拯救那些旧的、别人不想要的书，赋予它们新的生命。”

萨姆回忆到这里停了下来，问道：“你还好吗，厄尔丽？”

厄尔丽点点头，于是萨姆接着说："当然，我知道，达什不告诉我们他的工作时间被缩减的事情是为了不让咱们担心，我也确定他把业余时间用来研究，比如书单或者其他什么事情！还有读书。"

说到这里，她们一起看了看朱比，朱比正在听着故事，玩儿着那辆蓝色的新卡车。萨姆继续说："那个主管问我难道不觉得奇怪吗，那些书还没卖出去，达什尔就能得到报酬？我开始觉得崩溃了，我问他：'宾瑟先生，你到底想暗示什么？这有什么奇怪的？你难道不知道，那些把自己家的旧东西卖给古董店的人，也是在东西还没被卖之前就得到钱的吗？我丈夫做的事情和这个是同样的道理啊！最初的那个书商选择艾尔和达什尔，或许只是因为他俩是芝加哥公共图书馆的员工，并且愿意让他们俩在这场生意中做一部分工作，而艾尔和达什尔也可以通过这份工作多挣一些钱。我们家的每一分钱都是用我们的劳动换来的，这一点上帝可以作证。我的丈夫是一个正直而且聪慧的人，学习能力强，知道如何掌握自己不懂的知识，也知道如何请教别人。你应该知道，他是一个值得信任的人。另外，那些书只是被这个图书馆的什么人取走的。如果非要怀疑什么人，那个人应该是我，我的意思是，我的丈夫绝对不可能做什么不好的事情。'"

然后那个男人就直直地盯着萨姆，很严厉地问道："那你知道达什尔通过这些旧书挣了多少钱吗？"

萨姆开始摇头，但是朱比却突然插嘴说："昨天晚上我们发现一个装钱的信封，很厚的信封！在我们来这儿之前，萨姆带着它到银行去了，然后还给我买了一辆蓝色的新卡车！"

宾瑟先生说："真的吗，你真是一个幸运的男孩儿，是吗？"

"那时，我就知道咱们碰到大麻烦了。"萨姆最后说。

被害者？嫌疑犯？

“不要离开这儿！”宾瑟先生说，然后站起来走出去，门在他身后发出“砰”的一声响。

萨姆僵直地坐着，一句话也没说。而朱比则趴在地上玩儿着蓝色的新卡车，前前后后滚着卡车跑着。那辆玩具卡车不时地遇到一些碎屑，每当这个时候，朱比就会停下来，把这些障碍清除干净再继续玩儿。在漫长的 10 分钟过后，门被打开了，宾瑟先生领着一名侦探进来。萨姆很奇怪他上哪儿抓了一位侦探进来，这么快！

和宾瑟先生不同，那位警官问了她很多问题，相当详细，也问了那个安排这件事的书商的名字。萨姆告诉了警官那个书商的名字，“莱曼 · 斯卡布，你是说这个名字吗？”警官一边问一边快速记录着。而萨姆也意识到，从一开始，宾瑟先生就没问过她，那个书商叫什么名字。问询结束后，那名警官跟宾瑟先生说，他们没有理由去搜查珀尔家的公寓，也没有理由再打扰萨姆，但是警方会尽快弄清楚那些书是从哪里来的，又要被送到哪里去。

“那麻烦你们了。”宾瑟先生说，“我们很关注这件事情。”

萨姆这时也缓过神儿来了，感觉好了一些，但也很气愤，她问警官，人们买卖旧书在美国属于犯罪吗？比如亚马逊，就买卖旧书，还有鲍威尔书店。“当然不是犯罪。”警官说，“刚才的问话，我们只是例行调查，没有别的意思。在现在的情况下，自从嫌疑人，哦，对不起，我的意思是，自从最近和这宗生意相关的人失踪后，而这个人还是这座满是珍贵图书的图书馆的员工，我们必须掌握足够的信息。”

“我听到你的话了。”萨姆打断警官的话，“你一开始说嫌疑人！好吧，那么，我想问一下，对这个无辜的、努力工作的失踪人员的调查进展得怎么样了？还有，顺便说一句，”她转身对宾瑟先生说，“别忘了帮助这位警官弄清楚，在你现有的这些员工里，究竟是谁从达什尔手里把书取走的！另外，你最好清点一下你现在有的这些无价的图书，你说呢？尤其是由达什尔管理的那些，用尽一切办法，你说呢？”

萨姆的脸色很阴郁，她总算把发生的事情都说完了，然后问道：“就是这样了，厄尔丽，我们该怎么办呢？”

“我觉得咱们最好在警察搜查咱们家之前，咱们自己先翻一翻。”厄尔丽说，在她读过或者看过的所有神秘小说里，私家侦探和警察总是会有办法闯进人们的家。有的时候这是好事，有时是坏事，单看你站在谁的一边。

“我也是这么想的。”萨姆皱着眉说，“但是，如果我们发现更多钱怎么办？如果我们要藏什么东西，结果被警察发现了，那样可不太好。”说完，萨姆沉默了一会儿，然后说：“咱们先吃晚饭吧，吃完饭我立刻给朱比讲故事，把他哄睡着。然后咱们俩找找看。让一个只有 4 岁的孩子保守这样一个大秘密是不可能的，我的意思是，我不能教他对警察说谎。这和我还有达什教你们的相违背了。”

厄尔丽从桌子上跳下来说：“我来做晚饭吧，我会做热狗和豆子。我做饭的时候，你去床垫下面找一找，看下面是不是藏着更多的钱，你要在朱比睡觉前搜完，否则朱比一睡觉，你就没有办法搜床垫底下了。”

萨姆紧紧拥抱了一下厄尔丽：“我很抱歉，亲爱的，让你跟我一起面对这些困难，我自己实在不知道该怎么办了。”

“我们是一家人啊。”厄尔丽说，把锅拿了出来，然后又大声说道，“紧紧抓住梦想，萨姆！”

妈妈歪头看着自己的女儿，说：“你真是你爸爸的女儿，我为你感到骄傲。”说完，又给了她一个拥抱。

她们吃完饭，刷完碗，萨姆哄着朱比洗完澡，给他换上睡衣，然后给他讲故事，哄他睡觉。现在睡觉有些早，和以往的睡觉时间不一样，但是朱比还没这个意识，再说天早就黑了，他又度过了高兴快乐的一天，有些累了，所以他很快就困了。妈妈哄朱比睡觉的时候，厄尔丽拿出名言记录本，开始浏览达什抄录的那些字句。她翻了几页，找到下面这几句话：“把一件事做成功的唯一途径就是——开始去做，并坚持下去，最终你会完成它。”

在《关于韵律的第一本书》中，有没有更多关于梦想的诗歌或者记载？能不能从中发现一条线索，可以帮到我？厄尔丽把书从架子上抽出来，坐回椅子上准备好好看一看，但门上却传来了梆梆的敲门声。

月夜惊魂

敲门声吓坏了朱比，他尖叫起来。萨姆大声喊道：“厄尔丽，快到这儿来！”厄尔丽听到妈妈的喊声，飞快跑过去，和妈妈还有弟弟挤在一起。

“梆！梆梆！”门上的声音仍在继续。

“警察！”一个女人的声音传来，“我们是警察！开门！”

“别动！”萨姆悄声对姐弟俩说，一手抱着一个孩子，“我们不能让他们进来。今天警察跟我说了，他们没有理由搜查咱们家，他们没有搜查证。如果真是警察，也不会这么快来咱们家。现在别出声，都别出声！”

“我们是警察！”一个男人的声音响起，然后是什么笨重的东西被拖到门边的声音，接着是一阵凿门的声音：“我们进来了！”

然后一切归于平静，三人的耳朵里只剩“嗡嗡”的响声。他们认真听了听，谁也没说话，只剩他们的心脏“扑通扑通”跳着。

“我勇敢的孩子们！”萨姆小声地说，“他们会离开的。”

朱比开始抽泣，然后哭了起来：“我害怕，我要达什！”

“嘘，我们会没事的。”妈妈说。

“我们要不要报警寻求帮助？”厄尔丽问道。

“我来打报警电话。”萨姆说着，从口袋里掏出手机，开始拨打报警电话，她的手颤抖得很厉害。

“最后给你们一次机会！”一个低沉的声音传来。

萨姆骂了一句脏话，两个孩子都吃惊地抬起头望着她，她从来没说过脏话啊！然后，两个孩子就见他们的妈妈站了起来，声音坚定而冷静：“如果你们是警察，就证明给我看，在我开门之前，证明给我看！”门的那边没有回应，只听到一声巨响。屋里的三个人都惊呆了，一动不动，好像这样他们就安全了似的。然后，“咔——梆”！是什么东西碎裂开来，地面都颤抖了。珀尔家的门向屋里倒下来，落在咖啡桌上，咖啡桌被砸得粉碎，整个屋子震颤了起来。尖叫，哭喊，黑夜陷入了一片梦魇。

门外那块厄尔丽写的牌子——欢迎来我家——已经裂成两半，那个有四颗珍珠的贝壳现在正被一只沉重的皮靴踩在脚下。

四个强盗

门外面有三个男人和一个女人，脸上都戴着银色的面具，穿着黑色的滑雪服，戴着帽子和手套，他们冲进屋子。

“都面向墙角！”一个人从萨姆的手里夺过手机摔到地上后喊道，手机的塑料和金属零件被摔得满地都是。萨姆拉着两个孩子，把他们按蹲下去，然后自己在孩子的后面蹲下来，尽可能地用自己的双臂和背部保护住孩子。

他们面向墙蹲着，看不到屋子里闯入的四个人在干什么，但是却能听见他们的动静——他们在把书往箱子中扔，橱柜的门被那几个人扯下来，枕头被撕破，食物被“哗啦啦”倒到地上。

“别动，按他们说的做！”萨姆抽泣着说。两个孩子痛苦地蜷缩在一起，眼泪顺着脸颊流到团在一起的膝盖、胳膊肘和脚踝上，小小的身子紧紧挨着他们的妈妈。忽然，一个男人抓住萨姆的头发把她拉离两个孩子。

“你把它放在哪儿了？”那个人的口音很奇特，发音不是很准，只听他继续问道，“它在哪儿？”

萨姆的眼睛睁得大大的，说：“我不知道你说的是什么！”

那个抓着她的男人把她粗暴地往前一推，萨姆往前摔去，头撞上了破碎的咖啡桌的一角。

“冰！”那个男人喊道。

萨姆抬起头看向他，头被磕得有些晕，她没明白那个男人的意思，他说“冰”，是让她拿冰来敷上自己被撞破的伤口吗？她一动也不敢动。一只手伸向她的头，萨姆快速地说：

“他把重要的东西都放在他工作的地方，就是市中心那个图书馆，他在图书馆的六层工作。他的东西不在家里。”那个男人越过萨姆，两只手把厄尔丽抓过来，直接拎起来。萨姆赶紧侧过身，抱住厄尔丽的双腿，从下面保护她。“呀！”厄尔丽惊叫了一声，然后，她发现那个男人的脸正对着她，他呼出的气有一股旧胶鞋的味道，还有一股出汗时胳肢窝发出的汗臭味。她能看到那个男人露在外面的眼睛和鼻孔周围的灰白皮肤，眼睫毛很稀疏，在眼睑的中间位置有一颗很大很黑的痣。

“那个图书馆在哪儿？你跟我们一起去！如果敢耍什么花样，我会让你生不如死的！”那个男人摇晃了一下厄尔丽，把她提得更高了些，萨姆已经够不到厄尔丽的腿了。

“不！”萨姆尖叫起来，“放开她！我知道的都已经告诉你们了。达什尔·珀尔绝不会把自己的家人置于危险之中的，所以他没有告诉我任何细节，我只知道你要的东西不在这儿。你会那样对你的妻子和孩子吗，把那么多钱藏在家里，让他们陷入危险当中？”

那个男人总算停下来了，然后把厄尔丽忽然扔下来。他粗鲁地说：“我是不会那样做，但有的家伙可就难说了。不过，如果有问题我还会找你们三个的，噢，没错儿，我会找你们。你们把那些书都装好了吗？”他最后一句话是在问其他三个同伙的，只见那三个人点了点头。这让他很满意，抬起下巴，越过那一堆废墟，用下巴指了指没有门的大门口，剩下的三个人马上明白了他的意思，于是四个人踩着废墟，抱着一箱箱的书，跑向走廊，离开了。萨姆坐直身子，紧紧抱住两个孩子，这个时候除了泪水，还是泪水。等哭够了，萨姆平复了一下情绪，说：“好了，很幸运我们还活着，而且没受什么伤害。很抱歉我必须对那个人撒谎。”

她用袖子擦了擦脸，看了看周围，那个精致的书架上已经空了。她又轻轻哭了起来，边哭边说："都被拿走了！噢，达什，你到底在哪里？你一定不能有事啊，我们是这样需要你！"

连夜逃走

那几个人走后，只有一位住在楼上的老太太过来看他们，老太太穿着拖鞋，走路很轻，萨姆母子都没听见她走过来。住在伍德劳恩的居民一般不会管闲事，尤其是在晚上，听到不寻常的动静更不会开门出来查看，除非涉及他们自己或者亲人。而今天来的这位老太太，算是比较熟的人，平常见面都会打声招呼。她身上只穿着一件睡衣，外面套着一件破旧的毛衣，头发被拢到后面梳了一个髻，她走到他们面前说："噢，天哪，我的天哪！"一边说一边摇头。

"我们今天能去您那里吗？"萨姆问道，"我们虽然没去您家拜访过，但是我们每天回家都会经过您家门口，而且我的丈夫达什有时会给您带一些生活用品。我叫萨姆·珀尔，这是我的两个孩子，厄尔丽和朱比。我知道这个要求有点儿冒昧，但是我们只去您那儿待一个晚上，可以吗？"

那位老太太几乎是立刻就拒绝了，她无奈地说："我也很愿意你们去我那儿，但是那些人我知道，那是一群无恶不作的恶棍，会不择手段对付一切阻碍他们的人，你们住在我那儿也不会安全，你和孩子们最好马上离开，到一个他们找不到你们的地方，千万不要在附近，越远越好，最好去市里面的救助站，不要去亲戚家，也不要到本地的救助站，免得被他们找到。像他们那样的坏蛋，如果再逮到你们，一定会下毒手的。

快，孩子，收拾收拾，没有时间了。”

老太太走进他们家里，开始帮忙收拾。她帮朱比换上干净的衣服，然后装了一袋冰给萨姆敷额头上肿起来的包。萨姆和厄尔丽把衣服和唯一剩下的一本书装进食品袋里，非常巧的是，那本剩下来的书就是《关于韵律的第一本书》，它因为滑进破碎的咖啡桌下被一张报纸盖上而没被搜走。地板上散落着粮食、被撕毁的杂志、摔碎的碗碟、撕坏的照片、没用过的垃圾袋、螺丝刀、扫帚或者拖把，踩上去嘎吱嘎吱响，他们会时不时地被绊一下或者滑一下，就连达什尔用来做桌子用的老版的大百科全书也被搜走了，那盏台灯被摔在地上，但仍然亮着。萨姆把它从地上拿起来，高高地举起来，这时的萨姆就像是一尊自由女神像，只是没有那顶王冠。

“我们的笔记本，他们把引言记录本和单词本拿走了，把我的也拿走了！”厄尔丽抽泣起来，双手张开着在那堆乱七八糟的东西下面摸索着。

“一群贼！他们把达什留下的一信封现金还有我的钱包都抢走了，还有咱们的身份证明和银行卡！真不敢相信，他们不仅把咱们的家给毁了，还把什么都拿走了！”萨姆绝望地说，她跺了跺脚，然后抱住自己的头，眼泪流下来，声音里带着哭音说：“哦，哎，天哪，这么糟糕……我必须尽快接受现实，咱们还有很多事情要做。”然后，她停止哭泣，看向那位老太太，问道：“你是一个好人，对我们这么好，真的非常感谢。但是我们怎么去救助站呢，我们一分钱都没有了，而且我也不知道救助站在哪儿，我以前从来没去过。”

“打电话给 311，孩子，看来，你真是有一个好丈夫，竟然连这个电话都不知道！快开始行动吧，快来吧，你可以用我的电话，把灯关掉，转过身，不要去看身后的这堆废墟了。我的孙子住得离这儿很近，我让他开车带你们去要去的地方。”

那位老太太说，声音暖暖的。

厄尔丽看到萨姆瞅了瞅被损坏的大门，没有门可以关上了，唯一可以修好这门和整个公寓的办法，就是雇人来修，他们自己是办不到的，然而，雇人就需要钱，他们可是一分钱都没有了。他们必须走了，一个没有门的公寓是没有办法住人的。

“快点儿，孩子！你们必须离开这儿！”那位老太太说。

朱比那盒动物饼干的盒子幸存下来，他把自己那辆蓝色的卡车小心翼翼地放进去，然后盖上盖儿。厄尔丽又确认了一遍，兰斯顿那本关于韵律的书她已经带上了。萨姆关掉了台灯，把它轻轻放到地板上，最后看了一眼自己的家，此时已是一片废墟，一个梦碎的地方。走出公寓，路灯仍然亮着，那样冷静而明亮地照耀着他们，然而他们的世界已经崩坍了。起风了，雪花夹杂着冰碴儿落下来，落在玻璃上发出“沙沙”的声音。

“我们不会垮的，我们会坚持住的。”萨姆轻轻地说，“我有一个很好的丈夫，如果他回来找我们，请告诉他我们去哪儿了，好吗?”

萨姆说这话的时候，那位老太太正催他们赶紧走，并把他们带到自己家，然后拨电话，因此没有回答萨姆。电话拨通了，萨姆听老太太说：“他们不能待在伍德劳恩，得给他们找一个安全的地方。”

他们必须尽快走得远远的，萨姆的视线默默注视着熟悉的一切：锈迹斑斑的楼梯扶手，一面墙上有一个类似猫的图案，头顶上有一串小灯泡……萨姆拉着朱比和厄尔丽的手，连同不多的行李，离开了这个生活了多年的家。

一个安全的地方……厄尔丽从来没想过会失去自己的家，并在一个夜里走向未知的世界，而这一切发生的时候，达什却不在。也许，寒风会让他们舒服一些，最起码，会使一切痛苦和打击变得麻木，肉体上的痛苦减轻了精神上的痛苦，就像把冰敷在伤口上减轻痛苦一样。是的，冰。

第 3 章　要活下去!

Cling，坚持，源自古英语 clingan。

动词：坚持，墨守；紧贴；附着。

逃亡

珀尔一家三口坐在老太太孙子的汽车的后座上，看向窗外，窗外的景物向后快速掠过。雪还在下着，越来越大，给大地铺上了一层厚厚的白色地毯，夜色更浓了，这好像是他们经历过的最黑暗的一个夜晚。天地间只剩下黑与白这两种颜色，没有任何其他色彩，直到开上湖滨路与其他的车辆会合。

厄尔丽看向窗外，她很羡慕其他车里的人，他们有爸爸和他们在一起，有家可以回，不用担心自己的生命受到威胁，他们可以一边开车一边说笑。朱比正在吃饼干，忽然他扭动了一下然后哭起来，他抽泣着说："我们把达什落下了，他会找不到我们的！"

萨姆一边一个抱着自己的两个孩子，沉默了一会儿才开始安慰朱比："达什会找到咱们的，一定会的，你们要相信他。今天晚上咱们会去一个安全而暖和的地方，在那里休息。你们是世界上最勇敢的孩子，达什会为你们感到骄傲的，为你们的坚强和勇敢而骄傲。"说到这里，一行眼泪顺着萨姆的脸颊流了下来，然后又一行流下来，眼泪落在厄尔丽的手上。萨姆轻轻斜靠着车窗看向外面。

"我们会在一起的，萨姆。"厄尔丽安慰着妈妈，尽管她自己也需要安慰，但是她是一个坚强的孩子，"达什希望咱们能挺过去。"

萨姆点了点头，然后闭上眼睛："挺过去。"她轻轻重复着厄尔丽的话，就像在向天祈祷一样。"为了我们的梦想，也要挺过去。"

剩下的路程，谁也没有说话。

10

无家可归

老太太的孙子在北区的警察局跟前停住了车。正对着他们的，是一辆厢式货车，警察把这辆货车的后门打开，货车上是一群男人和女人。很快地，这些还没穿好衣服的人就被拖下车，然后被半拖着在雪地上走着，一些人的脚还在乱踢乱晃地挣扎着，时不时传来女人的尖叫声。一个警察把一个企图踢他的男人揍了一顿。

“我的天哪！”萨姆一边说一边紧紧抱着自己的孩子。

“我不想去那儿！”朱比哭着说。

萨姆的身子向那位老太太的孙子的方向倾斜过去，小声地说：“你是一个好人，帮了我们很大的忙，但是还有别的警察局吗？这里看起来情况很糟糕，我也不想带着孩子在这里生活。”

那位年轻人点了点头说：“我理解你的心情。这附近好像有一个很大的救助站，可以收留你们，或许咱们可以不通过警察局，起码在这么冷的晚上，咱们就不给警察先生们添麻烦了，咱们自己去吧。”

“但是你的奶奶跟我说，我必须报警寻求帮助。”萨姆说，声音里是浓浓的担忧。

“也许可以不报警呢！咱们试试直接去救助站吧。”那位年轻人耸了耸肩说。

过了一会儿，车在这座城市北区的一栋老旧的三层小楼门前停了下来，萨姆从车里走下来。在往这栋小楼走的路上，他们路过了一个裹着毯子和睡袋的人，在墙边儿一动不动地坐着，还碰到了一个穿着奇大无比的外套的人，外套都拖到了地上，这个人推着一辆堆满垃圾袋的婴儿车，蹒跚地向前走着。她不希望孩子们看到这些。今天晚上的气温跟前些日子比起来高了几度，但是风却很大，那风冰凉刺骨。

“真是太感谢您慷慨的帮助了！”等他们三个人戴好帽子和手套，把衣服拉链拉到下巴处，从车里下来在路边站好后，萨姆对那位年轻人说。

“很高兴能帮到你们，祝你们好运！”年轻人说，然后上车，很快就走远了，好像很不愿意在这个地方停留。看了看四周，萨姆没有怪他，因为这个地方真是个鬼地方，幽灵般的地方，到处都是阴影和斑驳的墙皮。

“好了，快来，孩子们，咱们得找个暖和的地方。”萨姆说，然后和厄尔丽拿起那些行李，腾出一只手牵着朱比，向门口走去。她推了推门，发现门被锁上了，然后她开始敲门，里面没有反应，然后她又敲。这回，里面的灯亮了，有个人坐在一张小桌子旁边。那是个年轻的男人，只听他开口说：“这会儿不能开门。”然后见他摇了摇头，“我们这儿 8 点就宵禁了，现在已经 8:08 了。”

萨姆挥舞着胳膊喊道：“我还带着孩子，身上也没钱！”

那个年轻的男人只是再次摇了摇头。

“外面太冷了！让我们进去吧！”

没有回应，朱比开始用他的小拳头砸门了。萨姆把他抱起来好让那个男人看清楚。“我们需要找地方避风！我们需要帮助和保护！”萨姆又大声喊道。

那个年轻男人伸出一根手指开始拨打电话，然后张开五根手指向萨姆示意了一下。“我真希望这是指让咱们等 5 分钟的意思。”她说，“这期间，咱们就待在这儿，让他能看到咱们在这儿受冻遭罪！真是见鬼，咱们真不应该从那辆车里出来。”

母子三人挤到一起互相取暖，厄尔丽说：“咱们唱唱歌儿吧，在附近活动活动蹦一蹦。比如，咱们可以唱：划呀划呀划小船，轻轻划到溪水间；高兴高兴要高兴，生活就是一个梦！”

“好主意。”萨姆的声音还带着一丝哭音，但是仍然笑着说，“但是我现在头很疼，而且现在咱们真心高兴不起来。不如这样吧，你们假装在跳绳，而我给你们摇跳绳，咱们就唱：一，二，系上鞋带！三，四，关好窗户！五，六，捡起皮球！七，八，赶紧把他抓！”

萨姆开始摇一条想象中的绳子，而两个孩子则上上下下地跳着，小脑袋瓜时不时地在这栋小楼的门前出现。很快，一辆车在拐弯处停了下来，那是一辆警车。母子三人同时停了下来。

警察向他们走来的时候，厄尔丽忽然听到了达什尔的声音，很清晰，那个声音在说：“厄尔丽，我的孩子！”

“我们该怎么做呢？你在哪里呢？”她无声地问道，想把这个信息传达给爸爸。

但是那个声音没有回答她，倒是那个警察的声音传过来：“这位太太，城里的救助站晚上 8 点就关门了，你可以在休息室专区等着，也可以跟我到火车站，那里开着门而且还有自动售卖机。”

萨姆抬起头，那位警察看到她额头的伤显然吃了一惊，但是他尽量不表现出来。萨姆说：“我们一分钱都没有了，我的丈夫失踪了，而且今天晚上我们被抢劫了，家也被毁了，我知道我要打电话给 DSFF（家庭救助服务机构的首字母缩写。——译者注）……”

“没错，夫人，DSFF。”警察很平淡地说，好像萨姆和他谈论的是“明天天气怎么样”的小事。然后他接着说：“家庭救助服务机构，我会带你去这个地区最近的家庭救助服务机构，明天早上之前，他们会给你们三个联系最近的救助站。”

坐在巡逻车的后车厢，透过铁丝网向外看去，朱比忽然问道：“我们坐在这里，是不是意味着我们就是罪犯了？”

“当然不是了，宝贝。”萨姆说，“我们只是处在最艰难的时刻，要去寻求帮助。”

“达什会找到我们的，对吗？”朱比问道。

“会的，一定会的。”萨姆肯定地说。

“或者，我们可以去找他。”厄尔丽说，萨姆紧紧握住了她的手。

警察局

警察局内灯火通明，和外面的黑暗形成了鲜明的对比。警察把母子三人带到一条长板凳处说：“你们先在这儿坐一下，包裹放在脚旁边就行。如果想去卫生间，就问值班员，他会带你去。那边有电话，还有，这个是家庭救助服务机构的电话。他们会派一辆车过来接你们。”

“但是，警察先生，我有事情要跟你说。”萨姆说。

“明天早上再说吧。”那位警察说，然后开始翻看他桌子上的一沓纸。

“如果是犯罪呢，也要等到明天再说吗？”萨姆又问道，声音里带着坚定。厄尔丽很高兴，觉得有的时候反驳别人的话挺过瘾的。

那个警察瞥了萨姆一眼，就像在看一个无理取闹的孩子，然后没理她。萨姆继续说着，声音很大而且清晰，把过去10天来发生的事情都跟那个警察说了，最后她说："我丈夫肯定遇到了很大的麻烦，我们很害怕，受到了威胁，不得不离开家，我们的钱也被抢走了。我们没有做坏事，也没有做错事，警察难道不应该保护像我们这样的人吗？"

厄尔丽注意到，萨姆在说这一切的时候并没有提到那个装满钱的信封。那个警察抬起头说："这位太太，我们只负责处理夜晚的紧急情况，其他的就管不了了。早晨你可以和负责这事儿的警察说一下你们的情况，现在你最好先打个电话给家庭救助服务机构。"

萨姆还没来得及说话，警局的大门就被粗鲁地推开了，一个戴着手铐的男人摇摇晃晃地走进来，骂骂咧咧，那些粗鄙的骂人话不断地从他嘴里蹦出来。萨姆赶紧用手捂住了朱比的耳朵，并让厄尔丽把耳朵也捂住，厄尔丽照做了，但还是能听到那个男人说的骂人话。那个男人冲着他身边的每一个人吐口水，然后开始大吐特吐，正好吐到了警察的鞋上。很快地，他就被警察强制推挤到墙边，然后厄尔丽他们听到了脑袋磕在墙上的声音。

紧接着，门又被推开了，进来一群青少年，都戴着手铐，走路摇摇晃晃，大声叫骂着。"一群醉鬼。"萨姆小声地跟厄尔丽说。那群人中间，有一个人身上到处都是伤口，有割伤也有擦伤；还有一个人，血水掺杂着口水不停地从嘴里流出来。但是所有警察对这些都视而不见。厄尔丽想，当你走进警察局，站在那张桌子的另一边，你就不能把自己当成人看了。如果你因此感到沮丧，实在没有必要；如果你对此提出质疑，没有人会理你。从你进入这里，就必须接受这样的事实。厄尔丽当时就在心中发誓：她再也不会让自己陷入这样的无助，再也不会！她会自己闯出一条出路！她不会再让这样的事情发生，她清楚地意识到，现在这样无助的情况会使自己一步步走向麻木和卑微。

有一些警察会礼貌一些，但是他们绝不会同情你。她知道警察是拯救人们的生命的，他们的工作很辛苦而且充满危险，甚至会牺牲生命。她知道，犯了法的人应该被绳之以法，她也知道如果一个人不自救，就没有人会帮你。她想到了《爱丽丝梦游仙境》中的爱丽丝，一开始掉进兔子洞的时候，她一遍一遍地求救，但是没有谁可以救她离开。

警察局一安静下来，萨姆就给家庭救助服务机构打了电话，她是到一边打的这个电话，等她回来，朱比已经睡熟了，头枕在厄尔丽的腿上。萨姆坐下来说："我们先等会儿，他们会把咱们安顿在一家 24 小时都开放的紧急救助站，现在，他们要联系一家能放三张床的救助站，而家庭救助服务机构的车也会来接咱们。从此以后……"萨姆停了一下，似乎在忍受什么，厄尔丽看了看她，萨姆狠狠擦了一把眼泪，"从此以后，谁知道会怎么样呢？"

厄尔丽点了点头，萨姆伸出手，紧紧抓住了女儿的手。

救助站

天亮了，一位女警察给孩子们带了两杯牛奶，给萨姆倒了一杯咖啡。母子三人很累，但是很高兴终于有椅子坐了，不用再坐那个木板凳了。他们被告知，警察会去他们家看一下，并问他们想不想再回到伍德劳恩。但萨姆说她不知道回去以后怎么办，那位警察点了点头，没再多说什么。

"那你们就在这儿等家庭救助服务机构的车过来接你们

吧。”那位女警察说，“城里的救助站已经人满为患了，只要能找到地方住就是很幸运的了。”那位女警察还跟萨姆保证，在救助站他们会得到进一步的帮助和保护的。

“好的，还有一件事麻烦你，你能不能帮我个忙，向公共图书馆的负责人施压，好尽快搞清楚我丈夫到底出了什么事？”萨姆说。

“你的电话号码是多少？”那位女警察问道。

萨姆的脸色沉下来，说：“我的手机被那天晚上闯入我家的一个男人摔坏了，不仅如此，他们还砸了我们的家，抢走了我的钱包。你能到救助站找我吗？或者，警察局有没有什么紧急救助基金，我可以申请一些钱然后买一部手机？我会很快还上这些钱的，我发誓，一定会还的！”

那位女警察很平静地看了看萨姆，说：“很抱歉，警察局没有设立基金，但是，等您到了救助站，那里的工作人员会帮助您申请 TANF 救助金的。”萨姆好像没有听懂，于是她接着解释说：“TANF 救助金，就是提供给有需要的家庭的一种临时救济金，你孤身一人带着两个孩子，是符合申请条件的。”她站起来，把可以获得的所有帮助都跟萨姆说了一遍。

萨姆点了点头，嘴唇颤抖着说：“我的丈夫很快就会回来的。”

“我知道。”那位女警察说，“等你安顿下来，给我打电话吧，把你的联系方式告诉我们，一旦有了你丈夫的消息，我们也好通知你。”

家庭救助服务机构的车终于来了，司机从车里出来走进警察局大声喊道：“珀尔家的人有没有？有没有叫珀尔的人在这里？”

萨姆、厄尔丽和朱比已经筋疲力尽了，谁也没有力气说话，只是把他们的行李带上，跟着那个司机离开了警局。他们要去的地方正是昨天晚上那家救助站，因为宵禁而拒绝她们进去的救助站。母子三人静静地看着窗外，又是一个冷酷而灰色的早晨。大雪覆盖了路边停着的车辆和人行道，但他们没有心思欣赏窗外的雪景。车子在一个大门口停住了，珀尔一家从车里爬出来，门口本来聚着一堆吸烟的人，这会儿纷纷让出一条路让他们进去。

“早上好，孩子们！”一位老人冲他们打着招呼，笑容很明朗。他的牙几乎都掉光了，穿着一件厚夹克，夹克很破，破了的地方用胶带粘上了。他朝大门走去，然后推开门，一边走一边说：“情况还不错！我想今天早上会有烤薄饼吃，你可以拿满一大盘子呦！”厄尔丽注意到他的指关节有很多伤疤，新疤盖着旧疤。

“谢谢你，你真是一个好人，我们刚刚经历了一个很糟糕的夜晚。”萨姆苦笑着说。

那位老人转过头来笑了，他环视了一圈，厄尔丽他们也笑了。“坚持住，你们会战胜一切困难的！”他说。

门在他们身后关上了，厄尔丽听到那位老人自言自语道：“你们头一回见他们会感到难过的，他们不知道……”

他们所在的房间很大，像一个旧车库。很多人在排队，等着在厨房门口领属于自己的那份食物，轮到的人会得到一道盘子食物和一杯果汁。长凳上至少有 50 个人已经开始吃饭了，他们面前有一张铺着塑料纸的长条桌子。在这些人里，只有一两个成年男人带着自己年幼的孩子，剩下的基本都是妈妈和孩子了。很多妈妈一只手抱着一个婴儿，另一只手抱着一个刚学会走路的孩子。

“我饿了，我们可以开始吃了吗？”朱比问道。

“再等一会儿，宝贝。”萨姆说，然后在接待台填好一张表格，工作人员告诉她吃完早饭这里的负责人会和她谈一谈，并给了她三张用餐券。

他们把包裹放到桌子上，然后萨姆说："咱们去排队吧。"刚要走，就听坐在不远处的一个女人对他们说："在这里，最好不要把东西随便一放就走人，除非你后脑勺上长着眼睛。"

萨姆听她这么说，赶紧把包裹拿起来，但是那个女人又嘟囔着说："噢，放这儿吧，你们去排队领饭吧，我会帮你们看着的，我叫维尔玛。"

"那太谢谢你了。"萨姆努力笑了一下说。

母子三人排队的时候，前面有人在训斥自己年幼的儿子："你给我好好站好了，不然我会揍你，狠狠揍你，听见了吗？"

那个男孩子僵硬地站在那儿，眼睛都不眨一下地看着自己的妈妈。朱比很安静地站在那个男孩子后面。

早餐被放在一个厚纸盘子上，上面还有一个塑料叉子和一个塑料勺。早餐包括一些薄煎饼、一个橘子、一片火腿和一小盒葡萄干。领完食物坐在椅子上，两个孩子已经开始吃了。萨姆吃得很少，维尔玛看到她这样，说："你会慢慢习惯这里的伙食的，你最好再多吃一点，这里可没有加餐之类的。你从哪儿来的？"

"伍德劳恩。"萨姆说。

"噢，我在那个地方也住过一段时间。"维尔玛说，眼睛转动了几下，仿佛在想什么："住了多久一时半会儿我也想不起来，反正住了好久。我被赶出来，过了很糟糕的一段日子，我失去了我的孩子，但是现在，我正努力过得越来越好。现在，我在上课学习，合格后会找到一份工作，然后，找回我的孩子们。"

"这样很好！"萨姆说，但是她的表情却明显表明她心里不是这么想的。厄尔丽知道萨姆不想多说了。他们对这里很不适应，但是为了生存他们必须适应。这么多年以来，萨姆被达什照顾得太好了，已经忘记了怎么去适应残酷的新环境。于是，厄尔丽捅了捅妈妈，悄悄说：“你要友好一点，萨姆。”

萨姆紧握了一下厄尔丽的手，然后转过头来对维尔玛说道：“我叫萨姆，这是我的孩子们，厄尔丽和朱比。”

“都是很好的名字。”维尔玛点点头说。

“女士们，排队了！”一名保安在这房子的一头大声喊道，然后单身的女人们（大部分是老年人）排成一长队，排在那些拖家带口的家庭后面，手里拿着用餐券。维尔玛站起来慢慢走向那支队伍，快走进去的时候她停下来冲后面喊道：“帮我占一下座位，我一会儿回来！”

萨姆挥了挥手说：“好的。”

那支队伍悄无声息地移动着，那一张张脸看上去都是深深的孤独。厄尔丽不禁想起在超市或者公交车站排队的时候，人们总是在交谈着什么。正想着，保安又开始喊：“男的过来排队！”寥寥无几的几个单身男人排好了队。

等维尔玛拿着她的食物过来，萨姆冲她笑了笑，然后问道：“在这周围，有什么获得帮助的最好的法子吗？比如得到一笔钱买个手机？”

维尔玛举起叉子转了一个圈儿说：“不停地提出请求。你也看见了，来这里的人都是碰到了很大的困难，但是，你要不停地请求，说不准就能成功。还有就是要有一个好人缘，你明白我的意思吗？”说完，她就笑了，因为笑的时候闭着嘴，因此那笑声有些滑稽，等她收住笑便接着说：“如果你想去什么地方，你不用自己开车，临时救济金会给有需要的家庭提供公交车票和火车票，等你找到工作或者报名参加学习班了，或许会得到一部手机。”

“要不厌其烦地说你要什么，但是态度要好。”萨姆点点头，“很有道理。”

“你已经明白了，亲爱的！”维尔玛朝萨姆探了探身子并且给了她一个温暖的笑容，这回她张开嘴笑了，原来她的两颗前门牙已经没有了。“如果还需要什么建议，尽管问我。一般我都会来这里吃饭的。”

维尔玛离开的时候，厄尔丽注意到她的腿跛得厉害，穿着一双男人的军靴，脖子里围着一条对她而言明显太小的粉色丝巾，厄尔丽猜，这条丝巾肯定是一个小姑娘戴的。

救助站的生活

救助站的负责人叫哈帕蒂太太，她有一头蓬松有弹性的灰色头发，戴着一对五彩缤纷的蝴蝶形状的耳环，除此之外没有其他多余的饰物。嘴角和眼角都有深深的笑纹，那是经常微笑留下的痕迹。

“能让你的孩子们一起来我的办公室吗？”她问萨姆。

“当然可以。”萨姆说，“请原谅我们的失礼，我们的头发这么乱，真是不好意思，但昨天晚上我们离家太匆忙，没有来得及带梳子出来。”

哈帕蒂太太挥了挥手说：“没关系，我能理解，一会儿我会给你们一人一套洗漱用品和卫生用品，你们就可以好好收拾一下了。”

萨姆把他们的故事跟哈帕蒂太太说了一遍，从达什的失踪开始讲起，哈帕蒂太太做着记录。

“根据你目前的情况来看，你现在最需要的是一部手机，以便于你随时和外界保持联系，除了手机，你还需要方便的交通工具，这样可以保证你及时外出。由于申请手机的人太多了，所以你只能暂时使用这里的座机了。”

“好的，谢谢您。我们本来也有家的，即使我们不支付房租给房东，在这个月月底之前，我们还是可以住在家里的。但是现在，支不支付房租都没有关系了，因为我们的家已经被毁掉了。”萨姆说到这里停了一下，然后是一段时间的沉默，随后她接着说，“也许从此以后，我们都不会有家了。房东正好可以用这个月剩下的那些房租把房子修补收拾一下。”说到后来，她的声音越来越小。

“咱们先一步步来吧。”听了萨姆的话，哈帕蒂太太说，“一旦你找到工作或者报名参加了职业培训，我们就可以为你申请由政府补贴的住房，你们就可以搬出救助站了。我可以为你联系照看孩子的机构，这期间你们可以一直吃住在这里。好了，先从你的女儿开始吧！你们可以好好考虑做什么样的选择。我们可以把你女儿送回伍德劳恩继续上学，也可以在这附近给她找一所学校。这附近有一所不错的学校，这里的很多孩子都选择到那儿上学。上学的所有费用，包括校外参观学习和餐费等，只要你们在这所城市的任何一家救助站，就不用操心这些。”

萨姆看了看厄尔丽：“我虽然不愿意让你离开同学和朋友，但是我更不愿意咱们三个分开，你怎么想？”

厄尔丽则觉得离萨姆和朱比越近越好，于是说：“我想在这附近上学。”

哈帕蒂太太点了点头，萨姆对她说：“非常谢谢您，给厄尔丽联系学校。”

“我现在要立刻去上学吗？”厄尔丽问道。

哈帕蒂太太说：“不会那么快，亲爱的，但是咱们最好赶快行动，尽早去上学，要不然你会落下很多功课的。我来打电话跟学校联系，看能不能安排你这周就去上课。同时，救助站的饮食有很严格的规定，带着孩子的家庭最先领饭，然后是没有孩子的女人，最后是男人。你们住宿的地方是轮流值日的，一个星期中，每家打扫一天卫生间，9 点以后，宿舍准时熄灯，不能用手电，不能说话也不能弄出什么动静。打架、吵架或者药物滥用都会被立刻请出宿舍。”

“这点你不用担心，我们都不会做那些事情的。”萨姆低声说，厄尔丽想，妈妈现在一定在想象刚才哈帕蒂太太说的那些事情，因为厄尔丽也在脑海中想象着那些事，噢，那些事情真是让人心情低落。哈帕蒂太太也是好心，想把规则都跟他们讲清楚，但是没想到自己的话会引起萨姆和厄尔丽的担忧。

“当然还有好的一方面，如果你和你的孩子们表现好的话，我们会为你们申请一间单独的宿舍，前提是你们会在我们这里待满 12 周，或者更长的时间。还有，在这里，很多家庭都成了朋友，而我也会在周围，以便随时提供帮助。如果有人生病了，我们会为他联系医疗救助。‘芝加哥的希望’是一家很棒的课后辅导机构，在我们这里有一间屋子是专门留给这个机构的，这间屋子里有很多书，还可以在里面做游戏，孩子们做作业遇到难题，可以在这里获得一对一的帮助。此外，每两周你们可以约一下顾问，谈一谈你的计划，让顾问帮你们拟订一份计划，帮你们慢慢回到正常的生活中去，可以离开我们这里，独立生存下去。”哈帕蒂太太补充道。

半个小时以后，他们被带到了二层一间低矮的屋子里，这间屋子有一个篮球场大小，里面有好多床和小柜子。地板很破旧，上面铺着的油毡也是破破烂烂的；房顶上原本是点缀着朵朵白云的，但是那白云已经变成脏脏的棕色了，而且那云的形状还时不时地被灯管撕裂。他们来这儿之前领了自己那份日常用品：双层床的床单，3 床棕色的放在塑料袋里的毯子，2 条白色的毛巾，2 卷卫生纸，3 个小桶，每个小桶里面有以下物品：牙膏、牙刷、漱口水、小刷子、梳子、洗衣液等。房间里的窗户很小，百叶窗已经坏了。一名女管理人员坐在角落的一把椅子上。

“这是你们住的地方，你们不用太拘束，随意一些。”哈帕蒂太太说。

“噢，天哪，谢谢你，如果我们能从家里多带一些我们的东西出来，就不用这么麻烦你准备这些了。我们的东西可以放在哪儿呢？”

“放这儿就行了。”哈帕蒂太太说，“放在这个柜子里，这个柜子专门用来放比较贵重的东西，比如珠宝、现金什么的。我们这里的早饭是6:30开始，午饭是11:30，晚饭开始时间是4:30。每顿饭给大家的用餐时间是1小时。你们可以把毛巾晾在床尾，一层有洗衣机。在这里一定要看好孩子，不要把孩子单独留在救助站外出。超过10岁的男孩子不允许再留在这片宿舍区域，超过12岁的男孩子不允许继续留在家属区域。每天上午9:00到下午4:00，你可以使用这里的电话，电话就在三层，每次通话时间不能超过15分钟，不过，通常都要排很长的队才能轮到，而且只能打本市电话。排队的时候要有耐心而且要礼貌，每个人的电话都很重要。”

在警察局度过了那个让人筋疲力尽的夜晚，朱比躺在只有床垫的床上，很快就进入了梦乡。看到这些，萨姆心疼得都要哭了，厄尔丽拍了拍妈妈的肩膀安慰她，尽管自己也快哭了。现在他们就要住在这个满是陌生人的、阴森森的、开放式的大房间里了，他们还有很多事情要适应、要学习。

“我也感到很难过，萨姆。”厄尔丽说。萨姆坐直身子说：“我了解你的感受，宝贝，我很抱歉，没能照顾好你们，还带着你们流落到这里。咱们先让朱比睡一个小时再叫醒他，这段时间咱们可以先洗漱洗漱收拾一下，你先去洗漱吧。”

在去卫生间的路上，厄尔丽看见好多家都把自己的双层床用布围起来了，还有的用被单或者浴帘，以保留一些隐私。收音机的杂音从这些用布围起来的双层床里面传出来，偶尔会有一条腿或者一只胳膊耷拉下来，那露出来的手里还拿着一本杂志。厄尔丽看到一只露在外面的脚踝，上面文着一支玫瑰和一句话："为爱生活"。一个小婴儿躺在一张床上，正在用手拍打着悬在它头顶的玩具；一个小女孩儿坐在一辆婴儿车里，头上用粉色的蕾丝丝带扎着一个小马尾，婴儿车的一头用晒衣绳绑在床上，因此她的小车也走不远。看到厄尔丽经过，她停了下来，厄尔丽冲她笑了一下，她也歪着头看着厄尔丽。一个和朱比差不多大的男孩子从卫生间旁边的一张床上探出头来，指着她身上穿着的粗毛皮衣小声嚷道："举起手来，你被俘虏了，缴枪不杀！"

厄尔丽把她的塑料小桶举起来对准那个小男孩儿，就像用枪指着那个小男孩儿一样，嘴里模仿开枪的声音："砰！"那个小男孩儿很高兴有人和他玩儿这个游戏，于是装成中弹的样子从床上滚下来，并且滚到床底下。很快地，厄尔丽就听到小男孩儿被从床底下拖到床上，一个不耐烦的声音随之传来："坐好，别捣乱！"然后她听到巴掌声，估计是小男孩儿挨打了，因为她听到了小声的哭泣。她的好心情一下子全不见了，觉得是自己害得男孩儿挨打了。她想，她一定要告诉朱比，这里有的家长不喜欢孩子玩儿游戏。一走进卫生间，她就碰到一个女人在自言自语，还一遍又一遍地洗手，"不公平。"她听到那个女人说，"他什么都不听我说，转身就走，留下我一个人，我必须，必须那样做，不公平。"

厄尔丽没有意识到自己一直盯着那个女人看，直到那个女人看向她并跟她说："千万不要相信他们，男人都是狼心狗肺，一开始他们说尽甜言蜜语，一旦你把什么都给了他们，他们马上就翻脸，拍拍屁股走人，每一次都是这样！”

“我知道了，太太。”厄尔丽回道，然后飞快离开这儿去洗澡。她一直想把浴帘拉严实点儿，但是它老是滑开。她看到那个女人在看她，不，确切地说，是那个女人在镜子里看她。“总是这样。”那个女人又重复了一次。等厄尔丽洗完澡离开卫生间的时候，那个女人还在那儿洗手，池子里的水已经满了，溢了出来，从那个女人穿着拖鞋的脚边漫延开。

第 4 章　新环境

Clutch，源自中古英语 clucchen。

动词：抓紧，突然抓住。

名词：一窝蛋，一群小鸡。

突发事件

厄尔丽拿出兰斯顿的《关于韵律的第一本书》，书的封面有些破，但是那红红的颜色让人感到很舒服。它就像厄尔丽的老朋友一样。更幸运的是，下面的那层绿色的书面布让它成功躲过了那场劫难，没有被摔破，而且保存完美，书脊虽然有些破旧，但仍旧很结实。厄尔丽待在楼下属于他们的那一小块地方，萨姆去楼上排队等着打电话。朱比太累了，根本就叫不醒，所以厄尔丽只好留下来照顾弟弟。她坐在床边，看着书，达什曾经念过这里面的很多诗歌，他喜欢这些诗歌美妙的韵律和节奏。有时，思考什么问题或者需要做决定的时候，她会听到爸爸轻声说："兰斯顿，什么是韵律，什么是节奏？"她现在还能清晰描绘爸爸说这话的样子：手里拿着拖把擦着地板，嘴里重复着同样的问题。他没有父亲母亲，也没有爷爷奶奶，没有人能给他建议，但是好像兰斯顿会帮他。厄尔丽把双手平放在这本书的封面上，闭上眼睛轻轻说着和父亲同样的话："兰斯顿，什么是韵律，什么是节奏？"

"最重要的节奏。"厄尔丽喜欢兰斯顿直白的讲述。节奏，在我们的生活中再平常不过了，是那样自然而然便会发生的，它不是什么深奥和神秘的东西，我们的生活中随处可见：花的生长和开放、水的潺潺流动、地球围绕太阳的运转、月亮在我们梦中的出现，还有思想在我们脑中形成的过程。她看着朱比脖子上血管的跳动，然后将一只手按在自己另外一只手的手腕上，她听到自己的心在说："是的，是的，是的，尝试，尝试，尝试。"萨姆在楼上排着队，她在努力修复被打乱的生活节奏。那么，达什在哪儿呢？在他消失的那一刻，他的心可有说什么吗？

她把视线从自己手腕上挪开，合上书，她记得达什曾经跟她说过："一种节奏可以影响另一种节奏：空中风的节奏可以改变正在飞翔的风筝的节奏；大海中海水节奏的改变可以让行驶其中的船只速度加快或减慢。任何一种运动都有节奏。"

如果把这家救助站看作是充满节奏和旋律的地方，会不会感觉更温馨一点儿呢？任何一种运动都有节奏。她需要一个笔记本把这些话记下来，把有思想的内容记下来。忽然，一声尖叫从房间的一边传过来："我的宝宝不呼吸了！他没有呼吸了！"那是一个年轻女人惊慌失措的声音，那声音在房间里回荡着。

厄尔丽马上跳起来向声音传来的方向看去，人们都奔过去帮忙，管理员的椅子上也不见了人影。一个半裸的女人从卫生间冲出来，疯疯癫癫地嚷道："刚才是谁在说话？谁抢走了我的宝宝？"屋子里很快乱作一团，尖叫声，问话声，还有纷沓的脚步声……萨姆还没下来，但是朱比被吓醒了，开始大声哭。厄尔丽只好又坐回去搂紧朱比，她听到自己的心猛烈地跳动着，她很庆幸这种时候还有朱比可以相互依靠。很快地，她就看到那个年轻的妈妈风一样地跑过自己身边，双臂紧紧抱着一小团毯子，哭泣的声音逐渐消失在楼下。那位年轻的妈妈在和时间赛跑，在"一个节奏"（比喻孩子的生命。——译者注）消失前，她要把它救回来。

适应新生活

救护车在楼下停了很长时间，它车顶的长条警灯疯狂地响着、闪烁着，那闪烁的灯光透过宿舍的百叶窗射进屋子里。厄尔丽想，或许是医生在采取什么临时救助措施拯救那个小宝宝的生命吧。终于，那个年轻的妈妈坐上救护车走了，留下的人们为那位母亲和孩子默默祈祷着。那天中午的午饭稍微丰富了一些，人们说话都比以往更亲切，孩子们都紧紧地挨着他们的妈妈，而他们的妈妈也比以往更疼爱他们。厄尔丽逐渐了解了救助站里的生活，是一种到哪里都必须“快呀快呀”的节奏，上厕所、洗澡、领食物、打电话，都要快，之前还要排队。萨姆也开始考虑参加培训和工作的事情。

萨姆去打电话好像去了好几个小时，她先给房东打了个电话，然后是银行，最后是警察局。因为她没有个人电话让对方再联系她，而且她只有 15 分钟的通话时间，于是那天哪儿也没去。她最大的担心是达什尔回家后发现人去屋空，她想把他们现在的地址告诉房东，但是房东没有接电话，而他的语音信箱又满了，萨姆不能给他留言。

在这里度过的第一个晚上是很糟糕的，萨姆把朱比和厄尔丽安顿在下面的床铺，然后把衣服什么的围在床铺外面，自己爬到最上面的床位去休息。9:00 了，宿舍熄灯了，但是屋里依旧嘈杂：婴儿的哭声、小孩子的说话声、铁床发出的“咯吱”声、卫生间冲马桶的声音、咳嗽声……珀尔家的床铺离卫生间很近，所以要比离卫生间远的家庭承受更多的困扰：卫生间老有人去，于是卫生间的灯一会儿开一会儿关，耳边脚步声不断。厄尔丽试着用枕头捂住耳朵，但是不枕枕头的话，床铺上难闻的味道就会往鼻子里钻，而且床铺那么硬，不枕枕头根本睡不着。而朱比则很害怕，萨姆只好下来陪他。到了半夜的时候，厄尔丽忽然感觉有一只湿乎乎的手摸上了自己光着的脚丫，那只脚当时是伸到床外边了。她尖叫起来，然后听到“啪啪”的脚步声很快跑远了。萨姆赶紧坐起来想看看怎么回事儿，结果脑袋一下撞到上铺的床板，撞得头“嗡嗡”响。就这样，珀尔一家三口在一张床上挤了一晚上，谁也没怎么睡觉，直到天快亮的时候才睡了一会儿。

他们这时深深发现伍德劳恩那个小小的租来的家是多么奢侈了。在那里，他们可以有自己的隐私，可以决定吃什么、什么时候吃，也可以安安稳稳地睡觉，不会被陌生人打扰和惊吓。而且，他们还有自己的手机和工作！和这个世界上你最爱的人生活在一起，过着平和的日子，对现在的他们来说是件多么奢侈的事情啊！

忍过了这一个晚上，三个人都很忧伤。如果可以，他们愿意用一切来交换，任何东西，只要达什在那个冰冷、黑暗的1月的下午不消失。尽管都很悲伤，但是他们都想给其他两个人打气，于是都表现得很勇敢，连朱比也是这样。他们拖着疲惫的身体上楼下楼、排队领饭，把他们对家的渴望埋在心底。真的很不可思议，珀尔一家三口这么快就领悟到一个道理：在时机还没到的时候，不要总是想着那些美好的愿望，这会让你感到更悲惨，除了让事情变得更糟，于事无补。要生存就必须学会适应，学会隐藏自己的情绪。

在救助站的第一个早上，厄尔丽在卫生间的一个隔断里换上衣服——一条牛仔裤和一件运动衫，换衣服的时候，厄尔丽想，要把“适应”这个词写进家里的单词记录本。她想，她还不是很懂这个单词的意思，不知道“适应”是什么感觉，也不知道它会有多难。

“坚持住！(Hold fast！) ”达什曾经说，“抓住梦想！(Hold fast to dreams！) ”兰斯顿的诗接下来讲的是，生活就像是折翼的鸟或者覆盖冰雪的荒野，但只要你坚持住，就会柳暗花明，原来那些困难看来也不过如此。

“但是，不是的，达什，不是的！我和妈妈现在已经无路可走了，那困难不是纸老虎，而是牢不可破的坚石！”厄尔丽在心中默默喊着。她面临的困难就像钻石那样坚不可摧，钻石是所有石头中硬度最大的，可它又是那样透明，像玻璃一样。现今的窘境让他们这个家失去了所有欢乐和幸福的色彩。达什尔曾经跟厄尔丽说过钻石是什么样子的，也告诉过她珍珠是什么样子的。她觉得自己就像珍珠一样易碎，珍珠不是透明的，因此没有透明的钻石那样的坚不可摧。

当生活中的一切都是围绕吃饱肚子进行时，那些追梦人怎么还可能继续追求他们的梦想？当珀尔家的人连自己都不能找到藏身之地，又怎么能像钻石一样，去收藏彩虹？等等，我为什么会想到收藏彩虹呢？

忽然，她觉得自己能理解达什的想法了。她并不孤独，达什没有抛弃他们，她仿佛看见达什正在挠左耳朵，这是他思考问题时习惯性的小动作。不管遇到什么问题，他都会帮助厄尔丽挺过去！早上在去楼下吃早饭的路上，厄尔丽很开心，她的好心情也感染了萨姆和朱比，就像一道阳光。

“朱比，我想，今天萨姆排队等电话的时候，咱们可以把整个救助站都转一遍，就当成是一次历险，哪儿都瞅瞅，说不准还能找到一些书读呢。兰斯顿的书我已经有点儿看腻了，你觉得呢？噢，也不能说是看腻了，怎么说比较合适呢？对了，咱们也要让他休息一下啊，对不对？”

“是的！”朱比说，“让老兰斯顿休息休息，咱们说不准会遇到海盗呢，拿着剑的海盗！”

“我觉得还是不要遇到的好。”萨姆说，看了看两个孩子，一个正在挠左耳朵，一个兴奋地蹦蹦跳跳。“你们不要走散了，要紧紧抓着对方啊！”她又补充道。

男孩达伦

“别忘了，有大人经过的时候，要装作闲逛的样子，其他的时候嘛，咱们尽可以去探险了。”厄尔丽在朱比耳边小声叮嘱道。

“啊，”朱比小声叫了一下，把她推开说，“你把口水喷到我耳朵里了。”

“噢，对不起。”

“探险的时候要像这样吗？”朱比做出弯腰驼背的样子，眼睛还斜着。

厄尔丽忍住笑说：“我想定一些探险时的规矩，比如，观察一切事情，但在别人看起来好像你什么也没看。”

“啊？”朱比不明白了，嘴巴张得大大的，舌头伸出来。

“算了，别管这个了，想看什么看什么就行了，然后用心记一下。有的时候，微小的细节是决定问题的关键。”

“啊？比如我？我就很小啊！”朱比说。

“噢，小伙子，你说得没错。”厄尔丽笑笑说。

“那我们就可以找到达什啦！”朱比欢呼道。他和姐姐正绕着餐厅的边缘走着，屋里全是正在吃饭的人。

“嘘……探险者应该尽量让自己隐形，就像追踪猎物的狮子一样，隐藏自己。”厄尔丽悄声说。

朱比立刻停止欢呼，说："狮子！我好伤心啊，我已经把我的动物饼干吃完了，没有了！"

厄尔丽把朱比拉到一个角落里说："朱比，听着，你想当侦探是不是？侦探可不会介意他们的饼干是不是吃完了，对于他们来说，线索就是一切！"

朱比崇拜地看着姐姐："嗯，对啊！"说这话的时候，他的下嘴唇还是有些颤抖，表情是兴奋的。

他们一起查看了很多纸盒子，这些纸盒子装满了各种食物：法兰克福香肠、烤豆子和番茄酱，接着他们看到堆在角落里的一堆装着衣服的塑料袋，然后快速经过几个需要清理的垃圾桶。从厨房的门缝里往里看，有一个身材魁梧的男人，穿着一身厨师服，一根小手指在耳朵里掏着什么，还时不时地拿到眼睛跟前看一看，然后吹口气，好像是把挖到手指上的东西吹走。

朱比说："我猜他也是在找什么东西吧！"

厄尔丽笑了，握住他的胳膊："朱比，淘气的小家伙！快点儿，咱们去看看辅导教室吧！"

辅导教室的门锁着，但好在是玻璃门，因此里面的一切能看得清清楚楚：一排大书架，好多张圆桌和好多把椅子，墙上还有好多画。

"那个角落放着一本字典！"厄尔丽高兴地说，"两书架的书！还有，快看！一个纸张供应柜！我需要一个笔记本和一支钢笔，所以我们下午再来这里。或许他们会借给我们一些书，还会给我笔记本呢。"

朱比点了点头："你看那儿，有游戏用的东西，就挨着那堆纸杯。侦探也需要游戏的。"

看完这里，姐弟俩开始往楼上进发，经过二层那个开放的宿舍，然后直接上到上面一层，这一层有许多隔开的房间。这里的地板和楼梯间都非常破，有点儿惨不忍睹。墙壁上光秃秃的，每一扇窗户都被遮挡着，头顶上的灯泡也被包围在乱七八糟的电线里，好像怕它们逃掉似的。这些房间有的开着门，那些门是黑色的大铁门。

厄尔丽小声对朱比说："一会儿走过去的时候，咱们要装着知道去哪儿的样子，看任何东西的时候都不要盯着看，就像你根本不关心看到的事情一样。"

朱比皱了皱眉说："你不是我的老板，只有萨姆和达什才能管我，你不要什么事情都教我！"

厄尔丽翻了翻白眼说："我知道，我只是提醒你一下，做侦探可不是那么容易的，你难道不想成为合格的侦探吗？"

"当然想啊。"朱比点点头说。

"那你就得听我的。"厄尔丽说。朱比没有再反对。

姐弟二人接着走。激烈的争吵从一扇门里面传出来，是一个男人和一个女人的声音，夹杂着至少两个宝宝的哭声；另一个房间里堆着很多盒子和垃圾袋，从地板一直堆到屋顶，衣服散落得到处都是，一个角落里放着一台电视，阳光透过那条破破烂烂的窗帘照进屋里，两张双层床都没整理，还有几个孩子盖着毯子睡在上面。

另外一间屋里，有一个和厄尔丽差不多高的男孩子从屋里往外看着，那是一个黑人孩子。"嘿！"他悄声喊过来，"你们是新来的吗？"

"是的。"厄尔丽回答道。

忽然，那个男孩子退回到屋里，好像是有人把他强拽回去了，然后厄尔丽看到一个母亲疲惫的双眼，那位母亲正在看着他们姐弟俩，她没打算和姐弟俩打招呼，只是冷淡地看着他们，然后告诉自己的儿子别乱窜。"别到处乱跑，否则你知道结果的，我说到做到。"

“知道了，妈妈。”那个男孩儿对妈妈说，然后跳到门外面，向厄尔丽眨了眨眼问道：“你们在干什么？还有，你为什么不去上学呢？”那个男孩子有一双碧绿色的眼睛，冲着她微笑着，好像很喜欢看着她似的，厄尔丽觉得自己的脸有些红了。

“那你为什么不去上学呢？”厄尔丽问道。

“我明天就去上学，上六年级。我们刚刚从另外一个地方搬到这里来，那里到处都是老鼠，妈妈说那床垫也让她浑身痒痒。”

“噢，”朱比插话道，“我也不喜欢昨天晚上睡的那张床垫，而且，我们住的那间房里还有很多人咳嗽、说话。”

“你会习惯的。”那个男孩儿跟朱比说，“对了，我叫达伦。”

厄尔丽和朱比也介绍了自己，然后朱比问道：“那你爸爸呢？我原来有爸爸的，但是他现在不见了。不过，我们现在正在找他——啊！你干什么，厄尔丽！”朱比皱着小脸儿，用手摸着自己的胳膊，刚才被厄尔丽狠狠掐了一把。

“因为什么？”厄尔丽有点儿恶狠狠地说，“想起来了吗？”

朱比还是一副搞不清楚状况的样子，但是达伦却点了点头说：“我知道了！你们在搜查这个地方对不对？快来快来！我知道这里的一些秘密噢。我在这里待了好长时间了，刚搬到这里来，因为我弟弟一整晚都会打呼噜，有时候还会憋得喘不过气来。”说完，他就迅速套上一条牛仔裤，那牛仔裤很明显已经小了很多，然后沿着走廊牛气哄哄地走着，头发一簇一簇的，好像是用修剪花草的大剪刀剪过似的，随着他走动的步子一上一下跳动着，很有喜感。

“这走廊的最后一间房子比较可怕，里面住着一个脾气很坏的爸爸，他来这里有一段时间了，随便一件事情就能让他发火。有一回，我看到他抓着小宝宝的一只脚把小宝宝倒提起来，还使劲摇晃。那个小宝宝好可怜。所以，你千万不要去招惹那个男人。”

走过那个坏脾气的爸爸住的房间，达伦接着说：“现在这个房间住着很容易相处的一家人，你们可以和那些孩子一起玩儿。其实你们很快就能发现哪些家庭要被列为拒绝往来户，你只需要观察旁边人们的态度就可以了。如果大家看到那个人都赶紧绕着走，或者加快脚步走开，这些人就是老了。有一些家长，他们对这个世界充满仇恨，他们就像是大黄蜂，见着人就叮。这里住着一个走失的小女孩儿，她很可爱，所有小孩子都这样跟我说，她连一只蚂蚁都不忍心伤害。每当我到一个新的救助站，我就会尽快弄清楚所有人的名字，然后把好人和坏家伙分好类，这是必须首先搞清楚的。”

“厄尔丽，我不想让那些坏蛋再找到咱们，我害怕！”朱比开始哭了。

“他们不会来这儿的，朱比，达伦说的坏家伙不是指他们，你说对吧，达伦？”厄尔丽看向旁边他们的新朋友，那目光好像是在说：你最好说是，原因我一会儿再跟你说。

达伦点点头说：“我说的坏家伙是指那些坏脾气的人，不是指真正的大坏蛋。”

“你在多少个救助站待过啊，达伦？”厄尔丽问道。

达伦挥了挥手，厄尔丽注意到他的手背上有一个月牙形状的疤。不过，厄尔丽觉得这疤并不碍眼，而且达伦好像也为有这道疤感到骄傲似的。厄尔丽听达伦说道：“噢，好多呢。我们经常住进救助站，然后又离开。有的时候我们会住到亲戚家，直到妈妈和那些亲戚吵起来，我们就会在火车站住一两个晚上。有一回我们坐公交车去和一位叔叔一起住，但是我妈妈不能又工作又照顾我们，请一个保姆又太贵，所以我们只好又回到芝加哥。因为在这里，她起码知道在哪里可以吃到饭，在哪里可以得到医疗救助，还有其他的信息。我们没有家，但在这里至少还有认识的邻居，我们熟悉这个地方。这里有长椅、有公园，只要不是在冬天，还是有点家的感觉的。我妈妈上次见到我爸爸是在芝加哥，一般他要想找我们的话，都会到救助站来找。”

厄尔丽觉得达伦很勇敢，在救助站还能这样正常地生活。她忽然想起一个问题，于是问达伦：“爸爸们是不是都知道市里面有救助站？”

“当然啦。”达伦说。

“耶！太好了！这样的话爸爸就能找到他们的孩子了。”朱比欢呼道。

厄尔丽推了推朱比，朱比的话让她感到有些尴尬，但是达伦看起来并不介意，他说：“我得赶紧回去了，回去晚了估计又得挨揍了。要不，今天下午放学后，咱们在楼下的辅导室见，我昨天去那儿了，那里的人还都不错。有的时候，你即使不是去做作业的，也会得到一些小礼物什么的。”

“太好了，我正想去那里呢。”厄尔丽说着，直了直身子，达伦也学着她直了直身子，好与她平视。“嘿，问你一个问题，这栋楼在成为救助站之前是干什么用的，你知道吗？”厄尔丽又问道。

达伦咧嘴笑了一下，说：“好像原先是一座殡仪馆，后来变成了养鸡场。”他说完，看到厄尔丽一脸吃惊的表情，于是赶紧又说：“骗你的！其实，这楼原先是储藏肉的仓库，我们吃饭的那层用来停车。这个问题我原来问过那位管理员太太。后来嘛……”他忽然抬起下巴敬了个礼，然后转过身去对朱比说，“小兄弟，放轻松一点儿，你姐姐都发抖了。后来这里就成了救助站了。”朱比耸了耸肩并且咯咯笑起来，厄尔丽的脸“刷”地一下红了。达伦走后，朱比开始学着达伦的样子转身，弯腰，然后再转回去。

那天中午的午饭跟平常有点不太一样，没有人提起被救护车拉走的那个小宝宝和他的妈妈，午餐有烤奶酪、薯片和葡萄，甚至还有全麦的巧克力饼干。吃午饭的时候，厄尔丽和朱比告诉萨姆他们交到了一个新朋友，并且往达伦的方向指了指，达伦虽然正忙着帮妈妈照顾自己的三个小妹妹，但仍然没忘冲着厄尔丽姐弟俩点头打招呼。萨姆也很高兴，因为她和警察局的侦探约好了，这两天那位侦探就会过来，和她谈一谈她丈夫失踪的事情。

“朱比，你和我一起坐公交车过去，厄尔丽，你就去新学校上课。希望在经历了这么多糟糕的事情以后，咱们可以找到一点你爸爸的线索。如果有必要，我会不惜一切代价让官方重视这件事情，一定要逼着他们一查到底，找到达什，揭开事情的真相。只要找到达什，咱们的生活就会回到正常的轨道，然后咱们经历的这一切就只是一个噩梦。”听到妈妈兴高采烈而又充满希望的话厄尔丽很高兴，但是一想到新学校，厄尔丽的心情又低落下去。闭上眼睛，她尝试着跟爸爸交流：“达什，快点出现，快点回家吧。我就要去一所新学校了，可我不想去，我已经受够这一切了！”

心里默默说完这些话，她睁开眼睛，忽然发现达伦正在眼都不眨地看着她，嘴边还挂着疑惑的笑容。她揉了揉眼，假装有什么东西钻进眼睛里了，然后又整理了一下自己的马尾辫。意识到自己运动鞋的鞋带开了，她又弯下腰去把鞋带系上，然后看着朱比吃饭。她静静等着达什的回复，但是除了朱比吃曲奇饼干的声音，再没有其他的声音响起了。朱比看厄尔丽老盯着自己，以为她想咬一口自己的饼干呢，于是把饼干抓得更紧，紧紧贴着自己的T恤。朱比看厄尔丽还是没反应，就把那块吃了一半的曲奇饼干举到眼睛跟前自言自语道："间谍！"然后把那半块饼干扔进嘴里嚼了起来。

厄尔丽朝达伦的方向看了看，但是他已经走了。厄尔丽希望自己当时能回应一下达伦的笑容。

第 5 章　新圈子

Circle：源自中古英语 cercle 和拉丁语 circulus。

名词：圆，在同一平面内，到定点的距离等于定长的点的集合。圈子，有共同兴趣和行为的一组人。

动词：围绕，旋转，循环。

救助站的孩子们

"爱莎。"

"查图斯。"

"基。"

"雷文。"

"加尼。"

"南多。"

……

厄尔丽一下子记不住那么多名字。孩子们在辅导室里站成一圈，今天来的老师约翰先生是一个年轻的男人，穿着白衬衣和牛仔裤，衬衣是那种带领圈的，领尖上有一颗纽扣。约翰先生介绍完孩子的名字，就拍了拍手说："好啦！你们谁有作业需要做吗，有的话要先把作业做完，然后咱们可以做一些小游戏！"

朱比紧紧抓着厄尔丽的手，自从进来后就一下也没动过。其他的孩子则纷纷拉开书包拉链，把作业本拿出来。每一张桌子的中间都放着一个广口瓶，瓶子里放着铅笔，瓶子上贴着一张纸，上面写道："请自取，归还前请把铅笔再次削好。"

"我还没有去新学校上学。"当约翰先生问厄尔丽是否需要帮忙的时候，厄尔丽跟他解释道，"但我很快就会去学校了，后天就去。我和我弟弟能看一下这里的书吗？还有，就是，我的笔记本丢了，你那里有没有一个小笔记本，我能在上面写字的？"

"是的，是的。"约翰先生还没来得及说话，朱比就抢着继续说，“那些大坏蛋把所有东西都抢走了，还把我们的盘子和碗还有其他东西摔坏了，他们还把妈妈推倒了。那些大坏蛋应该被警察抓进监狱里，要不就，啪！让他们去死吧！”

厄尔丽感到很沮丧，她一直知道，朱比是保守不了什么秘密的。其他的孩子都停止了手里的动作，齐刷刷看向她和朱比，她觉得自己的脸都发烧了，教室里突然一下子安静了。

朱比还在继续说，他站得更直了些：“还有，我和厄尔丽打算做小侦探！”

一个稍微大点的男孩子拍了拍身边的椅子跟朱比说：“过来，小侦探，你可以过来和我一起坐。我们有蜡笔和纸，你们可以用。”

朱比高兴地走过去坐下，抓起一支红色的蜡笔开始在纸上画圈圈，那种好像被压得扁扁的圈圈，一个套着一个，他没有意识到别的孩子在笑他。约翰先生在储物柜里找着厄尔丽需要的东西，他说：“原来我们有一些小笔记本来着，是一个志愿者送来的，你等等，我找找啊……噢，没有了，真是的。”他转过身来跟厄尔丽说，还耸了耸肩。

“如果有剪刀的话，我可以帮她做一个笔记本。”一个女孩儿说。她脖子里有一道很恐怖的十字形疤痕，好像有人用熨斗在她皮肤上熨过似的。她穿着一件漂亮的黄色运动衫，衣领是天鹅绒的，看上去很柔软，厄尔丽非常喜欢这件衣服。她的头发上别着十几只漂亮的发卡，她会时不时地摸一下它们，看那些发卡是不是还在原来的位置上。“你叫我爱莎就行了。”女孩儿对厄尔丽说，然后把自己的下巴在衣领上蹭了蹭，接着说：“我的身份证明上写的是比琳达的名字，我不喜欢这个名字，所以给自己改了个名字，叫爱莎。”

很快，厄尔丽和爱莎就熟悉了，她们一起折纸、裁纸，然后把裁开的纸订到一起，做成了三个小笔记本。“太谢谢你了，爱莎!”厄尔丽笑着对爱莎说，她觉得遇到爱莎是她离家后最快乐的事情之一，还有一件快乐的事情就是遇到达伦，她想知道达伦为什么现在还没来呢?

“你喜欢读书吗?”在她们一起给那些小笔记本的边缘修齐的时候，厄尔丽问爱莎。

“我读书不是很好。”厄尔丽的新朋友回答说，“你不觉得读书有点儿难吗?”

“我可以帮你啊。”厄尔丽说，“读书很有意思的，比吃着爆米花看电影还有意思，因为你读的书会记在你的脑子里，如果书里有的内容你想再看一遍，随时都可以看!”

爱莎看着她耸了耸肩说:“你说这话的样子真像个老师。”

厄尔丽看着爱莎的反应，有点儿后悔自己太着急了。她说自己像个老师，这可不是什么称赞的话，爱莎这么说，是因为自己喜欢读书吗?如果爱莎知道他们珀尔一家人有多么喜欢读书，还会和她做朋友吗?厄尔丽赶紧解释说:“书是人们的好伙伴，就像毛绒玩具和洋娃娃啊。我爸爸，噢，我们都管他叫达什，是他让我们对文字和小故事产生了兴趣，我妈妈也喜欢读书。朱比还不认字，但是他喜欢听我们给他念。还有，我们家没有电视，所以，读书就是最好的娱乐啦。芝加哥有很多免费的图书馆，谁都可以从里面借书看，只要你走进图书馆，拿出借书卡，就能借走你想看的书啦，不用花一分钱!这是我爸爸经常说的话。对了，你有想做的事情吗?”

听到厄尔丽的最后一句话，爱莎头一次坐直了身子，认真地说:“当然有啊，我想开一家美发沙龙，我还喜欢洋娃娃，‘巧克力蛋糕’是我最喜欢的洋娃娃，但是有一回从窗户掉出去找不到了，是被扔出窗户去的。”她的眼睛里含了泪水，为了不让眼泪流下来，她快速地眨着眼睛。

“别伤心了，我所有喜欢的东西也都没有了。”厄尔丽安慰爱莎说，“就剩下一本旧书了，失去自己喜欢的东西很让人伤心，我知道的。”

爱莎感激地看着厄尔丽说：“是的，我觉得有时候大人不了解那些东西对咱们小孩子有多么重要，更何况还是没有家的小孩子。”

“我也是这么认为的。”厄尔丽点点头，说，“那感觉太糟糕了！”

围坐在桌子旁边的其他孩子听到她们说的话，也都点点头表示同意。一个男孩子问道：“你的名字怎么写啊，我觉得你的名字很棒！”

“厄尔丽，和‘晚’的意思相反（厄尔丽是英文名字 Early 的音译，early 的中文意思是“早”。——译者注），我们的姓氏是珀尔。”厄尔丽说。

“噢，这名字真棒！”

“真好听！”

“是啊，听起来像是电影明星的名字！”

“啊，叫起来真顺口！”

厄尔丽忽然觉得自己有一点融入这个圈子了。

“还有我，我的名字叫朱比雷森！”朱比突然插进话来，“爸爸给我取这个名字的意思是响亮的、快乐的！”

“这是教名吗（一般指在婴儿接受洗礼时，由牧师或父母亲朋为其取的名字。——译者注）？”一个男孩子问。

朱比不知道该怎么回答这个问题，只好求助地看着姐姐。厄尔丽耸了耸肩说：“我也不知道，我们一年也就去十来次教堂。但是我知道爸爸妈妈都喜欢这个名字，他们认为一个单词或者一个名字都是值得关注的，它们不需要钱去买，但是却很有价值。”

“这话我奶奶也说过的。”另外一个女孩儿接话说，“他们希望你们的名字被记住。”

其他孩子纷纷点头表示同意，这么一来，厄尔丽和朱比就完全融入这个小群体了。等和爱莎一起把三个小笔记本做好了，厄尔丽想让她的新朋友留一个用，但是爱莎拒绝了，她说：“你给我也是浪费，我不会用来记东西的。”厄尔丽只好把三个小笔记本都收起来，然后带着朱比到这间屋子的另一边去看书。那些书大部分都是全新的，好像从没有人打开看过。她问约翰先生，她和朱比能不能每人借一本书。约翰先生有点犹豫，于是她做了两张借书卡，一张是自己的，一张是朱比的。她在自己那张卡的最下面写下书名《金银岛》和借书日期，同样的，在朱比的卡的下面也写上书名《狮子王》和借书日期。

“我们会很快还回来的。”她承诺说。

其他孩子一直在看着，尽管没有人和她一样要求借书，但也没有人说什么风凉话。

在回去的路上，抱着那三个手工做的笔记本还有一支铅笔和两本借来的书，厄尔丽有点难过，因为达伦没有来。

在辅导室的时候，她问了几个孩子，那天下午有没有见过达伦，那几个孩子说没有，其中有一个男孩子一边打开双肩背包的拉链，一边耸耸肩说：“有的时候，一家人会被转送到别的救助站的，而且在被送走之前不会通知他们。或者有的时候，家里的一个男孩子到了规定的年龄，就不能再留在这里了，为了在一起，妈妈就会一起离开。见鬼！我们还要去拖那些很重的垃圾袋！在这里生活真不容易！”

约翰先生伸过手来拍了拍男孩子的肩膀说：“我们会在这里帮助你们的，孩子！”

“可这并帮不了我们多少。”那个孩子说完，就转过脸去不说话了。厄尔丽的心情更沮丧了。“现在是什么情况？该怎么办，兰斯顿？”她在心里默默问道。她突然觉得一阵迷茫。在离开辅导室前，她看了看墙上的钟表，4:44。她忽然感觉背脊上一阵发冷，赶紧去拉朱比的手。

睡前故事

“好啦！我们有‘墙’、有光啦，还有这么漂亮的条纹枕头和内衣！”萨姆抱着一堆东西走到他们住的那一方小天地，把手里抱的东西放到床上。

厄尔丽和朱比在辅导室时，萨姆在一堆刚运到的捐赠物里淘了好多需要的日常用品，有一张白云图案的床单，有一支手电筒，还有一只粉色和橙色条纹的全新的枕头。萨姆很快就收拾好了，她把刚领来的床单围在床的周围当作“墙”，然后在最上面的床铺用浴袍带当作晾衣绳绑在床的两端，把已经洗干净的内衣晾在上面。这么一收拾，总算有点家的样子了。

达伦一家那天晚上没有来吃晚饭。珀尔一家三口吃完晚饭，就在二楼的走廊里做仰卧起坐和伸展运动。这是他们来到这里的第三天。做完运动，他们就洗澡、刷牙，然后窝在最下面的床铺上看书。萨姆给孩子们读着《金银岛》，厄尔丽和朱比躺在萨姆的身边静静地听着。达什曾经给他们读过这个故事，不过把那些吓人的情节跳过去了。他们尽量忽视周围那些声音，直到离他们很近的地方响起一声咳嗽，听到这声咳嗽，萨姆立刻坐起身子，脑袋“砰”的一声撞到了上铺的床板上。

“哎哟！这已经是第二次犯这样的错误了！谁在外面？”她把围在床周围的帘子掀开，看到了四张小脸儿——三个女孩子的和一个男孩子的，这四个孩子正跪坐在地上认真听着她读故事。

“这下好了吧，都怪你！”年龄大一些的孩子一边说，一边打旁边那个年龄最小、拖着两管鼻涕的孩子。那个年龄小的孩子被打哭了，咳嗽得更厉害了。

“你们待着别动。”萨姆对厄尔丽姐弟说，然后从床上下来，走到那几个孩子旁边，问他们的妈妈在哪里。几个孩子指了指，萨姆朝那个方向走去，弯下腰和那几个孩子的母亲说了几句话。那位母亲正躺在床铺上照顾着一个小婴儿。跟她说完，萨姆就走回来笑着对几个孩子说：“你们的妈妈说你们可以在这里听故事。”她的声音柔柔的、暖暖的。

她把几个孩子叫过来，那几个孩子很听话地跟着她，争先恐后地挤进珀尔一家的小天地。萨姆拍了拍最下面的床铺，那四个孩子很乖地坐下了，然后她又拿出纸巾给那个最小的男孩子，让他擦擦鼻涕。

“擦完鼻涕，把手再洗一洗，我们等你。”萨姆轻声说。那个男孩子小跑着去洗手了，等他回来并坐好，萨姆又跟他们解释说，这个故事是关于海盗的，并且说：“我们从头开始读吧，这样你们就能把故事连起来了。”

“这个故事发生在两百多年前，是寻找遗失的宝藏的故事。我要先告诉你们哦，书里有一些内容是关于酗酒、谋杀还有卑鄙可怕的人的，如果你们觉得太吓人了，就跟我说，我就跳过去不读，省得你们做噩梦。不过，这的确是一个很棒的故事！故事的主人公是一个小男孩，和爸爸妈妈一起住在英国，英国呢，就在大西洋的另一边。他们住在海边，爸爸妈妈开着一家小旅馆，男孩子要帮着干很多活儿，他们的生活很困苦。”

那四个孩子点点头，最大的女孩子犹豫地问道：“这本书是不是，不适合，我们小孩子看？”

“嗯，我想咱们看这本书是没有问题的，因为好几代人就是读着这个故事长大的。”

“快点，萨姆！我要听！”朱比有点着急了。厄尔丽想，达伦肯定喜欢听这个故事，一个由小男孩讲述的故事。可他没在，真遗憾！

萨姆开始讲了，用缓慢而清晰的语调读着：

我很清楚地记得他走进旅馆的场景，就像发生在昨天一样。那天，他脚步沉重地走进我们旅馆的大门，身后的小推车上搁着水手用的储物箱。他长得又高又壮，很强健，深棕色的皮肤，他那粘着柏油的辫子，垂挂在穿着邋里邋遢的蓝外套的肩上，他的手很粗糙而且伤痕累累，指甲又黑又糙，一边的脸上有一道刀疤，刀疤泛着恶心的青白色。我记得当时他一边吹口哨一边环顾着小海湾，然后扯着嗓子唱起来，这首歌他后来经常唱：

十五条汉子扒着死人箱——哟——嗬——嗬，

还有一瓶朗姆酒！

那嗓门儿扯得高高的，颤乎乎的，那歌声很古老，就像绞盘棒（萨姆解释说，绞盘棒就是船上的一部分）上发出来的断断续续的那种声音。然后他就用随身带着的棍子使劲砸着旅馆的门。等我父亲出来，他便粗声粗气地要了一杯朗姆酒。酒送上来，他就慢慢地呷着，像个品酒师似的，一边缓缓地品着酒的味道，一边继续环视着近旁的峭壁，并抬头瞧瞧我家的招牌。

“这真是一个很不错的海湾，”他最后说道，“还有个惬意的、开得很是个地方的小酒馆。客人多吧，伙计？”

我父亲告诉他不多——客人少得很，口气里带着几分遗憾。

“噢，那好，”他说，“这就是我要住的地方。你，过来！”他朝推车的人喊道：“停那边上，帮我把箱子提过来，我要在这儿待上一段时间。”

他接着对我父亲说：“我过日子很简单，只要有朗姆酒、熏猪肉和鸡蛋就行……哦，我知道你在想什么了——给你！”他朝门槛上扔了三四块金币，“这点钱我什么时候花完了，你可以告诉我。”他说着，神情好可怕，像个司令官。

萨姆接着讲了下面发生的故事，在接下来的几个星期，海盗把住在旅馆的人都欺负了一个遍，萨姆说，在海上，会有一些邪恶之徒，他们靠抢劫为生，不劳而获。萨姆接着讲，男孩儿一家不敢拒绝那个男人，只好让他住进来。他从来不洗澡，也不洗衣服。他总是随身带着那个箱子，他暗示箱子中有很贵重的东西，所以一直锁着。这个海盗还跟男孩儿说，让他注意有没有一个一条腿的海员，如果看到这样的人，一定要通知他。很明显，这个海盗似乎很害怕被那个海员碰到。

“好了，就先讲到这儿吧。”萨姆说，“希望没有吓到你们，这只是一个故事，是假的，知道了吗？”

一个孩子问道：“这个男人的家在哪里？”

萨姆侧过头看了看问问题的那个孩子，叹了口气说：“那个人或许很多年都没有家了，也许从来就没有家。我猜他在海上的时候都是住在那些船上的。”

“那他闻起来一定很臭，就像街边那个家伙一样。有一回我们跟他打招呼，他晃了晃他的睡袋，那味道难闻死了，我们都喘不上气来了！”另外一个孩子说道。

“噢，真可怜。”萨姆说。

“我想住在船上！”那个拖着鼻涕的男孩子兴奋地说，“带着一个水手用的箱子，里面装上我要用的东西！”

“船上可没有厕所，也没有自来水。”萨姆说，“但是会有好多老鼠和臭虫，木头里还有很多蠕虫，啊，对了，也不会有卫生纸的！”

“啊，太脏了，真恶心！”

“所以说，海盗也不是那么好当的噢！”

“海盗就会偷东西，他们不工作，是不是？”朱比问道，“所以他们没有家，他们都是坏蛋！”

“有时，坏蛋是有家可住的，但是好人却没有家。”萨姆轻轻地说，“好了，咱们会继续往下读的，那时你们就知道谁有家谁没有家了。现在，该睡觉了，孩子们！”

那天晚上，珀尔一家三口仍然挤在一张床铺上睡着了。厄尔丽希望达什不会被别人欺负，不管他现在在哪里。“安，达什。”厄尔丽在心中默默地说，“做个好梦！我们正在努力找你，但是我有一个问题：4:44 是什么意思呢？是你让我看到那个时间吗？我记得你在笔记本上写下的东西，在最后一页，是关于时间的。如果 4+4+4=12，并且 1+2=3，那么 3 是一条线索吗？它暗示着什么？还是说你仅仅是对 3、6、9 这样的节奏和频率感兴趣？但是为什么会对它们感兴趣呢？我不喜欢 3 这个数字，咱们家有 4 个人，不是 3 个。我对和 3 有关的事情也不感兴趣，我希望你的笔记本上的东西加起来是和 4 有关的。”

眼泪顺着厄尔丽的脸颊流下来，流到枕头上，然后厄尔丽感觉到了：达什的手正轻轻抚着她的头！在家里的时候，达什经常这样做，他和萨姆睡觉前，都会这样摸摸自己和朱比的头。而刚才，她真的感觉到达什在轻轻拍自己的脑袋。

她的眼睛猛地睁大了，然后用一只胳膊拄着身子坐起来。萨姆原来是背对着她的，而朱比则蜷着身子窝在萨姆怀里。厄尔丽的动作惊醒了萨姆，萨姆转过头来问："你还好吧，厄尔丽？"声音里还带着睡意。

厄尔丽知道自己不能说刚才发生了什么，这会让萨姆伤心的。她尽量让自己的声音听起来愉快一些："没事儿，晚安！"

等她再躺好，她在心里默默说了一句："谢谢你，达什。"

厄尔丽很久都没有睡着，她觉得时间过得好慢。她听着大屋子里的窃窃私语，偶尔掺杂进一两声咳嗽和打喷嚏的声音。雪花还在不紧不慢地从天上飘落，风不大，一直在刮，将雪花刮到窗户上，发出"沙沙"的声响，时不时地，暖气片也冒出一阵蒸汽。管理员坐在角落里，打着手电筒看着杂志，有时会起来转一圈，走动的时候，她的一只运动鞋会发出"吱吱"的声音。每当有人蹑手蹑脚地去卫生间，打开卫生间的门的时候，里面的灯光就会随着开门关门的动作，在厄尔丽的脸上投下一片或明或暗的光影。谁能帮助他们呢？忽然，厄尔丽想起一个人，那个人曾经和达什的过去有关，说不定还能找到他呢。厄尔丽把这个想法记在脑海里。

"我可以做到的，我能行的，达什！"她轻轻说，嘴唇无声地一张一合。厄尔丽渐渐适应了屋子里的各种声响，也适应了在这样一个大雪纷飞的夜晚，和其他人一起度过，很快地，她沉沉睡去了。

大噪门的厨子

厄尔丽打开自己的新笔记本，在上面写下一行字，每个字都很整洁：

找到斯吉坡·卫福，达什过去的老师，先查找一下电话簿。

到凌晨时分，厄尔丽觉得已经准备好去新学校了。时间过得好慢，她觉得救助站墙上挂的钟好像停止了似的。

厄尔丽和朱比经过达伦住的房间时，里面静悄悄的，太安静了。他可能已经去学校了吧，那他的妈妈和那些小宝宝们呢？今天早晨也没见他们下来吃早饭。厄尔丽叹了口气，想着自己是否还有机会再见到达伦。

辅导室在下午 3 点以前都是锁着的，直到孩子们放学才开放。厄尔丽希望在那里能找到一本电话簿，她就可以自己查了。一旦事情有了点线索，她就告诉萨姆，让她也高兴一下。萨姆好像把时间都花在等电话上面了，希望第二天就能到警察局，得到免费的咨询和建议。她打了很多电话，对方只是留下她的名字和救助站的电话，有人告诉萨姆，一般那些地方是不会给她回电话的。萨姆甚至还和救助站的就业顾问见面聊了聊，就业顾问跟萨姆说，如果她想要找到一份工作，必须先把朱比送到能承担得起的日托所去，但是达什和萨姆是不同意把孩子们送到那些地方去的。而现在的工作并不好找，尤其是对于一个只有高中文化水平的人来说。所以萨姆心情比较沉重，没有心情陪厄尔丽和朱比。

厄尔丽已经给朱比读了三遍《狮子王》了，终于，朱比找到了一个玩伴——住在楼上的一个男孩子，那个男孩子围着屋子转悠的时候认识了朱比。厄尔丽松了口气，可刚拿起自己的笔记本，朱比就回来了。

“厄尔丽，他扯我的衣服！”朱比抱怨说，“他一点儿都不友好，而且我们找不到什么好玩儿的东西，他那儿能玩儿的只有他妹妹的那些玩具娃娃。”

厄尔丽叹了口气说：“来吧，咱们在大厅里玩儿红灯绿灯的游戏吧。”他们刚开始玩儿，就吸引了很多和朱比差不多大的孩子。厄尔丽跟他们解释了一下游戏规则，就带着他们一起玩儿了起来，差不多有十来个孩子。

她转过身，捂住眼睛，说：“绿灯。”然后转过身说：“红灯！”孩子们玩儿了一会儿，忽然有一个孩子尖叫起来，这叫声把管理员招来了，让他们安静。

“你们可以玩儿，但是要安静。”管理员说，然后拍了拍厄尔丽的肩膀说，“你来带着他们玩儿吧。”

这句话很管用。厄尔丽又带着孩子们玩儿了“不许说话不许动”的游戏，还有“咬耳朵”的游戏，这些游戏都比较安静。“咬耳朵”的游戏是这样玩儿的：孩子们围成一圈坐着，一个人在旁边那个人耳边说一个名字，一个一个传下去，最后的一个人要说出他听到的是什么名字，看和一开始那个名字是不是一样。等午饭时间到了，萨姆也从楼上下来，厄尔丽已经累得不行了。

厄尔丽很想让妈妈笑一下然后给自己一个拥抱，于是说：“你在楼上的时候，我照顾了好多孩子呢。”但是妈妈的情况看起来很不好。

“很好。”萨姆的声音很平淡，“真希望我做的那些事情能有意义。”

午饭让人一点食欲都没有，油腻腻的肉旁边堆着些绿色的面条。朱比又开始抱怨，厄尔丽也开始觉得绝望。她说：“萨姆，你能带我们出去散散步吗？咱们看看天空，呼吸一下新鲜空气，说不定会感觉好些呢！”

萨姆面无表情地看了一眼女儿说：“我也想，但是我一秒钟都不能浪费，在见那些警察之前，我必须弄明白咱们的权利和要求，明天的那次见面很重要，我必须要让事情有所进展，知道吗？”萨姆看着厄尔丽第一次露出了不开心的表情，就又说道，“很抱歉，宝贝。不过，明天你就可以去学校了，换换环境你会觉得好些的。今天你如果能再照顾一下朱比，就是帮了妈妈的大忙了。”

厄尔丽沉默地点点头，她想起了在家里时的快乐时光：玩儿面团、画画、折纸，家里有蜡笔，也有玩具，当然，还有书。他们会到当地的图书馆去，有时候一周去两次呢！她会和萨姆一起做曲奇饼干，和朱比一起堆积木。那个时候她觉得这些再普通不过了，但现在再来看，那时候的一切对于现在的他们来说都是奢侈的。

吃完午饭，厄尔丽跟朱比说，要玩儿一个猜数和数数的游戏。首先，他们要猜一猜餐厅的地板上有多少地板砖，厄尔丽把他们猜到的数字记在本子上，然后朱比就一块块去数，只要不是在桌子底下的地板砖，都要算上。

“厄尔丽，有两亿块！”朱比兴奋地说。厄尔丽估计了一个数字，然后也开始数。她估计有 369 块地板砖，这几个数字曾经出现在达什的笔记本上。她也不知道为什么说出这个数字，没有理由。或许是祈求这个数字能带来好运吧。数完以后，地板砖的正确数目是 654 块。厄尔丽发现，如果你把 6、5、4 这 3 个数字加在一起，会得到 15，再把 1 和 5 加在一起，就是 6，这个数字和达什推导的结果一致，厄尔丽觉得这是一个好兆头。

数完地板砖，厄尔丽让朱比认真看了看楼梯，然后捂上他的眼睛说：“好了，你觉得从一层到二层有多少级楼梯？猜一个数就行！”

朱比猜有 14 级，厄尔丽把这个数字写下来，然后把朱比带到二层，让他抓着楼梯一边的护栏，倒着下楼梯，一边下一边数。朱比很喜欢这种倒着走下楼梯的感觉，而且更让他高兴的是，他猜对了，或者说差一点就猜对了，他数到 10 直接就数 12，没有数 11，但是厄尔丽任他去了，就当他猜对了。

“我猜对了，耶！我猜对了！”朱比高兴地大声说，蹦蹦跳跳，“我很厉害的，我数楼梯和猜数很厉害的！”

到下午 3:00 左右，厄尔丽和朱比早早就等在辅导室门口了。3:15，爱莎走过来，迅速拥抱了一下厄尔丽，然后拿出一张纸巾开始擤鼻涕，那张纸巾好像已经用了一整天了。厄尔丽在自己的口袋里掏了掏，拿出一张干净的递给爱莎。爱莎笑着说：“谢谢你！终于不用再用那张脏纸巾了，我又不想用卫生纸，卫生纸会把我的鼻子拉得很疼的。对了，今天辅导室不会有人的。我知道这很糟糕，他们一个星期只来三天。”

“噢……”厄尔丽和朱比都很失望，他们本来希望辅导室能开的……

“很漫长的一天，是吧？”爱莎问道，“而且我敢打赌，你们的妈妈一定在忙着看怎么能把你们尽快带出去。对了，我这儿有几本彩色的关于动物的书，还有好玩儿的纸娃娃，我们到那边的桌子那儿去玩儿吧，没人会管的。”她吸了吸鼻子，很快就跑远了，她的脚“啪啪”地走上楼梯，粉色的书包在背后一颠一颠的。

朱比的嘴撅了起来，小声嘟囔着说：“我不想玩儿娃娃。”

“咱们去看看爱莎拿什么回来了。”厄尔丽说，“听话，朱比，没有人愿意和一个爱抱怨的人一起玩儿的。”

朱比冲着一条桌子腿踢了两脚，那桌子腿发出“通通”的声音。正在这个时候，一个厨子从厨房大步走出来，这个人正好是前一天他和厄尔丽看见的那个正在挖耳屎的人，又壮又黑。厨房的门在他身后“砰”的一声关上了，只见他伸着一根香肠似的又红又粗的手指头大声叫道：“嘿，你！对，就是你！小鬼！”

朱比吓得躲到厄尔丽的身后，紧紧揪住她的牛仔裤。厄尔丽快速向周围看了一眼，看是不是有别的大人在。她不知道这个男人是在跟他们开玩笑还是真的发怒了。

“你该庆幸我不是那张桌子。”那个厨子咆哮着说，“小鬼，你是不是有什么不高兴的事情？好了，从现在开始，你要高兴起来。好好过每一天，因为今天过去了，就再也回不来了！噢，我这么说你可能听不懂。”他又举起那根又粗又红的手指指着朱比说，“要学会享受生活中的苦难，噢，对你来说还是太深奥了。这么说吧，今天的晚饭你要吃干净，不许剩，要知道感恩，你们俩都听见了吗？”说完，他皱了皱眉，眨了眨眼，看到朱比好像真被自己吓到了，才慢慢地露出了一点笑容。他这一笑，厄尔丽和朱比看到他少了四颗牙齿，还有一颗金牙。他举起手挥了挥，点了点头，然后以令人惊奇的速度转身向厨房走去，风一样地回到了厨房，厄尔丽和朱比只看到一扇又被关上的门。

“哇哦！”厄尔丽终于松了一口气，说，“他隔着那面墙是怎么看到你踢桌子的？噢，我知道了！墙上有一小扇窗户，就在咱们领食物的窗户旁边。”

“我想要达什。”朱比小声地说，努力眨了几下眼睛，想把眼泪憋回去，“达什从来不会那么吓我们的。”

晚饭有绿叶蔬菜、米饭、鱼糕和吉露果子冻。吃完晚饭，萨姆偏头痛的毛病犯了。爱莎没有出现，连晚饭都没和她妈妈一起下来吃，于是，珀尔一家很早就睡了，没有继续读书。那个拖着鼻涕的男孩子一直咳嗽着，直到人们都睡着了，没有人再听到他的咳嗽声。

被同学欺负

天亮了，厄尔丽把自己的衣服小心地平铺在一张床铺上，然后用手小心地抚平那些褶儿。然后她从要洗的脏衣服里拿出一只袜子，蘸上水，把自己的运动鞋擦干净。都收拾好以后，她静静地坐在床上，在笔记本上写下“希望今天又是新的、充满希望的一天”。写完，她停了一下，然后往上看了一眼，发现萨姆正看着她，萨姆的眼神还是那样温柔，就像在家里一样。厄尔丽的眼睛里忽然涌上了泪水，她赶紧低下头。

“厄尔丽·珀尔，我爱你，宝贝儿。”她听见妈妈轻声对她说。

厄尔丽忙着把笔记本收起来，而且飞速地眨着眼睛不让眼泪流下来，等成功把眼泪憋回去，她才说：“我也爱你，萨姆。”

厄尔丽和另外 12 个孩子还有哈帕蒂太太一起离开救助站去新学校的时候，萨姆和朱比已经在楼下等着送她了。没有别的家长在这里等孩子，只有萨姆。萨姆走到厄尔丽身边，给她整理了一下围巾，好包得严实一些，她说：“现在外面很冷，把手套也戴上吧。”

厄尔丽点了点头。

“你妈妈真好。”爱莎一边往外走一边说，“我妈妈看起来总是那么累，在来这里以前，有时候连吃早饭还要我们叫她好多次她才起床。”

厄尔丽又点点头，但又觉得很奇怪，因为吃饭的时候除了爱莎和她妈妈在一起，她并没有看到爱莎的妈妈还带着别的孩子啊。于是她问爱莎：“你们家还有别的孩子吗？”

爱莎把头埋进围巾说：“过去有，但他们和奶奶都被大火烧死了，现在就只有我和妈妈了。”

厄尔丽吃惊地看向一边的爱莎，赶紧说：“很对不起，那，那太让人难过了，我不知道有这事，对不起。”

爱莎耸了耸肩，咳嗽了起来，等停止咳嗽，她跟厄尔丽说：“那是3年前的事情了，那时候我还小呢。我真的很想他们。有的时候我脑子里会出现他们说话的声音。我们不管去哪儿，都会把他们的照片带在身上。我妈妈一直到现在都很伤心，每回她找到一份工作，比如在旅馆前台工作，待不了几个星期就会被辞掉，可能是因为她太爱哭了吧，我也不知道。”说完，爱莎用自己的手套擦了擦鼻子。

“你妈妈看起来也很好。”厄尔丽说，她想再说点什么，却发现不知道该说什么。接下来的一段时间她们谁也没有说话，只听着脚下的雪发出“咯吱咯吱”的声音。这是一个灰蒙蒙的早晨，没有风，住在周围的人们看起来比伍德劳恩的人们体面些，也忙碌些。但是大街上好像也有更多的穷人，他们有的拿着一个一次性纸杯，里面放着一些零钱，并时不时晃动一下，嘴里念叨着：“早上好，帮一帮没有家的可怜人吧！上帝会保佑您的，好心人。”还有一些挤在人行道的栅栏旁边，低着头，脚裹在一堆破布里取暖。还有的在自己面前放一块写着字的纸板子，板子上写着：“我很饿，没有家，在经济困难时期破产了。”还有的写着：“我是一名参加过越战的老兵，受过伤，我是为你们而战的！你们能回报我吗？我要养四个孙子，但我没有工作。”还有的写着：“我失业了，没有钱看病，我不想死，请救救我。”还有一些人，他们只是来回走着，什么也不干，什么也不说。厄尔丽希望自己能有些零钱可以给这些可怜的人，但是她也没有钱。看到这些人大冷天的无家可归，而且很多人还想着跟别人说一下自己的故事，但是没人愿意停下来听。厄尔丽走得越来越慢。就没有人关心这些人吗？爱莎拉了拉她的胳膊。

哈帕蒂太太往后看了一眼，说：“厄尔丽，过来，上前面来，我跟你说一些新学校的事情，你会爱上休斯小学的，我敢保证！”

“休斯？”厄尔丽问道，眼睛里闪着光，“是兰斯顿·休斯的休斯吗？”

“噢，我从来没往那方面想过！你是怎么想到这个名字的？”还没等厄尔丽回答，哈帕蒂太太又说，“今天早上他们会对你进行一次小测验，看看你适合上几年级，所以你今天大部分时间会待在办公室，但是中午你可以和其他孩子一块儿吃饭，你可以找爱莎，和她一起吃。”

“我会找她和她一起吃的！”爱莎插话说。

“我上五年级呢，为什么还要测试呢，他们给我原来的学校打电话问一下不就知道了吗？”

“是这样的，这是他们做事的方式，咱们只好遵守了。别担心，不会很难的。”

“哈帕蒂太太！”厄尔丽看着她的脸叫道。

“嗯，什么事？”

“达伦，他，离开咱们救助站了吗？嗯，他是我和朱比的朋友……”

哈帕蒂太太叹了口气说：“很遗憾，他妈妈的一位朋友去世了，所以他们一家很匆忙就离开了，不过，我觉得他们还会回来的。”

“不是他爸爸去世了吧?”

“不，不，不，不是他爸爸。”哈帕蒂太太说完这句话，就没再说什么。

等他们走进门，其他孩子就三五一群地沿着走廊走着。这所学校很大也很暗。一个穿着安保制服的女人坐在门口的桌子旁边，跟经过的一些孩子打着招呼。军绿色的储物柜沿着走廊排列着，孩子们把书包放下来，然后脱下厚重的靴子，这是很普通的一幕，每个学校的早晨都是这样的。

哈帕蒂太太领着厄尔丽来到一间办公室，跟里面的人打招呼说:“这是厄尔丽·珀尔，已经注册过了，是这里的新学生。”

“知道了，很好听的名字!”一个有着金黄色蜂窝式发型的女人咕咕哝哝地说，然后走过来，一边走，那涂着柠檬色条纹指甲油的手一边翻着一叠纸张，嘴里也没闲着:“我有事出去一下，一会儿就过来。啊，对了，甜心，你要吃早饭吗?”

厄尔丽摇了摇头说:“不，谢谢您，夫人。”说着，她脸上挂上一丝微笑，这是跟达伦学来的。等那个女人离开屋子，厄尔丽环视了一下四周，在那些书架上扫视了一圈，想找到一本电话簿。很快她看见一本新的电话簿就在桌子上放着。过了几分钟，测试开始了。开始测试之前，厄尔丽问她能不能用一下电话簿。

“当然可以。”“蜂窝头”女士说，然后把电话簿拿过来。这应该不难查。厄尔丽想，自己会适应做一名侦探的生活的。

测试很简单，都是判断对错的题目。厄尔丽拿出铅笔开始答题，一页一页做下去。很快，午饭的铃声响了，厄尔丽听到孩子们从教室里涌向走廊。

“我能去吃饭吗？”厄尔丽问。

“等你做完题就可以去了。”“蜂窝头”女士回答说。

厄尔丽飞快做完最后两三页，抬头说：“这些题很简单，噢，我想查一个亲戚的电话，这本电话簿在这里的时候我能不能用一下？”

“当然可以。把卷子给我吧，吃完饭再回来，亲爱的。”“蜂窝头”女士说完就离开办公室了，手里拿着一杯咖啡，把卷子夹在胳膊底下。

厄尔丽翻开电话簿，在W开头的那些名字中飞快浏览着(斯吉坡·卫福的英文写法是Waive Skip。——译者注)，她的心怦怦跳着，默默祈祷着：“上帝保佑，一定要有斯吉坡·卫福先生的电话啊！”她的手指飞快移动着，很快就把以W开头的名字都找了一遍，但是没有斯吉坡·卫福的电话。她只找到一个姓Wave的人，但不是Waive。达什曾经跟她说过，Waive是一个很不常见的爱尔兰姓氏。她把电话簿合上，突然感到深深的失望。

“蜂窝头”女士很快就回来了，手里的咖啡杯冒着热气，她的心情很不错，问厄尔丽：“找到了吗？”

“没有。”厄尔丽深吸了一口气，然后补充道，“您看，我爸爸失踪了，我们确定他是被坏人抓走了。我想找到他小时候的老师，斯吉坡·卫福，我知道他在南方的一所学校教书。他对我爸爸很好，说不定可以帮助我们。”

“知道是哪所学校吗？”“蜂窝头”女士问。

“不知道。”厄尔丽皱了皱眉，“您那里有没有老师的名单和联系方式？”

“没有，但是我会想想我能帮什么忙。现在你还是先去吃午饭吧！”

“好的，谢谢您……我怎么称呼您啊？”厄尔丽问。

“B。”“蜂窝头”女士笑着说。

厄尔丽赶紧跑开了，她怕自己会当着B女士的面笑出来。一头蜂窝式的发型，手指甲上涂着黑色的指甲油作为底色，然后在那黑色的指甲油上面又涂着一条条黄色的指甲油，就像是蜜蜂肚子上的花纹一样，她又让别人称呼她为B！这个老师真有意思！厄尔丽几乎是一蹦一跳地走到餐厅的。呀！当餐厅的门在她身后关上，厄尔丽瞬间惊呆了。餐厅很大，数不清的孩子在里面说话打闹吃饭。她在那些面孔里搜索着，没有找到爱莎，起码她还没看见爱莎。她慢慢排进一队等待打饭的队伍里，仔细看着前面不远处的食物，这样的话，等一会儿拿到盘子、叉子和勺子，就知道打什么饭了。最后，她要了烤肉饼、土豆和豌豆，还有一碟苹果酱。拿到自己的午饭，她端着盘子，打算坐到一张还有几个空位的桌子旁。但是她刚想坐下，坐在桌子另一边的一个女孩子还有几个男孩子就对她喊道："这座位都有人了！"

厄尔丽看了那个女孩儿一眼走开了，努力让自己不要介意。她又走到另外一张桌子旁边，这张桌子全是女孩子，虽然没有人说不让她坐，但是很明显，对于她的加入，那些女孩子并不欢迎，因为离她近的那几个女孩子在她坐下后，就把身子转向一边，背对着她。她静静地吃着饭，每一口都要嚼很久，吃饭的时候也不东张西望，只是盯着面前叠好的纸巾看。

等吃完饭，她不知道该怎么处理自己的餐盘。"放那儿就行了！"一个编着长辫子的女孩儿指了指远处的一个角落说，"把餐盘放到那儿就行了！"说完甩了甩头，辫子被甩到后面。

"谢谢！"厄尔丽感激地说。可是还没等她离开，就看见那个女孩儿把一根手指放到自己的鼻子下面，好像闻到了什么不好的味道。

"好难闻啊，救助站出来的孩子怎么都这个味儿！"她夸张地跟她的同伴说，"那些人把我们学校的名誉都抹黑了，我妈妈不让我跟他们说话，但是谁让我那么好心呢！”

有一刻，厄尔丽几乎不能呼吸了。救助站的孩子！她怒视着那个女孩儿，眼睛里含着眼泪，但下一刻她就后悔了，她真希望刚才自己不理那个女孩儿直接走掉。因为看到她这样，那个女孩子更来劲儿了，她夸张地睁着眼睛，一脸无辜地看着厄尔丽，而她的朋友们则学着她的样子，捂住鼻子，其中一个问道：“嘿，我可穿不了脏衣服，一天不洗都不行，你呢，玛丽？”然后这群女孩儿都站起来，转过身，走了。

厄尔丽狼狈地走到那个残食台，把自己的餐盘堆上去。放餐盘的时候，她在脑海里想象着这样一幅画面：自己把餐盘敲到那些女孩子的头上，肉汁和土豆泥到处都是，那群女孩子尖叫着，她们干净的T恤上顿时变得油乎乎的。不过，她也就这么想想。

等厄尔丽回到办公室，B女士跟她说：“好啦，我有一个好消息告诉你，我找到卫福先生了，不过他已经退休了。在我告诉你他的电话号码之前，我需要先征得他的同意。你能告诉我你爸爸叫什么吗？”

厄尔丽把达什尔的名字告诉了B女士，忽然觉得有些悲伤：“我爸爸的名字和侦探小说家达希尔·哈米特的名字很像，是不是？噢，太谢谢你了！”

“我从来没听过达希尔·哈米特的名字，但是现在知道了。看来你们一家人都很爱读书啊。”B女士说，“我得承认，我自己不太喜欢读书。”说完就“咯咯”笑了起来。

“我爸爸在城里的芝加哥公共图书馆工作，在历史与社会科学部。”厄尔丽补充说。

“啊，这样啊。”B女士咕咕哝哝地说，好像厄尔丽刚才说的是她喜欢一块超大的蛋糕这类话题。只听B女士接着说：“你是一个很特别的女儿，我看看还能帮上什么忙。你明天一定要过来找我。对了，你想在哪儿等呢？我以为今天放学你会和哈帕蒂太太一起回去呢！”

下午，厄尔丽在图书馆和她的一些“老朋友”一起打发时间。她又读了一遍凯瑟琳·帕特森的小说《伟大的吉利·霍普金斯》中的一段。那一段讲的是吉利剪掉自己的头发，做所有能让周围的人发怒的事情，并且引发了学校一场大规模的流血冲突，在校长办公室，把校长都盯得不敢直视她。

她想象着自己剪掉那些整齐干净的辫子中的一条，然后还没开始上学就被赶出了休斯小学。即便她很好地照顾朱比、安慰萨姆又怎么样？她已经累了，她努力把局面往好的方面扭转，她努力想让自己的家回到从前的轨道，但是她的力量太微不足道了，她太累了，不想坚持了。然后她想到了大街上那些无家可归的人，那些没有人去关注的人。于是，悲伤很快压过了愤怒。或许不公平和恐怖的事情曾经降临到自己家里，但是至少他们还有地方住，还有东西吃，还有事情做，还有人听她们说话，至少萨姆会从警察那里得到帮助，只要他们知道达什并没做错什么，至少他们还有希望。

等他们排队回救助站的时候，爱莎跑过来说：“厄尔丽你去哪儿了？我找了你好半天！”

“也许午饭时人太多。”哈帕蒂太太说，“对了，厄尔丽，明天你就可以和五年级的孩子一起上课了，你的测试成绩很好。”

“好的。”厄尔丽回答，声音很平淡，没有太多的高兴，然后又对爱莎说：“嗯，我也找你来着，爱莎。结果没找到，和一群很差劲的女生一起吃饭来着。她们说我闻起来很臭，因为我住在救助站。”

“啊，真可恶！”哈帕蒂太太说，“不过，你就当没听见那些话，真可恶，那些孩子真不懂事！”

“是的，夫人。”厄尔丽说，心中想象着那个好看的编着辫子的女孩儿站在餐厅里，身上都是碎了的豌豆、面包屑和黏糊糊的运动鞋鞋印。在回去的路上，她跟每一个在大街上乞讨的人打了招呼，而她也得到了慷慨的回应，最多的是“上帝保佑你，亲爱的”“祝你好运”还有“我知道如果可能的话，你会帮助我们的”这样的回应，让她觉得更真实，更像她自己，更像达什的女儿。

这样的心情一直持续到回到救助站，看到萨姆为止。那时，萨姆正抱着朱比在里面等她，一边来回走着一边哭着。

第6章　迷雾重重

Crimp，源自中古英语 crimpen。

动词：使起波浪、褶皱；将金属或者皮革制品卷曲；使有褶以更好封闭。

名词：抑制，束缚。

坏消息

哈帕蒂太太赶紧领着珀尔一家来到她的办公室，然后拿出一盒纸巾给他们用。“我想你们都有很多话要说。”她放下纸巾盒说，并且轻轻关上办公室的门。

萨姆和厄尔丽都有很多话说，她们你一句我一句地说着自己的希望和出事以来的勉强坚持。朱比已经睡着了，她们可以尽情地倾诉了。

“你先说吧。”萨姆说，于是厄尔丽把今天发生的事情说了，很明显，萨姆不喜欢厄尔丽的“餐厅事件”，她对厄尔丽说，“我很抱歉发生了这样的事情，亲爱的，达什如果知道也会感到难过的。或许有一天你可以亲自讲给达什听。”然后萨姆讲了自己的遭遇。而厄尔丽显然也不愿听到这样的故事。

萨姆说，今天早上她带着朱比来到警察局的时候，他们被领进一间办公室，已经有三个警察在等着他们了，其中有两个是侦探。萨姆被告知，关于达什的逮捕令已经下达，FBI 也已经介入这起案件的调查。

“谢谢你今天能来，省得我们再跑一趟了。”一个男人说，然后脸上挤出一丝笑容来。

“什么？”萨姆顿时崩溃了，“你在开玩笑吗？这真是一个噩梦！我来这里是寻求帮助的！”

萨姆跟厄尔丽说了这个坏消息。首先，图书馆的负责人宾瑟先生否认了他们那儿有艾尔这个人，并且也不存在什么叫莱曼·斯卡布的书商，这个人根本就不存在。第二，宾瑟先生问，芝加哥公共图书馆会有哪一个正直的人会将买卖有价值的旧书作为兼职，并且还将那些书运回家里呢？

“噢。”厄尔丽低声叹气。

萨姆继续说：“他们说到那儿我很生气，我跟他们说：‘可是如果我丈夫根本就不知道这件事儿是违法的呢？如果他很信任艾尔，相信我，艾尔这个人是绝对存在的！如果有人不遵守法律，让艾尔这个人利用假名字进入图书馆的历史与社会科学部工作，从而让我的丈夫背了黑锅呢？说不准这个所谓的艾尔还在图书馆呢！而且，如果那个莱曼·斯卡布也是一个假名字，这难道也是我丈夫的错儿吗？’然后一个警察说：‘我们可以……’没等他说完我就又接着说：‘还有，你们谁都不记得了吗？有三个男人和一个女人，全副武装闯进我们家，还把我推在地上，并且威胁一个只有11岁的孩子，最后把我们家全都毁了。他们偷了我的钱包，我们的书还有一沓我们自己记东西用的笔记本。这些你们怎么就不管呢？我们的法律呢？我们的法律哪儿去了？为什么你们不保护无辜的人，反而去扯那些可笑的事情？’”说到这里，萨姆冲着厄尔丽无奈地摇了摇头，然后接着说，“那个警察根本就没把我说的话当回事，就像我刚才说那么多都是废话，而且他说：‘我们希望你丈夫能尽快现身配合我们调查，我们也好洗清他的嫌疑。’”

“噢。”厄尔丽又低声叹了口气。

萨姆举起自己的手看了看，然后说：“我们只能等了。在警察局，有一个警察问我有没有值钱的东西，我告诉他我和达什最值钱的东西就是我们的结婚戒指了，而且还不是金的，我还伸出手去给他们看。”

一个警察又问：“没有订婚戒指吗？”

“我告诉他说，我们买不起，除了必备开支，我们几乎没什么多余的钱。一个警察从桌子上的一个盒子里拿出一个小小的东西，并把它放在灯光下，那东西闪闪发光。然后他问我：

‘你以前见过这个东西吗？’我看着那个东西问道：‘这是钻石吗？’然后眯了眼睛看去，想看仔细一点。”

“是的，很小，但是价值连城。钻石一般都是镶嵌在结婚戒指上的，钻石不是一般的石头。我们已经鉴定过这块钻石了，芝加哥的一位珠宝商告诉我们，这块钻石和历史上最大的一宗宝石抢劫案有关，那起案件发生在十多年前，地点是欧洲布鲁塞尔的安特卫普市。那起案件中被抢走的上千颗宝石自那天起就再没出现在人们的视线中，而这颗，属于被抢的宝石，也是到现在为止第一颗暴露在公众视线中的宝石。这个新闻是爆炸性的。”

“他是想给你施加压力吗？”厄尔丽问。

萨姆停了一下说：“是啊，我也是这么想的，但是还没等我说话，朱比不知道什么时候醒了，突然插话道：‘我不喜欢吃布鲁塞尔，他们太臭了！嗯，我再也不会吃了！’当时我真是哭笑不得。然后一个侦探看了我一眼说：‘等你听到下面的消息，我估计你就笑不出来了。这块宝石是在你们家的地板上发现的，当时警察正在勘查现场，一位警官在那张已经碎了的咖啡桌旁边捡到了它。’”

说到这儿，萨姆又停了下来，擤了擤鼻子，然后又接着说：“听到这个消息，我几乎要晕倒了，赶忙问会不会是有人故意把这块钻石放到那里，栽赃达什。他们直接忽略了我说的话。当然了，随着这块钻石的出现，让那个该死的旧书生意看起来更像是非法的，所以警察下发了逮捕令，这整件事真是该死的麻烦，让人发疯！”

厄尔丽也震惊了，她轻声说：“达什不会为我们去偷东西的，是吧？”

“当然不会了，绝对不会的，宝贝儿。”

厄尔丽只能点点头，今天发生的所有事情让她透不过气来。萨姆还在说着，声音有些颤抖：“今天，在警察局，我意识到了一些很可怕也很现实的事情，那就是，当你穷得一无所有，连个住的地方都没有的时候，没有人会觉得你说的话值得一听，没有人会为你提供帮助。‘住在救助站’的标签一旦被贴上，警察就觉得没有必要去担心这样的人，咱们连最基本的公民权利都失去了。现在达什失踪了，没有人会记得他曾经有一份工作，还有一个家，没有人去想这些，他们都选择直接忽略了。看看那些侦探面对那颗该死的钻石的时候有多么兴奋！我知道，对于他们来说，一颗破钻石比一条人命还重要，比我们一家人的生命都重要！”

“真见鬼！”厄尔丽气愤地说，然后艰难地咽了一口唾沫，说，“那太可怕了，达什会没事的，对吧，萨姆？”

“当然了，亲爱的。”萨姆轻轻地说，然后摇了摇头，把身子坐直了些。这时朱比也醒了，说着：“不许动，你们这些俘虏，你们这些家伙已经被我俘虏了！”

“噢，上帝啊，不许说这样的话。”萨姆说，“儿子，你听着，这些天你听了不少这样的话，但是你不能跟着学，你要礼貌，不要说这些坏人才说的话，不要给达什再制造额外的麻烦了，好吗？”

萨姆把孩子们的手握住，三个人的手形成了一个圆，然后她接着说：“还有，我和朱比离开警察局之前，一个警察跟我说，我不能跟任何人提起那块钻石的事情，所以，你们两个知道要怎么做了吧：钻石的事情一定不要说出去！”

“我知道了。”厄尔丽慢慢地说，“但是他们为什么当着朱比的面说那些事情呢？”

“因为朱比还小，才4岁。”萨姆说。

“什么也不说。”朱比承诺道，并且狠狠点了点头，牙齿咬得紧紧的，还把一根手指放在嘴唇上说：“嘘。”

“你真明白了吗，儿子？今天的事情一个字也不要往外说。”

“我会保守秘密的。”朱比又点了点头说，“我不要吃布鲁塞尔，我讨厌布鲁塞尔。”

“嗯，好的。”萨姆抱了抱朱比。

“嘿！对了！”厄尔丽说，“本来我不想今天说的，但是情况已经这样糟糕了，所以我想还是现在就说吧。我想到一个人，他可能会帮助我们。萨姆，你还记得卫福先生吗？达什曾经跟我们说过。他现在用手机，我今天请学校的一位女士帮忙查到了他的手机号，那位女士说，她会先跟卫福先生打个电话，问他愿不愿意和达什的女儿通个电话。”

萨姆把厄尔丽拉过来抱在身前，说：“好了，接不接都没关系，关键是你一直没有放弃，我为你感到骄傲，亲爱的。”说完，她就紧紧地搂着厄尔丽，搂了好长时间，到后来再松开她的时候，萨姆外套的拉链已经在厄尔丽的脸颊上留下了一道印。

那天晚上吃晚饭的时候，他们谁也没有说话，就连朱比也没说话。吃完晚饭，救助站像以往的每个周四一样，给大家播放电影，如果想看电影，就可以坐在吃饭的桌子上看。今天播放的电影是一部老电影，叫《彼得·潘》。人们静静地看着电影，很开心。彼得是一个勇敢的男孩子，没有家，但总是充满朝气和勇气。救助站几乎所有的人都下来看电影了。而那天晚上，电影结束后，珀尔一家上床睡觉后，厄尔丽看着一轮月亮慢慢升起，然后透过破破烂烂的百叶窗将玫瑰色的光洒进屋子，她做了一个奇怪的梦。

14

奇怪的梦

“厄尔丽，快醒醒！”

达什正弯着腰，就在她的上方，食指放在嘴唇边，示意厄尔丽不要说话。厄尔丽猛地醒了，想要拥抱他，喉咙里发出一声哭泣。但是还没等碰到他，达什就往后退去，微笑地对厄尔丽说：“我正在想办法让你们回到正常的生活来，并且尽早和你们团聚，但是现在还不是时候，你们也找不到我。”

“达什，但怎么才能让我们回到以前的日子呢？还有，我多希望你能和我们在一起啊！”

“问题是，我不能回来，起码现在不能。再说，我们已经没有家了，我一定要把这件事情搞清楚，弄得水落石出。”

“噢，达什，你知道我们会回家的，总有一天我们都会回家的，就像你曾经说的那样，对不对？”

“嗯，会的，你能行，你具备一切条件。”说着，又往后退了一步。

“你为什么不留下来和我们在一起呢，达什？求求你了，不要再离开我们了。”

当达什竖着食指放在唇边慢慢隐入阴影中时，厄尔丽忽然发现他们一家四口已经在救助站外面的大街上了，但她感觉不到冷。她努力转过头去，发现萨姆和朱比还没完全睡醒，迷迷糊糊的，当然也看不到达什。这时，达什又说话了：“我现在就教你怎么飞。先抬起你的双臂，你会感觉身体中央有源源不断的能量向外涌出。”忽然，厄尔丽、萨姆和朱比腾空了，双臂伸展着，厄尔丽可以感觉到有一股力量托举着自己，同时感受到了风和希望。不管怎样，她现在和萨姆、朱比在一起，而且正在做着达什希望她做的事情。

厄尔丽飞在空中，下面的城市灯光闪烁，声音嘈杂，又充满苦难。这边有一辆汽车不耐烦地按着喇叭，那边一辆救护车闯过红灯呼啸而过。在空中飞行的时候，厄尔丽能看到一些窗户中透出的灯光，还有黄色的窗帘，彩色的玻璃，窗台上休憩的鸽子，人行道上赶路的行人。他们飞行的时候，冷风吹乱了他们的头发。她听到一个陌生的声音说："没有地方可去，就一直向前吧。"

厄尔丽知道他们正往家飞去，就像达什说的。终于，他们停了下来，他们随意降落的这个家有点奇怪，这是一栋有着红砖屋顶的房子，烟囱是坏掉的。她在房子上空盘旋的时候，一丝焦虑窜上心头，她怕达什搞不定。她又抬头看了一眼月亮，又大又明亮。达什已经告诉她要做什么了，但是他说的"要把事情弄个水落石出"到底指什么呢？

就在这时，她觉得有人在摇晃自己，她感到萨姆的手在摇晃自己的肩膀，于是问："你看到达什了吗？我们在飞啊！"

"厄尔丽，亲爱的，你刚才在做噩梦。"萨姆用一只胳膊肘撑着床面，看着她说，显然还没睡醒。

"不，不是！是好梦！还有，我知道应该做什么了。"厄尔丽轻声说。萨姆没有再说什么，只是轻轻拍着女儿的后背，直到厄尔丽的呼吸平缓下来。

有人找她！

早上一睁开眼，厄尔丽就把昨天晚上做的梦写了下来，并在“水落石出”几个字下面用黑色的笔画了一道横线。厄尔丽在洗脸的时候，脑子里还在想着那个梦，她刷牙的时候，也在想。

哈帕蒂太太和往常一样，把他们送到学校，但是今天厄尔丽没有看到爱莎，哈帕蒂太太说，爱莎的感冒又严重了，得休息几天。厄尔丽没怎么和队伍中的孩子说话，但是经过那些沿街乞讨的人旁边时，她都礼貌地打了招呼：“早上好！”到了学校门口，她抬头望了望天空，天刚蒙蒙亮，天边泛起了鱼肚白，看着看着，她笑了，她知道在天空飞翔的感觉。那感觉就好像是你可以和风做朋友，当你飞翔的时候，你能感到风在你身边形成的气流。她不知道昨天晚上做的梦是不是因为看了《彼得·潘》这部电影。不，她很快否定了自己的想法，达什昨天晚上确实来了！他教她怎么和朱比还有萨姆一起离开救助站，怎么回家，尽管那个“家”还不知道在什么地方。他和她说话了，这绝不是在做梦，而是和她身边的建筑以及人群一样真实。那天早上，她很自信地走进五年级的教室，就像从前那样。

教室很大也很吵。莎菲老师是一个年轻腼腆的老师，说话声音小小的，连她的班级来了一个新学生都没注意到。不过厄尔丽并没放在心上，有的事情，只要你不放太多的精力在上面，就不会有失望或者压力。莎菲老师的教学内容好像就是给他们把作业纸发下去，然后看着他们做完，再把作业纸收上去。到目前为止，他们学到了好多以 dis 开头的字母（dissatisfied，dismay，dismiss，dismantle），这引起了厄尔丽的注意，她还从没有遇到过这样的老师呢！接下来是学习美国的地图，学生需要把每一个州都贴上标签，然后把州名记住并能拼写出来。厄尔丽有几个州拼写错了，这几个州是罗德岛州、阿肯色州、马萨诸塞州和田纳西州。

午饭的时候她只拿了一个三明治，然后到柜台拿了叉子和纸巾，把它们塞进背包里，就匆匆回到办公室，她要去找B女士。

“B女士正在开会？”厄尔丽有些沮丧，“那她有没有留话给一个叫厄尔丽·珀尔的人，或者留下一个电话号码？”那个人摇了摇头说：“没有，要不你明天再来吧！”

厄尔丽坐在走廊里吃完了午饭，然后就着喷泉喝了几口水，就向图书馆走去。拿出一个笔记本，她在封面上写下“单词本”几个字。

Research，字面意思为：再寻找、再搜索；还有一个意思，即就某个事实进行认真的调查。

这是一个侦探的工作啊！厄尔丽一边写一边笑。

厄尔丽写下的第二个单词是rhythm。这是一个中古法语单词，是指按照某种规律重复出现的某种运动或者事物，比如按照特定规律重复出现的声音或者图案。兰斯顿还说，花的褶皱、铅笔画出的线条以及各种机器发出的“嗡嗡”声都有节奏感，有一定的规律。

那么，经过雕琢的宝石呢，也有规律和特征吗？

一定有什么东西被忽略了，是什么呢？厄尔丽能感到自己忽略了什么，但是就是想不出来。厄尔丽想了一会儿，还是没有什么收获，于是抬起头来想休息一下。就在这时，她看到了一道瘦弱的身影，那人一头灰色的头发，衣服松松垮垮，满脸皱纹，耳朵奇大，冻得通红，那个人正沿着走廊一瘸一拐地往办公室走去。走进办公室以后，那个人和坐在桌子旁边的老师说了会儿话，然后就听到学校的喇叭里播出一则通知：“请新来的厄尔丽·珀尔来一趟办公室。”

厄尔丽的心怦怦跳着，她有预感，觉得刚才看到的那个人就是自己要找的人。厄尔丽深吸了一口气，把单词本放到一边，然后站起身，朝办公室走去。“达什，帮帮我。”她轻轻地对自己说。

14

卫福先生出现了

厄尔丽走进办公室，那个人朝厄尔丽笨拙地走了两步，握了握她的手。那是一只苍白、瘦骨嶙峋的手，因为刚从外面走进来，还很凉。而厄尔丽的手心里则全是汗。

“噢，你好！厄尔丽·珀尔！”那个人说，声音很沙哑。厄尔丽紧张地抬头去看那个人，那个人在微笑，但同时却皱着眉，厄尔丽头一回见到这么矛盾的表情，这既笑且怒的表情让人不得不盯着他看。

“嗨！嗨！”那个人的声音开始大起来，紧接着就是不停的咳嗽声，听着就很痛苦。他喘了口气，抱歉地说：“不好意思，我吸烟太厉害，肺不好。”

“没关系。”厄尔丽笑着说，眨了眨眼睛，“谢谢您能来，卫福先生，谢谢您来找我！”

“我们想找个地方好好谈谈，可以吗？”卫福先生对那位老师说，“我是她爸爸的老师，他爸爸是我最得意的学生之一。你们这里一位叫作 B 女士的人给我打电话，说我那位学生的女儿想见见我，于是我就来了，我想听听她找我有什么事情。”

那个人说爸爸是他最得意的学生。

“当然可以了，就在这里的会议室谈怎么样？”厄尔丽看了看，会议室和外面的空间被一面玻璃墙隔开了，玻璃墙上有一扇门。

“很不错。”卫福先生和厄尔丽几乎是异口同声地说，这一次，厄尔丽看到那位老先生笑了，笑得很开心，牙齿都露出来了，厄尔丽注意到那位老先生的牙齿都变成棕黄色的了，她心想，这位老先生果然是抽烟抽得很厉害。

他们走进会议室，坐下后，厄尔丽就把这段时间发生的事情一股脑儿地告诉了卫福先生。厄尔丽说话的时候，卫福先生双臂交叉放在胸前，眼睛瞅着地面，好像卫福先生知道，如果直接看着厄尔丽，会让厄尔丽感觉到拘束和不自在。厄尔丽把达什失踪后的所有事情都跟卫福先生说了，除了关于钻石的那些信息。最后，她告诉卫福先生，达什的逮捕令已经下发了。说完这一切，是一阵沉默。厄尔丽看了看自己的腿，然后又看向卫福先生，他会不会站起来走掉？

卫福先生没有走，只是把交叉在胸前的双臂放下来，然后用一双粗糙的大手搓了搓眼睛，他那样用力，厄尔丽看到他脸上的皮肤都被搓红了。然后，卫福先生把双手平放在桌子上，看着厄尔丽的眼睛说：“你和你爸爸真像，不愧是达什尔的女儿。”

厄尔丽点点头说：“我爸爸也经常这么说。”可是等她仔细看向卫福先生的时候，厄尔丽却被吓了一大跳，因为她看到卫福先生一只眼睛的眼皮上有一颗黑痣，而那个戴着面罩闯进他们家，把她拎起来并且威胁妈妈的那个人，眼皮上也有这样一颗黑痣，她记得非常清楚。她有一刹那的吃惊，然后赶紧冷静下来，对自己说：“这只是一个巧合而已，一定是巧合。”

就在她想那颗痣的时候，卫福先生又说道：“这样的话，你会明白我跟你说的话的意思的。梦有的时候会很重要，但是你不能总是把它们告诉别人。”

厄尔丽被惊到了，他应该不知道自己昨天晚上做的梦吧！厄尔丽镇静下来点了点头。她看到那个人的脸上又出现了那种又高兴又生气的矛盾表情。

卫福先生没有理会厄尔丽，继续说道："我是说，你爸爸或许是在那家图书馆分享了自己太多的梦想，分享得太多有时候并不明智，那毕竟是一个公共场所，任何人都能进去，任何人都可能会听到。他过去是，噢，现在也是，是一个很聪明的年轻人，他很有头脑，有自己的想法，而他显然也引起了别人的注意，问题是，这个人是谁？达什尔被谁注意到了呢？"

忽然，卫福先生站了起来，开始来回踱步。他看起来身体很不好，而且有一条腿是瘸的，但是走起路来却很敏捷，只是步子有些凌乱。这让厄尔丽想到了《金银岛》上那个瘸腿的海盗。

"强迫，一定是被强迫的。"卫福先生喃喃自语。

厄尔丽不知道这话是不是对她说的，她不知道卫福先生说的这个单词是什么意思（"强迫"的英文为 coercion，厄尔丽不知道这个单词是什么意思。——译者注）。

"历史与社会科学部……"卫福先生突然停住脚步说，"一定是在那里。但是，为什么呢？他为什么信任他们呢？"厄尔丽不知道该说什么，因为她不知道卫福先生是不是在跟她说话，于是她耸了耸肩，表示她在听。

"或许是因为一些可以预见的原因，这些都不能确定，但有一点，你爸爸很明显是卷入了什么事情，这件事情以他目前的判断力还不能正确完整地加以判断。最关键的一个因素被隐藏了，而且是被精心隐藏的。"卫福先生说的话里有很多单词厄尔丽都不知道是什么意思，她觉得她的单词本会增加好多新成员了，在这些单词里，厄尔丽注意了"参与"（participation）这个单词。

“要不我去图书馆调查一下？”她问道。

卫福先生没有回答她，只是说了一句：“我们要做些什么才好，必须做。”

厄尔丽现在开始明白为什么达什总是提起卫福先生了，他总是把一些想法和线索的碎片说出来，但是却不管你怎么去处理和串联这些碎片，把它们连成一条完整的线索，好像他知道你能搞明白似的。厄尔丽现在了解了，为什么她爸爸在还是一个孩子的时候，就对卫福先生有这么深刻的印象了。

但是有一点她不明白，她不知道为什么卫福先生会这么快就来帮助她，而且热情这么高。她知道达什很特别，但是达什和卫福先生的感情真的这么深吗？这一切看起来如此顺利，而厄尔丽却感到深深的不安，因为她觉得卫福先生来得太快，自己这么轻易就得到了帮助。但她将不安压在心底，安慰自己说，萨姆会搞明白的。于是，她对卫福先生说：“我觉得您最好也去见一下我的妈妈。”

卫福先生点了点头，就好像厄尔丽说的话再平常不过了似的，只听他自言自语道：“你妈妈的名字真有意思。”

听到这句话，厄尔丽感到一阵眩晕，但是很快就放松下来。她内心再一次燃起了希望。“你能到救助站来吗？”厄尔丽问道，但是问完她就后悔了。毕竟卫福先生在收到她留的信息一天后就来学校来找她，他一定很累了吧，于是赶紧补充道：“当然了，如果您有时间的话再去。”

“说实话我很忙，但是再忙也会留出给你的时间的，我今天晚饭后过去。”他说。

“我们吃完饭的时间是……”厄尔丽还没说完就被卫福先生打断了，他说：“我知道你们晚饭的时间，从不会忘记。”说完就转身离开了房间，然后快速、蹒跚着走过走廊。

厄尔丽在会议室又独自坐了一会儿，回想着刚才发生的事情，想整理一下思绪。她拿出单词本，在上面写下 coershun（正确写法应为 coercion，因为厄尔丽不认识这个单词，只是根据卫福先生的发音来记录这个单词，因此拼写错了。——译者注），complicity，circumspect，glean，faceted，crimp 几个单词，刚写完，下课铃就响了，她没有时间去查字典看这几个单词的意思了。

这一天剩下的时间慢悠悠地过去了。她抬起头看了一眼钟表，指针正好指向 2:22，看到这个时间，她笑了。“好吧，达什。”她轻声说。爸爸现在不在身边，那些出现在爸爸的笔记本上的数字此时看来好像是某种信息，每当她在身边看到和笔记本上留下的数字一样时，她就觉得这是达什留下的某种线索。

对卫福先生的猜疑

卫福先生和萨姆见面时好像完全变了一个人。他说话的语速更慢，刮了胡子，甚至还梳了梳头发，好像他知道在萨姆面前他要表现得更正常和正式一点。厄尔丽一边观察卫福先生一边想。

“因为身体原因，我很早就退休了。我的肺不好，而且膝盖也不好。另外，我的姐姐和她的孩子们需要地方住，她丈夫去世了，而她又没有收入。这就像多米诺骨牌，一张倒下了，其他的也会跟着倒下。”

萨姆点了点头说：“这真是不幸。”

“我的那点退休金根本就不够花，要不然我会给你们提供更多帮助。现在我只能在图书馆调查一下，看有没有什么线索。我会假装在达什尔工作的部门查一些资料，借机到处搜查一下。”他用沙哑的嗓音说道。

“您能这样帮我们就很好了！”萨姆听到卫福先生这样说，立刻高兴起来，“我多想自己再到那里去一趟啊，但是我不能，因为我会被立刻认出来的。而且我跟您说，生活对于弱者来说真是噩梦一样的存在啊。我们总是被无视，然而有的时候却又被那么多眼睛盯着。我说的话有些混乱，您能明白我的意思吗？”

卫福先生点了点头，然后又摇了摇头，就离开了，没有问萨姆厄尔丽是否可以跟他一起去，或许是因为朱比醒了，问了一句：“我能一起去吗？在那儿有棒棒糖吃！”而萨姆很快回答朱比：“这次不行，儿子。”

厄尔丽必须承认，她有种如释重负的感觉。

斯吉坡·卫福先生很快就被人群淹没了，如果跟着他的话，厄尔丽不确定自己能跟住他。还有，厄尔丽觉得他的名字很有意思，跟这个人也很配。他的名字是“不引起注意”的意思，而卫福这个人也跟他的名字一样，待在人们的视线之外，甚至可以说是隐匿在人们的视线外。

“达什，这到底是个什么人呢？”她在心中默默问道。等了一会儿，没有得到回应，厄尔丽又把目光放在单词本的六个单词上。卫福先生为什么在和一个 11 岁的孩子说话时用这么难的词汇呢？还有，厄尔丽忽然想起另外一个问题，那就是，为什么这么多年达什都没有和卫福先生联系过呢？特别是卫福先生曾经帮达什建立自信，在这个世界上好好生存下去，成长为一个热爱生活、积极乐观的人。

她按照达什教给她的方法，试着在脑子里给卫福先生画一张像，但是她努力了半天，脑子里只是不停浮现着他眼皮上的那颗黑痣和又笑又怒的矛盾表情。

厄尔丽却感觉他是一个有很多秘密的人。秘密，在厄尔丽的世界里，往往意味着危险。

生单词

周一的午饭，厄尔丽也是自己一个人吃的。在走廊里匆匆吃完一个三明治，她就往图书馆跑去。爱莎还在生病，没来上学。而自从和那个狡猾的辫子女孩儿和她的那些朋友在自助餐厅打过一回交道以后，她就没有在这所新学校交朋友的想法了。她拿出单词本，打算查一下那六个单词的意思。前三个单词——coercion（很不好拼写），complicity，circumspect——的意思分别是：被迫同意或被控制；和别人一起做错误的事情；谨慎小心，考虑后果。厄尔丽不喜欢这些以 C 开头的单词，它们给人一种乱糟糟的感觉。

剩下的三个单词就简单多了，Glean 的意思是费力地收集、四处搜集，这件事情他们家可以说是很擅长的，因为家里的一切东西基本上都是把别人不用的旧东西重新加以利用，或者搜集一些相关信息。这个单词给厄尔丽一种温和、流畅和闪闪发光的感觉。Faceted 是指（宝石或者首饰的）小平面、琢面。Crimp 是指使某物起褶皱。奇怪的是，厄尔丽听萨姆说过这个单词，就是从警察局回来后的那次谈话中听到的。有的时候，单词总会不时地从人们嘴里冒出来，拒绝被忽略。

那天下午，她一边心不在焉地做着数学题，一边反复排列这六个单词，最后，她把这六个单词的顺序排列成：glean，coercion，faceted，complicity，crimp，circumspect。按照这个顺序排列的六个单词可以将发生在达什身上的故事串起来

(那六个单词的意思是收集、被强迫、一小方面、卷入错误的事情、束缚和谨慎，如果把它们连起来想，可以这么理解：达什收集那些旧书实际上是一些人设计的阴谋，但是达什不知道，于是在不知情的情况下卷入了这起阴谋。而达什可能在自己不知道的情况下掌握了什么重要的东西，那些人为了那样东西把达什控制起来，要想救出达什，必须谨慎小心。——译者注)。厄尔丽的心开始下沉，她知道萨姆说的话是正确的，卫福先生是他们最好也是唯一的希望了。达什被卷入了一个复杂的阴谋，厄尔丽自己是没有办法搞定的。

第 7 章　糟糕的生活

Crack，源自中古英语 crakken。

动词：使破裂；劈开或者折断使发出尖利的声音；迫于压力断裂；经过思考后解开秘密或者破译密码；撞击；冲破障碍；打开一本书。

名词：噪音；狭窄的通道；玩笑；裂缝；机会。

朱比的变化

第二天很快就过去了，没见到卫福先生，也没听到他的任何消息。时间一天天过去，卫福先生一直没有出现。厄尔丽一下课就往传达室跑，看有没有留给她的信息或者有没有来找过她。她的心情很矛盾，她既希望卫福先生快点出现，又怕卫福先生来了带给她的是坏消息。她的兜里装着萨姆写的请假条，如果卫福先生到学校找她，她可以立刻请假，和他一起去哈罗德·华盛顿图书馆。

但是，卫福先生生一直没有出现。厄尔丽拿出萨姆写的那张请假条，因为她总是拿出来看，那张请假条的边缘都破了。她现在觉得有些内疚，觉得当初不应该怀疑卫福先生，不应该觉得他可怕。她现在祈祷卫福先生没有受到那些人的伤害。

爱莎的病转成肺炎了。在一个晚上爱莎被紧急送往医院，第二天她妈妈也离开救助站了。哈帕蒂太太跟厄尔丽保证，只要一听说爱莎和她妈妈的消息，一定会尽快告诉她，但是厄尔丽还是很伤心，她还没有来得及和爱莎说再见，就失去了这个新朋友。

就在爱莎离开的同一个星期，萨姆带着朱比拜访了一家日托中心。那家日托中心位于地下室，萨姆带着朱比进去的时候，地板是脏乎乎的，角落里的电视开着，声音很大，除此之外，就是一个破破烂烂的洗手池还有不多的几块积木、几个布娃娃。好多孩子都在哭，但是没有人去管他们。

每天下午一放学回来，厄尔丽就直接上楼去找朱比，只要辅导室开着门，就会把朱比带到这里来。这些天，朱比变得越来越难相处，越来越焦躁。他经常哭，老是咳嗽而且流鼻涕，但是萨姆好像并没注意到这些。等厄尔丽带走朱比，萨姆就开始排队打电话。如果辅导室不开门，她就和弟弟玩儿游戏，一直到晚饭时间。

她在学校的垃圾桶里找到了一盒蜡笔，盒子里的蜡笔大部分都断了，然后又在教室外面的资源回收桶里找到了一些纸，她把这些东西带回救助站，这样一来朱比就可以画画了。她跟朱比说不要一次把纸用完，但是朱比不听，还哭起来，于是她只好眼睁睁看着朱比在她好不容易找到的那堆纸上乱画，不到十分钟，那些纸就用完了，上面全是用蓝色和黄色蜡笔乱涂的图案和线条。

在卫福先生拜访后的几天里，萨姆看起来振作了一些，但是随着时间一天天过去，达什的那位老师一点消息也没有，萨姆就开始一天比一天消沉。一天下午放学后，厄尔丽和往常一样上来找朱比，看见萨姆躺在床铺上，闭着眼睛，而朱比正用他自己的牙刷当枪用，冲着每一个路过的人“射击”，嘴里还一遍一遍喊着：“砰！你被打死了！不要动！”厄尔丽只好过去阻止朱比，在把朱比带下楼之前，她跟萨姆说：“噢，今天还有打电话的时间。”可妈妈却不动也不说话。于是，她只好去找哈帕蒂太太，并跟她说：“我妈妈看起来情况不太好，您能帮她找一家好点儿的日托所吗？这样她就能找一份工作做。”

哈帕蒂太太叹了口气说：“我已经尽力去帮她了，或许过一段时间，我能帮你们申请到一间单独的卧室，这样她可能会振作一些。”说完，她拍了拍厄尔丽的后背，又说：“你妈妈有你在身边真是幸运。”就在这时，朱比却开始拉厄尔丽：“哪儿也不去！我只要和你还有萨姆在一起！”说这话的时候，朱比开始哭，而且拉着她的手要走。厄尔丽还没挪步，朱比就开始大声咳嗽，眼泪鼻涕哗地就流了下来，厄尔丽只好把他带到卫生间给他洗干净。救助站的很多孩子总是没完没了地感冒。她第一次到辅导室见到的那群孩子，现在就还剩下一两个，而厄尔丽也开始习惯这样的生活：一家人来了，很快就又走了。当有的孩子忽然不来学校了或者不下来吃饭了，没有人会觉得奇怪，也没有问一下那个孩子怎么了，好像一个人的离开在这里是再正常不过的一件事情。

厄尔丽觉得自己不能再等了，明天到了学校，她就去要卫福先生的电话并打给他。或许卫福先生还没有意识到事情的严重性，也不了解他们想找到达什的迫切心情。那她就打电话。

他不知道萨姆和朱比已经面临崩溃了，没有人知道，但是厄尔丽知道。

绝望的萨姆

晚上睡觉前，厄尔丽让萨姆再读几页《金银岛》，而萨姆却疲惫地摇了摇头说："我真没有那个心情读书，宝贝，对不起，真对不起。另外，那书里的故事都不是真的，现在读它会让我更痛苦。"

厄尔丽听到自己的声音越来越大地说："可是你必须打起精神来，萨姆，我们身边没有海盗，你必须读，你不能放弃希望！我和朱比都需要你，达什更需要你。如果你坚持不下去了，我们还怎么救达什？我们家该怎么办？你是一个大人，你不能放弃！如果达什看到你这样，他会怎么说？"

萨姆的脸皱了起来，声音有些尖锐地说："他会说：'你怎么了，亲爱的？我们还有好多事情要做呢！'但是，但是，这太难了。我现在看不到出路，你知道吗？我看不到希望了，或许达什永远都不会回来了。”说完这些，萨姆的眼泪哗哗地流了下来。

厄尔丽听到妈妈的话，失望极了，她对着妈妈喊道：“够了，不要说了！你怎么能这么说！”说完，就跑下楼梯去了。她听见朱比在楼梯边叫她：“厄尔丽，你别走！你别生气！你陪着我吧！”

厄尔丽没有管朱比，一直跑到餐厅的一张桌子旁边，她坐下来，把脑袋埋进胳膊里，不想让别人看到自己的眼泪。哭了一会儿，她感到有人在轻轻拍着她的后背，她抬头看了一眼，是维尔玛，他们到救助站的第一天，第一个和他们说话的人，那个失去了孩子、没有太多牙齿的女人。

“刚才在上面我都听到了。其实你的妈妈已经做得很好了，真的，做得很好了。或许今后的事情还要靠你，有的时候，当生活遇到困难和挫折的时候，孩子往往会比他们的父母做得更好。当然，我们大人也会努力去做，但是很多时候我们会被各种假象迷惑，但是孩子不会，他们会做得更好。”

这些话让厄尔丽感觉好多了，她看着维尔玛说：“嗯，我知道了，谢谢你。”

“那你现在上去跟她说，你爱她。妈妈需要的不过就是这样一句话。”

“好的。”厄尔丽说。她想，维尔玛或许从来没有听过自己的孩子这样对她说吧！事情可能会变得更糟糕，他们可能仍然只是三个人。厄尔丽慢慢走上楼，先到卫生间洗了一把脸，然后回到他们的“小窝”。萨姆已经坐了起来，正在抽屉里翻找着什么，翻完这个抽屉翻那个抽屉，翻找的动作越来越快，嘴里嘟囔着：“啊，那本《关于韵律的第一本书》在哪儿呢？我打算今天晚上给你们两个读一下这本书的，咱们也好重温一下原来温馨的时光，但是那本书到哪儿去了呢？怎么找不到了！厄尔丽，你把那本书带到学校去了吗？”

厄尔丽摇了摇头说：“当然没有拿到学校去。萨姆，对不起，刚才我不是要……”

“朱比！”萨姆又大声喊道，她的嗓音有些尖利，“你没动那本书吧？”

朱比的眼睛睁得大大的，小声说：“我把它给了一个男孩子，他让我玩儿他的卡车。”

“哪个男孩儿？哪个？”萨姆已经站到朱比面前，她的态度很紧张，把两个孩子都吓到了。

“好了，萨姆，没事的，我会到处找找看的。”厄尔丽说，然后开始一家一家找他们的书。她每走到一家床前都要问一声：“看见我们家的一本书了吗？我妈妈给我们读过那本书，我弟弟把它给了这里的一个男孩子，很抱歉我们想把它要回来，因为这本书对我们很重要，有谁看见过那本书吗？”

厄尔丽在一家家问的同时，萨姆也在屋子里东奔西跑，大声问着每一个人，因为朱比可能已经记不住把书给谁了。没有人把书还给他们，管理员走过来跟萨姆说，如果她再不冷静下来，只好把哈帕蒂太太找来。萨姆没办法，只好走回去，把背对着朱比，朱比一直在哭，萨姆也没有理他。厄尔丽只好走到朱比身边，哄他睡觉。等朱比终于睡着了，她睁着眼睛躺在床上，她很生气，但这次不是生萨姆的气，妈妈的麻烦已经够多了，她不怪妈妈。但是那个拿走他们书的人，怎么可以不还给他们呢？这本书是达什留给他们的！她看着从百叶窗透进来的月光，想着飞翔和逃离这里是什么感觉。

厄尔丽的梦想

第二天早上上学之前，厄尔丽打印了很多张纸并且在救助站到处散发，纸上写着下面几行字："寻物启事！《关于韵律的第一本书》对于珀尔一家很重要，如果这本书在您那里，请还给我们，非常感谢。"

到学校后，她直接去了老师的办公室。B女士正好在那儿，并笑着跟她打了个招呼，说："咦，这不是我们的'珍珠女孩儿'吗，一个有着美丽名字的女孩儿！呵呵，我开这个玩笑你不介意吧？"

厄尔丽点点头表示不介意，她想让自己看起来高兴一些，但是脸上的笑容实在僵硬。

"您能给我卫福先生的电话号码吗？"厄尔丽问道，B女士眨了眨眼，厄尔丽赶紧又说："我有一些新信息要告诉他。他上周来这里找我了，你正好不在办公室。那天晚上他又去了我们住的救助站，和我妈妈还有弟弟谈了谈。"她又停下来吸了一口气，补充道，"求求你了，B女士。"

B女士的指甲这次染着粉色的指甲油，她望了望天花板说："可是，亲爱的，如果他本人都没有给你电话号码，不经过他的同意，我也不能给。很抱歉，这是原则问题，没有商量的余地。"

"噢……"厄尔丽感到很失望，痛苦地哼哼着，然后她听到B女士又说："但是我可能不小心把什么东西落在这里的桌子上哦。"

"噢！是的，而且我可能会在吃午饭的时候顺便来这里看一下！哇！B女士您真好！”厄尔丽高兴地说。

“只是落了一张小碎纸片，不知道上面是什么。”B女士笑着说，还冲着厄尔丽眨了眨眼睛。

跟B女士说完再见，厄尔丽心情很好地回到教室上课，她觉得今天早上连教室也没那么陌生了。她坐在椅子上向周围看了看，正好看到莎菲老师对她微笑。“好啦，同学们，你们今天早上看起来都很精神！我在想咱们这个月的第一篇作文写什么题目，要不咱们就以你们的梦为主题，每个人写一篇作文，你们觉得怎么样，孩子们？”

厄尔丽皱了下眉头，莎菲老师停顿了一下，似乎在思考什么，然后又说道：“或者是你们曾经做过的梦，又愿意跟大家分享的。”

一些男孩子开始偷偷笑，椅子“咯吱咯吱”响。莎菲老师看起来有些生气了：“安静！好吧，你们想写什么就写什么，但是要和愿望还有梦有关系，写完以后你们要在全班大声朗诵。”

厄尔丽在想自己能写什么，她不能写自己梦到达什来了，并且还教他们在天上飞；不能写维尔玛和她失去的孩子们；也不能写她的弟弟和妈妈，他们俩这两天一直是哭哭啼啼的；更不能写达什，虽然他是世界上最好、最聪明的爸爸，但是他现在被警察通缉。这些都不能写，不过她能写……

她趴在桌子上，拿起笔飞快地写起来，脸上的表情放松下来，还带着一丝笑容。时间过得很快，20分钟很快过去了，莎菲老师打断了学生们，说：“好啦，时间到了，咱们先写到这里，厄尔丽，你能把你写的给大家朗读一下吗？”

厄尔丽的身体瞬间僵硬了，她忽然想起来餐厅那几个嘲笑她的女孩子，如果她当着全班同学朗读，同学们会不会也笑话她？教室里陷入一片安静，厄尔丽没有勇气读，于是她摇了摇头。

“噢，来吧，厄尔丽，读一读吧！”莎菲老师的双手在腿上蹭了蹭，显得有些尴尬。

厄尔丽不想让莎菲老师太尴尬，只好站起来说：“好吧。”反正事情已经很糟糕了，她也不管那么多了，她在读之前先介绍了一下自己的作文：“我写的是我们家过去住的地方旁边的一栋房子，我和家人都希望有一栋那样的房子住。我们没进去过，但是我们用自己的想象，想一下那房子里面是什么样子的。”

“很好。”莎菲老师鼓励她说。

厄尔丽很紧张，但她还是开始大声念出来：

如果你能选择你住的地方，如果你能选择一栋房子并按照自己的心意装饰它，你会怎么做呢？我和我的家人过去常常做这个游戏，而游戏中我们选择的房子就在我们家旁边，在伍德劳恩。

那家人养着一只猫，那只猫总是喜欢在窗台上晒太阳，顺便看看外面的风景。每到夏天，院子里的红玫瑰就开了，开满一院子；门廊处有一个秋千，还有几把摇椅。如果我住在那栋房子里，我会把窗帘换成蕾丝的，这样就能有更多的阳光照进房间里；我还会在我的卧室窗前挂一颗水晶，这样的话，水晶就会把照射在它上面的阳光折射得五彩缤纷，那些彩虹般的色彩还会在墙上跳舞呢！我还会在门铃旁边挂上一块漂亮的小牌子，在上面写上：欢迎来到珀尔家。

读到这里，厄尔丽停顿了一下，吞了口口水，“珀尔家”

这几个字现在听起来好遥远，好像是在说别人的故事。她有点难过，不过还是继续读下去：

我弟弟说他会开着他的小卡车在院子里玩儿，还会坐在门前的台阶上吃曲奇饼干。我爸爸会修剪草坪，把厨房涂上天空一样的蔚蓝色。我爸爸喜欢读书，所以会在每个房间都放一个书架。妈妈会坐在门廊上，高兴地看着我们做事情。等到了圣诞节，我们会有一棵圣诞树，上面挂满五颜六色的小灯、小球和其他小饰物，在客厅里闪闪发光。如果有人从外面经过，看到这样的家，一定会想：这是我梦想中的家啊！

她读完了，把这两张纸放好，就静静地坐下了。

莎菲老师用纸巾擦了擦鼻子说："真是太感人了，写得真美，厄尔丽！"

莎菲老师刚说完，教室后面传来一个声音，那个声音模仿莎菲老师的话说："写得真美。"然后发出一声嘲笑。

莎菲老师转过身，问："刚才那话是谁说的？杰森？是你吧？那你把你写的给大家读一下吧！现在就读！"

然后，一个懒散的声音慢慢读道：

我梦想着能有很多钱，这样我们就不用担心很多事情了。有了钱，我就能有一辆特技自行车；有了钱，我就能给姐姐买一台大电视，她的那些朋友就愿意到我家来玩儿了；有了钱，我们就能在我们家的墙上和窗户上挂上一些东西，现在我们家光秃秃的，什么也没有。我爸爸总是坐在沙发上想找到一份称心的工作，我妈妈一下班回家就冲他吼，因为他除了喝酒什么也不干，玩具被扔得到处都是，啤酒瓶倒在地上，洗碗池里堆了一堆还没洗的碗和盘子。我想要钱，很多很多钱。

莎菲老师想了想才说："写得，嗯，写得不错。家确实很重要，对吗同学们？"

莎菲老师说完，没有人回应。过了一会儿，一个女孩子"咯咯"笑起来："才不是，'家'很无聊啊！"这句话说完，又有几个人偷偷笑起来。

厄尔丽忽然感到一阵恼火，她转过头看着刚才说话的女孩子还有正在偷笑的其他几个孩子，愤怒地说："这是我听过的最蠢的话！如果你试着过一下没有家的生活，你就笑不出来了！你试试连一张床都没有的生活，你试试看如果爸爸妈妈都没有工作的生活！你再试试和一大堆陌生人同住一间屋子的生活！试试看爸爸失踪了、妈妈整天伤心焦躁的生活！再试试看每天吃饭、打电话还要排队的生活！你们去试试看哪！"厄尔丽说完，就从座位上跑出来，撞到了三四张桌子。

跑到走廊上以后，她又一阵风似的跑到卫生间，把自己锁在一个隔间里开始哭泣。她都做了什么啊？这下好了，她再也没脸去面对这所学校的任何一个人了！用袖子擦了擦眼泪，她静静地坐在马桶上，想着接下来该怎么办。突然，下课铃响了。很快，卫生间里就来了很多女孩子。更惨的是，不时有女孩子过来使劲儿晃她在的隔间上的把手，催促她说："你快点儿，好了没有？我要上厕所！谁在里面啊？"

厄尔丽用手捂住嘴，希望其他女孩儿听不出她的声音："我马上就好。"可是，她的话音刚落，就听到女孩子们七嘴八舌的议论声："噢，是那个没有家的女孩子！就是在班里念她写的作文的那个！""嘘，你别这么说人家。""不管你是谁，你在里面待的时间可不短了，再不出来下节课你就要迟到了！”“没家也不能把厕所当家啊，这可不行！”然后是一阵嘲笑声和起哄声。

厄尔丽猛地打开卫生间隔间的门，愤怒地问道：“刚才那话是谁说的？”

她的声音因为气愤有些发抖，但是她的气势却很慑人。没有人回答她。厄尔丽厉声说：“不管刚才是谁说的这话，你是我见过的最坏的人！我诅咒你会失去自己的家，被自己的家人抛弃，没有人管你，总有一天变成乞丐！”说完，厄尔丽就用自己的肩膀把卫生间隔间的门狠狠向外撞去，一个女孩子怕被门撞上，急忙向后退了一步。厄尔丽走出来，用自己的胳膊肘拨开人群往外走去，走的过程中踩到了很多的运动鞋，引起一阵惨叫。

“噢，她踩疼我了！”“哇，我就知道会这样！”惨叫声在卫生间此起彼伏。

厄尔丽这时只想立刻离开学校回到救助站，但是学校门口的管理人员肯定会拦住她的。但她还是不甘心地朝门口看了一眼，这一看厄尔丽忽然发现，那个管理人员经常坐的椅子居然是空的！很显然，那个管理员不知道干什么去了，现在正好不在。厄尔丽抓住这个机会，以最快的速度跑出去，外面的空气很冷，但是也很清爽，这让厄尔丽憋闷的心情稍微好了一点。

逃离学校

把外套的帽子戴到头上，厄尔丽在结着薄冰的人行道上踉踉跄跄地走着。途中，她看到了一群警察，于是紧张地看向警察所在的方向。很显然，警察遇到了麻烦。一个警察正用警棍捅一个人，那个人裹了很多层破衣服，蜷缩成一团躺在一堵墙边。厄尔丽看不到那个人的脸，但是能看出来他一直在摇头，拒绝警察的要求。厄尔丽想跟警察说，不要再强迫这个可怜的人了，但是她没有说，而是继续赶路。

另一个警察弯下腰看了看脚下那团东西，然后冲着路边警车里的警察说："没有反应，应该已经冻死了。"

听到这句话，厄尔丽只是哆嗦了一下就继续赶路了。要是在一星期前，她或许还会被这样的消息震惊，但是现在，她已经习以为常了。她知道救助站的规则是：只有父母在那里，孩子才可以进救助站。因此，没有父母的孩子是不能进救助站的。萨姆，还好有你，请你一定要在我们身边啊！她走过街区的时候一遍又一遍地祈祷着。

抓着救助站的大门，她猛地一拉，正好撞上哈帕蒂太太。"噢，小厄尔丽，我们都担心死你了，学校刚刚给我打电话了，能告诉我发生了什么吗？"

厄尔丽的两条腿都在发抖，这时候再也站不住了，一下子跌坐在放塑料叉子的箱子上，这个箱子是刚刚从一辆食物供给车上卸下来的。"我想找我妈妈，您能把我妈妈找来吗？"厄尔丽有气无力地说。

哈帕蒂太太皱了皱眉说："你妈妈刚才带朱比上医院去了，你弟弟的咳嗽更厉害了。"

"噢……"厄尔丽长长地叹了一口气，感觉更糟糕了，她请求哈帕蒂太太说："请不要再让我去那个学校了！"

哈帕蒂太太拥住厄尔丽，扶着她往办公室走去。到了办公室，她让厄尔丽坐下来，然后自己回身把门关上，之后又走到办公桌前，打了好几个电话。不一会儿，一个女警察就走了进来，厄尔丽觉得自己的一颗心在逐渐下沉，自己要被逮捕了吗？只见那名警察慢慢朝自己走来，哈帕蒂太太跟在警察旁边。厄尔丽的呼吸都快停止了。就在这时，哈帕蒂太太开口说话了："厄尔丽，这位警察会带你去医院找你妈妈和弟弟。去医院以前，我先陪你上去收拾一些换洗的衣服，然后你再带上你们三个人的洗漱用品，因为今天晚上你们可能要在医院度过。"

厄尔丽听哈帕蒂太太这样说，只是点了点头，显然还不在状态。哈帕蒂太太摇了摇头，带着她朝楼上走去。刚到珀尔一家住的地方，厄尔丽就看见床前的地板上躺着那本《关于韵律的第一本书》。厄尔丽立刻精神起来，冲过去把它捡起来，抱在怀里。这本书的封面更破了，绿色的封面上多了一道脏脏的痕迹，但好在这本书还是完整的。

找到这本书，厄尔丽的心情好起来了，很快就收拾好了东西，那本书也被放在一个塑料袋里，和其他东西放在一起。在下楼的时候，她跟哈帕蒂太太说："谢谢您。"

"不用谢，给你这个，穿上吧，干净的。我一般会准备一些应急的衣物，尤其是在这么冷的天气里。"哈帕蒂太太说着，递给厄尔丽一件长长的棕黄色的大衣。厄尔丽穿上大衣，衣服袖子有些长，把她的手都套进去了，但很暖和。她对哈帕蒂太太说："太谢谢您了，还有，我的东西还在学校里呢。"

"我知道了，孩子，你不用担心，今天下午我去接孩子们的时候顺便把你的东西取回来。"

哈帕蒂太太把厄尔丽送上巡逻警车，厄尔丽孤零零地坐在后座上，想象着如果达什在被她找到之前被警察找到，也会这样坐在警车上吧。警车飞快地驶过学校的大门，有很多孩子正在玩耍。厄尔丽赶紧低下身子，装作系安全带的样子，以免让别的孩子认出自己。并不是说她还会回到这所学校，她只是以防万一。她现在必须很小心地生活，什么事情都要做到以防万一：在食堂吃饭的时候，她要避免再和别的学生发生不愉快；每天在回收箱翻找很多次，说不准就能找到空白的纸给朱比呢；一放学回到救助站就赶紧往楼上跑，万一萨姆急着打电话呢，她就可以帮忙看着朱比。

而现在，天哪，遭啦！她竟然忘了那么重要的事情！她跟B女士说好了，吃午饭的时候，她会“恰好”路过办公室，然后“恰好”看见B女士“不小心”放在桌子上的字条，而那张字条上写着卫福先生的电话！而她竟然忘了！错过了这次，B女士肯定不会再次打破规则帮她了。她要是现在去的话，肯定会被笑话的，经过那场闹剧，她现在已经被贴上了“无家可归的叛逆女孩”的标签。

城市的风景在警车外一晃而过，那些景物在厄尔丽看来冷酷而无情，整个城市都在说着：“永远不会有家，永远不会。”

朱比生病了

当厄尔丽在医院的急诊室里拉开一个个帘子找萨姆和朱比的时候，萨姆惊叫了一声，然后把她紧紧搂在怀里。厄尔丽也搂住了妈妈的脖子，她已经好多年没有搂过妈妈的脖子了。而朱比也笑了，尽管还戴着氧气罩，但是他的笑声还是传到了厄尔丽的耳朵里。萨姆跟厄尔丽说了一下朱比的情况，今天早上的时候朱比咳嗽得很厉害，几乎都不能呼吸了。送到医院以后，医生诊断说是鼻窦感染引起的肺炎，已经给朱比用上抗生素的药了。医生保证说，过不了两天，朱比就又能活蹦乱跳的了。

当厄尔丽从包里拿出那本《关于韵律的第一本书》，萨姆和朱比都欢呼起来，好像她做了什么了不起的事情。医院的环境很好，给他们提供了午餐，有烤奶酪和葡萄。这短暂的幸福让他们感到有点儿眩晕，自从到了救助站，这是他们三个人第一次单独在一起，没有寒冷，只有明亮的房间，他们可以自由地说话。厄尔丽把早上发生的事情一股脑儿说了出来，包括错失了拿到卫福先生的电话号码的机会这件事情。

萨姆专心地听着，然后说："我们必须自己采取行动了。那个救助站确实帮了我们大忙，但是那里也存在很多病菌，而且在那里很难干什么事情！我这么想的，厄尔丽，你能不能在家学习一段时间，这样我就可以出去找工作了，我出去找工作的时候，可以把你们放在附近的休息室或者商店里；我们可以去图书馆或者其他免费的地方，然后好好考虑接下来要做的事情。在救助站我没有办法集中精力做事情，那个地方就像一个地铁站，人太多、太吵闹，就是打个电话，也有一大堆人在听你讲些什么。那里一点隐私也没有！"

一听到"在家学习"这几个字，厄尔丽的眼睛亮了一下，但很快又暗淡下来，说："如果你去工作的话，我就必须照顾朱比了，这样的话我就什么也干不了了。而且，我们自己不能单独留在救助站。"

"嗯，这样，咱们一步一步来。就像达什说的，我们拥有一切，因为我们还年轻、健康并且拥有彼此，我们要努力，让咱们的生活转动起来。咱们现在就开始行动吧！等我们今天离开医院，我就开始看招聘启事。还有，我会尽快找一个好心的老太太帮忙看着朱比，这样你就可以学习了，不用去那所学校了。或许你没有给卫福先生打电话是件好事情呢，咱们总不能老是依赖别人啊。"

那天晚上回到救助站的时候，厄尔丽的心情很不错。萨姆跟哈帕蒂太太说，朱比已经吃过药了，他现在感觉好多了，还有厄尔丽，她会自学一段时间。哈帕蒂太太把厄尔丽丢在学校的外套和书包递给她，这些东西是她在学校的小柜子里找到的。哈帕蒂太太很关注厄尔丽从休斯学校休学这件事。

“她原来自学过吗，珀尔太太？”哈帕蒂太太问。

“啊，没有，但是厄尔丽很勤奋好学，而且喜欢读书。请放心，她是有自学能力的。”

“我相信她是一个很优秀的学生，但是你们的生活和原来比发生了很大的改变，需要她重新适应，我想我们都不愿意看到她落下功课，数学和自然科学这些课程她自己都能应付得来吗？”

“您不用担心，哈帕蒂太太，她只是自学一小段时间，不会总是不去学校的。”萨姆说。厄尔丽点了点头，不知道妈妈说的话能不能实现。如果经过努力他们的生活仍旧没有好转，也许……

哈帕蒂太太只好点了点头。等他们三个人回到楼上，钻进被窝，萨姆开始读《关于韵律的第一本书》的第一章，有兰斯顿的陪伴，真好。

正读着，一张和朱比差不多大的小脸儿伸进帘子里来，问：“你看到书了吗？”萨姆微笑着点了点头，那个男孩儿又小声解释说：“是我拿着这本书呢，你昨天找这本书的时候我本来想还给你来着，但是你当时太可怕了，我就没敢把书拿出来。而且，如果我妈妈知道，一定会打我的。”

萨姆拍了拍他的手安慰他说：“我不会告诉你妈妈的，再说，你也没有做错事啊，这本书是朱比给你的，又不是你自己拿的。昨天我只是想家了，有些暴躁，这本书对我们家来说很重要。啊，我保证朱比明天会把你的卡车还给你。对了，我们现在在读书，你想一起听吗？”

那个男孩子笑着耸了下肩膀，就挨着朱比蜷在床上，朱比已经睡熟了。过了一会儿，他也睡熟了。他妈妈过来把他抱走的时候，很感谢萨姆读书给她的儿子听。她说自己眼睛不好，没法儿给孩子们读书，但是厄尔丽和萨姆知道，真正的原因是，这位妈妈其实根本不怎么识字。有一回，她们看到这位妈妈连学校的时事通讯都读不下来。而萨姆起码高中毕业了，而且和达什在一起看了那么多书。

“萨姆，你很幸运的。”厄尔丽说。

萨姆知道厄尔丽的意思，叹了口气说：“我也觉得我很幸运。读书是别人抢不走的一项能力，即便你的生命中发生了很多挫折和不幸，书也会一直陪伴着你，不会离开你。阅读这项能力是不会随着生活境遇的改变而改变的，它就像是不需要电池的手电筒一样。读书在人生最黑暗的时刻，会给你带来希望的曙光。”

厄尔丽专心地看着妈妈的脸说：“你现在说的话很像是达什说的话。”

“是吗？”萨姆笑了，这回，连她的眼睛都在笑，但是厄尔丽却从这笑容中看到了伤心。

第 8 章　迷案追踪

Chase，源自中古英语 chasen，或者诺曼时代的法语 chaser。

动词：追逐，追赶；追赶某物或某人；雕镂。

名词：捕杀野生动物的行为；制版的金属框（出版业中）。

厄尔丽开始行动

上，下，上，下。厄尔丽觉得自从《关于韵律的第一本书》出现在她的生命中，他们的生活就一直在重复这个模式。有的时候她会觉得生活充满了希望，一切都是那么美好；有的时候她又觉得他们家已经跌入了谷底，再也不会有站起来的一天。这样的生活节奏和韵律让她有些吃不消。

芝加哥公共图书馆对珀尔家来说曾经是骄傲的源泉。达什为自己在图书馆工作感到自豪，他有一种很强烈的归属感和成就感。萨姆和孩子们喜欢里面的少儿阅览室，那间阅览室很大，而且总是有新书可以读。在图书馆里，他们觉得这个世界没有边界，充满包容性。在图书馆里，你可以尽情安放自己的梦想。

芝加哥公共图书馆拥有“世界上最大的公共图书馆”的美誉，这座图书馆是砖石结构，整体色彩是玫红色，有好多扇高高的拱形窗户。这座建筑很好地融合了砖石和玻璃这两种元素，使图书馆看起来大气而庄严。图书馆楼顶的每个角都有一只巨大的绿色金属猫头鹰，它们透过层层叠叠的树叶审视着下方。厄尔丽认为这些金属猫头鹰雕像的意义和故事书中的一样，是用来欢迎孩子们的，但是达什告诉她，猫头鹰是知识与智慧的象征。

在这座建筑中，四四方方的石砖砌成了基座，拱形窗户的边缘被圆形的窗框包围着，在面向大街的墙上，有好几扇门敞开着，欢迎着它的读者们，好像在对人们说：“不管你是谁，请进来，这里欢迎您！”这座图书馆建成于 1991 年，以前市长哈罗德·华盛顿的名字命名。哈罗德·华盛顿是芝加哥第一位非裔美国人市长，他积极进取、苦干实干。这座图书馆很大，因此轻轨列车公司专门在这里设了一站，每个人都可以进去读书，不管你属于哪个阶层，年轻还是年老，也不管你来自哪个国家。厄尔丽记得达什曾经跟她说过，没有家的人们经常会在冬季寒冷的天气里到图书馆取暖或者在夏天炎热的天气里到里面避暑，这座图书馆是一个慷慨仁慈的地方，即便对那些不喜欢读书或者厌倦读书的人来说，也是一个好地方。达什把它叫作庇护所。当早上厄尔丽睁开眼睛，她突然明白了，那里才是她应该待的地方。或许，她还会发现达什的踪迹。那个地方曾经是他们生活的中心，如果说达什出了什么事情，这其中的过程肯定是纷乱复杂的。而且，这些纷乱的线索不可能自己理出头绪，必须由她来做。厄尔丽已经迫不及待要开始做她的事情了。孩子们都有一双灵巧的小手，而这些小手更善于把一团乱麻理出头绪。

吃早饭的时候，厄尔丽问萨姆他们三个人能不能出发时，没有提自己打算天天去图书馆的想法。厄尔丽决定了，在她弄清楚达什身上到底发生了什么之前，会天天到图书馆去的。而萨姆则只认为这仅仅是一次暗中调查。厄尔丽没有告诉妈妈自己的想法，因为她清楚地知道这件事最好不要对任何人讲，包括家人。

救助站附近就有一个火车站，离救助站只有三个街区远，有火车可以直达哈罗德·华盛顿图书馆。厄尔丽用心记着去火车站的路线和火车停靠的站名。轻轨火车已经有近百年的历史了，火车“哐当哐当”地颤抖着一路前行，在到达市中心前，蜿蜒着经过几个社区。厄尔丽无意间瞥了火车经过的那些房子和公寓一眼，在伍德劳恩有很多类似的房子，但她从来没有仔细看过，这回，她忽然心血来潮，仔细观察了一下这些房子。

这些房子的窗户和门都覆盖着三合板，有的房子会在门上挂上一把锁。这些房子被垃圾包围着，很多很多垃圾：汽车的部分车体和零件、旧轮胎、洗脸池的水槽和破马桶、破烂的家具，还有装着旧衣服的袋子，衣服散落在周围的草丛里。时不时地，你还会看到一把草坪躺椅，或者一辆只有一只把手的三轮车。有的房子好像着过火，有被火烧的痕迹；有的房子的屋顶残破不堪，甚至还有锯齿状的大洞。但是，大部分房子还是完好的。空寂无人。这些地方让人看了伤心。“家”这个名字好像还在砖石和草木间回荡。厄尔丽想，看着这样一个你曾经生活过的地方被遗弃，该是多么伤心的一件事啊。这些房子好像已经“死去了”，所以它们的“嘴巴”和“眼睛”也被封上了。啊，这真是一个可怕的比喻。

“萨姆。”她叫妈妈。

“嗯，什么事？”妈妈问道，她也正在看着窗外呢。

“芝加哥有这么多空着的房子，也有那么多跟我们一样没有家的人，为什么不能把这些房子修一修给像我们一样的人住呢？”

“这个问题我也不能回答你，厄尔丽，因为我也不知道为什么不能修一修给我们这样的人住，修理这些房屋看起来花不了太多钱的。这些房子就这么空着真是很浪费啊。”

厄尔丽点了点头，三个人又陷入了一阵沉默，谁也不再说话了，只是静静地看着窗外的景物飞速后退。忽然，厄尔丽把帽子摘下来，抓了抓耳朵说：“嘿！如果有钱人，比如篮球运动员或者电影明星，他们每位认领一栋这样的空屋子，然后修理一下，给买不起房子的人们住，这是不是一个很棒的主意？这样一来，穷人们就能振作起来，因为他们有了自己的家，他们有了家以后就可以找工作啦！”

“我觉得这是一个很好的想法，厄尔丽。你可以给市政府的人或者那些富翁写信。说不准你真能发起什么活动呢！”

“以前或许有人已经有过这样的想法了，只是咱们不知道而已。达什也会觉得这是个好主意的，是吧，萨姆？”

“当然了，他肯定会这样认为的。”萨姆说，然后就沉默下来。

“或许你可以帮我们争取到一座房子的，厄尔丽！”朱比插话说，“一座带院子的房子，会吗，厄尔丽？然后等达什回家了，我就坐在台阶上等他，他一定会大吃一惊的！”

“嗯，我会试试的。”厄尔丽说，给朱比这样的希望，她感觉很不好。在接下来的时间里，萨姆没再说话。

奇怪的宾瑟先生

沃尔姆斯太太从座位后面走出来喊道：“厄尔丽！厄尔丽！”然后给了她两个大大的拥抱和一个安慰似的吻，这位图书管理员紧接着说：“简直不敢相信，我一点儿都不信，这一切太可怕了！”

厄尔丽没有多说什么，只是简单说了自己的计划。

“你真是聪明，去做吧，厄尔丽！说不准你能发现什么事情呢。不过话又说回来，你一定要小心啊！我不知道这里发生了什么，但是我们所有人都觉得宾瑟先生和他新招的那个助手怪怪的，哦，对了，那个助手叫韦瑟尔女士。你见过他们吗？”

厄尔丽摇了摇头。

“等你见到他们你就会明白我的意思了。噢，我得去趟卫生间，我一会儿一离开，你就溜进来就行了，好吗？”

“谢谢您，谢谢您做的一切。对了，萨姆让我帮她问好。她和朱比现在在楼下的少儿阅览室。”

轻轻敲了敲门，厄尔丽往房间的一个角落看去，然后说：“早上好，宾瑟先生。”她尽量用愉悦的口气继续介绍自己，“我叫厄尔丽·珀尔，是达什的女儿，很高兴见到你！”她知道图书馆的所有地方，达什过去常常带她到员工工作区域来，她对这里了如指掌。

宾瑟先生显然有些吃惊，甚至是慌张，因为他听到厄尔丽的话后一下子从椅子上站起来，站的过程中膝盖碰到了桌子腿，但是很快就又坐下了，坐下的时候又带翻了他的咖啡。他赶紧把咖啡杯扶起来，然后用一张纸巾擦着那些流出来的黑色液体，并试着冲厄尔丽微笑。厄尔丽看到那张纸巾是楼下一家甜甜圈店的纸巾。“欢迎，欢迎！你真是吓了我一跳！”

“我也没想到会到这儿来。”厄尔丽说，“但是我有一些事情想做，就是收集这里每个人关于我爸爸的回忆。我不能帮助警察弄清楚乱七八糟的案情，因为我毕竟只是一个孩子。但是我很爱达什，而且……”说到这里，厄尔丽停下来，等着宾瑟先生往下接话，果然，宾瑟先生马上说：“当然可以，没问题！这真是一个了不起的想法。你想保留爸爸的回忆，这很正常，我会尽我所能帮助你的，是的，我会帮你的。”他重复说着帮厄尔丽的话，好像是在坚定自己的想法。

“你真是太好了，宾瑟先生。”厄尔丽假装很感动地说，“我就知道您能理解我。您有孩子吗？”

宾瑟先生含混地说了句什么，然后清了清喉咙说：“没有，没有孩子，我没有那么幸运，我猜，没那个运气。”说完，苦笑了一下，然后补充道：“我猜，我没有那个运气。”厄尔丽想他平时说话是不是也总是重复，还是说他不喜欢孩子，所以跟孩子说话的时候有点反常。于是厄尔丽低下头来，看着自己的双手说："那么，您觉得我应该怎样开始我的回忆收集工作呢？我现在不上学了，因为我得帮助妈妈，而且自己也得适应现在的情况。我们现在住在一个救助站，那个地方离我们原来居住的伍德劳恩很远，萨姆现在在找工作，但是之前必须找到一个可以照看朱比的地方。救助站不行，因为您也知道，救助站周围的环境很不好，很脏而且危险。我弟弟已经因为感染了那些病菌病倒了，不得不到医院吸氧，不过好在现在不怎么咳嗽了。"厄尔丽一口气说了一大堆，然后停下来喘了口气，并朝宾瑟先生看去。

宾瑟先生的脸色变得更加灰白："救助站，你是说你们现在住在救助站？"

"是的，先生。"厄尔丽礼貌地回答，她非常感谢达伦教会她说这些礼貌的称呼用语，这会让她在这次交谈中变得更加主动。

"噢，我的天哪。那，那你们能吃得饱吗？会不会挨冻？"

"他们给我们发了毛毯、被单还有牙刷什么的。我、萨姆还有朱比睡在一个双层床上，在一个很大的屋子里，和许多其他的妈妈和孩子一起。在那里，吃饭要排队，做什么事情都要排队。自从我们租住的公寓被毁掉了……"

说到这里，宾瑟先生忽然打断了她的话："毁掉了，你刚才说'毁掉了'是吗？到底发生了什么事情？你快告诉我，告诉我。"宾瑟先生的身子慢慢靠到椅子上，好像这样就能逃避什么似的。他虽然说让厄尔丽告诉他发生了什么，但是看他那样子又怕听到厄尔丽接下来说的话似的。

厄尔丽觉得事情正按照她所希望的方向顺利发展，于是说："啊，我以为您知道呢！事情是这样的，就在我妈妈来这里找你的那天晚上，三个男的和一个女的突然闯进我们家，那时候我们刚刚准备睡觉。他们说他们是警察，但萨姆不相信，也没给他们开门，于是他们就把门撞倒了，我们吓得要死。他们想找什么东西，把我们家里所有的东西都弄坏了，走的时候还把所有的书带走了，包括我们的笔记本，全带走了。”

“所有的书吗？所有的……所有的……”宾瑟先生无力地重复着那几个字，拿起一张已经被咖啡浸透的纸巾，擦了擦额头，额头上留下了咖啡色的一块污渍，上面还粘着一点甜甜圈上面的糖渣。但是宾瑟先生根本就没注意到。

“还有，他们翻东西的时候，”厄尔丽继续说，呼吸有点急促，“萨姆用自己的身体保护着我们，我和弟弟吓得一直哭，一个男的却把萨姆推倒了，萨姆撞到了头，额头上擦破了好大一块。然后他想把我拽出来，但是萨姆又把我抢回去。”

“噢，上帝啊。”宾瑟先生喃喃自语着，“噢，上帝啊。我想知道为什么——我的意思是谁——噢，你们的妈妈报警了吗？”

“报警了。”

“那么，你知道那四个人在找什么吗？”宾瑟先生问道，身子稍微往前倾斜了一点儿，“你知道吗？”

“我不知道他们在找什么，先生。”厄尔丽迅速回答，然后反问道：“您知道吗？”

“哈！我，哼！当然不知道，不知道，不知道！”宾瑟先生连着说了好几个不知道。

“他们要找的东西是整个事情的关键，我的意思是，是这些乱七八糟的事情的关键，对吗？”厄尔丽忍不住问道。

宾瑟先生忽然看向她，眼神犀利，这是他今天第一次这样看她。他盯着她说：“你爸爸过去也喜欢玩儿文字游戏，是的，也，我的意思是——”说到这里他突然停住不说了，并且用手使劲搓了搓额头，额头上的一些污渍就蹭到手上了。他厌烦地看了看手上的脏东西，然后把它蹭到裤子上。

“这件事情很奇怪，您看，这所有的事情好像和达什一点关系也没有，一点关系也没有。”厄尔丽说，为了更好地和宾瑟先生交谈，她特意把最后几个字重复了一遍。接着，她轻声说：“我猜，您一定也听说了钻石的事情。”

“钻石！”宾瑟先生的双手迅速放到桌子上，然后像老鹰的爪子一样张开，又握紧，接着重复了一句：“钻石！”

“噢，那是一个有点儿疯狂的故事。到救助站后，萨姆去警察局报警，说我们家被几个恶棍破门而入，抢走了我们所有的东西。到我们家调查的警察却在我们家的地板上发现了一颗闪闪发光的石头，那是一颗钻石。不过，这颗钻石是很多年以前萨姆的父母给她的。”厄尔丽编着谎话，她都有些佩服自己说谎的本领了。她接着说：“后来和达什结婚后，他们没有钱把这颗钻石做成戒指，于是萨姆就把它藏在一个很安全的地方了，怕把它丢掉。她不能把它卖掉，因为这是她爸妈给她的，所以只好收藏起来。那些强盗在乱翻的时候，肯定把它翻出来了。现在，警察认定那颗钻石是达什偷来的，这显然说不通。其实这件事情很简单，只要稍微仔细地做些调查，问一些问题，真相就出来了。警察很擅长做这样的事情，不是吗？”

“是的，是的，当然了……我原来没听说过这些事情……想知道为什么……侦探的眼睛……好吧！”宾瑟先生自言自语了好一阵，然后狠狠摇了摇头，像是下定了什么决心，把两只手又放回到桌子下面。

“你真是一个聪明勇敢的孩子，知道来这里找我，我会尽力帮助你的，让你收集到尽可能多的回忆，珍贵的回忆。当然了，我允许你这样做，并不是说你爸爸一时半会儿回不来，而是想满足一个女儿对父亲的想念。说不准你爸爸很快就回来了呢！”说完，他朝厄尔丽微笑了一下，但是这个笑容显然是勉强的，因为他的眉头还皱着呢。

厄尔丽成功地让宾瑟先生怀着愧疚的心情答应帮她，接下来，她打算进一步施加压力。她把手捂在脸上，稍微低下头，声音有些哽咽地说："你说'回忆'这两个字时，好像我爸爸不会回来了似的。我听你用了'回忆'这个词。"她声音颤抖，语气里带着指责。她的手还捂着眼睛，继续说："我只是想做一些事情，让人们记着我爸爸是多么好的一个人，并且写下来。我爸爸总是说，把事情记录下来会有所帮助的。"

说完这话，周围静悄悄的，厄尔丽没等到宾瑟先生的回答。她抬起头来一看才发现，她对面的那张椅子已经空了。看来，她应该时刻关注周围的动静，刚才说话的时候她把眼睛捂上了，这真是一个坏主意。宾瑟先生竟然能那么快就无声消失了，他身后的门也关上了。厄尔丽走过去，轻轻打开一条缝。一个愤怒的声音从走廊传进来："到底发生什么事了？你们告诉我的事情和这个孩子告诉我的完全对不上，完全对不上！我现在告诉你，不会再继续这样下去了，不会，不会！"

接着，厄尔丽听到一个女人尖利的声音响起："我知道了。我们会去查查究竟发生了什么事情，看是不是有什么我们不知道的事情发生了。"这个女人的口音很奇怪。厄尔丽紧紧抓住笔记本放在胸前，嘴巴慢慢张成了一个"O"形。这奇怪的口音厄尔丽再熟悉不过了。她要不要告诉宾瑟先生，那天闯进他们家的四个强盗，说话就是这种口音，很奇特的口音，就像是一堆音节混成一团，让她几乎听不懂。而这个女人，站在走廊里说话的女人，就是这种口音。但很快，厄尔丽就否定了自己的想法。

不，直觉告诉她，她不能告诉宾瑟先生，不能告诉他。

艾尔出现了

过了一会儿，宾瑟先生回到办公室，把厄尔丽带出来，一起走到位于办公区角落的小会议室，让她坐下。厄尔丽环顾了一下，除了角落里的一盆塑料植物，什么也没有。宾瑟先生说：“我有一些事情要处理，不过，你做你自己的事情就行，不用拘束，我会安排你爸爸的一个同事过来跟你聊聊。”说完，朝厄尔丽点了点头，有些心不在焉地继续擦着额头上的污渍。他在会议室的角落里走来走去，厄尔丽能看出来，他很不自在。“噢，你饿不饿？饿不饿？”他问厄尔丽。

“嗯，饿了！”厄尔丽善解人意地回答道，尽管她早上吃的薄煎饼还没消化完，但是为了让宾瑟先生有事可做不这么尴尬，她还是决定说谎了。果然，厄尔丽说完，宾瑟先生就去给她找吃的了。而她则静静坐在会议室里并且打开笔记本，现在最好什么也不要写。哇，她很高兴自己发现了宾瑟先生知道那颗钻石的事情时的反应，而且她觉得自己能编出那样一个故事真是了不起啊！同时她也庆幸自己没有提到《关于韵律的第一本书》，因为她从宾瑟先生重复的那句话——所有，所有的书——里得到了一个信息：书是整件事情的关键所在。

很快，一个年轻的男人走进会议室并和她握了握手，他的手潮乎乎的，让人感觉很不舒服。他介绍自己说：“你好，我叫艾尔斯利坡，是你爸爸的同事，你爸爸是一个很好的人。”艾尔斯利坡长着粉红色的脖子和几撇邋遢的小胡子，厄尔丽觉得眼前的这个人真像一只大老鼠。她强迫自己微笑一下，说：“你和达什在工作上是什么关系啊？”

艾尔斯利坡先生听到这句话不知道该说些什么。厄尔丽赶紧改口说："我不是这个意思，我只是想知道，您会跟我谈些达什的什么事情呢？"

"这样啊，我知道他喜欢游戏。"艾尔斯利坡先生终于知道该说些什么了，一边说一边摸自己的小胡子。

"什么样的游戏啊？"厄尔丽继续礼貌地问道，并且把钢笔放在本子的空白页上，准备记录。

"噢，你知道的，就是那种智力游戏……文字接龙或者数字九宫格一类的。他喜欢那些出人意料的事情。"艾尔斯利坡先生看起来有些不舒服，皱了皱眉接着说："我不明白那有什么好玩儿的，也不太会玩儿，你知道的，那种游戏就是给你一条线索或者暗示，然后找到答案，中间过程很复杂，需要推理什么的，噢，你懂吗？"他嘟囔着说，正在这时，宾瑟先生正好走进来。厄尔丽忽然出了一身冷汗，直到宾瑟先生走进来，她才意识到说不准他刚才一直站在门外面呢，办公区都铺着厚厚的地毯，他来了自己也不会听到。

"点心时间！"宾瑟先生愉快地说道，并且递给厄尔丽一块大大的果冻甜甜圈。但是厄尔丽怀疑这个甜甜圈就是他桌子上的那一块，他把咖啡碰倒的时候，厄尔丽看到了这块甜甜圈。但是垫在这块甜甜圈下面的纸巾倒是新的。

"太感谢您了，您想得真周到。"厄尔丽说，"我们正在说达什喜欢做智力游戏呢，比如……"厄尔丽眨了几下眼睛，好像在努力回忆，"对了，比如文字接龙或者数字九宫格什么的。"艾尔斯利坡先生看到宾瑟先生来了，不由自主哆嗦了一下，看向一旁的宾瑟先生。

"是啊，的确，达什很喜欢智力游戏。"宾瑟先生说，同时把手放在了艾尔斯利坡先生的肩膀上，这在厄尔丽看来，是很奇怪的举动。

她又眨了好几下眼睛，说：“比如，噢，对了，1:11，2:22。就像这类日常生活中存在的有趣的现象。”

厄尔丽刚说完，艾尔斯利坡先生就紧紧盯着她，一句话脱口而出：“你真的很像达什，是吗?”说完，就笑了。然后又接着说：“是什么让……”说到这里，他突然停住不说了，厄尔丽看到搭在他肩膀上的那只手的关节都已经发白了，可见宾瑟先生有多用力。“啊!”艾尔斯利坡先生疼得低声喊了出来。

厄尔丽假装没有听到，打了个哈欠说：“好了，谢谢你们陪我坐在这里这么长时间谈达什的事情，你们介意我明天再来吗?说不准明天你们能记起更多达什的事情呢！我保证不会耽误你们太长时间，我只是想听到人们谈谈我的父亲，这样我就不会太难过了，这对我很重要。谁和我谈都行，只要他愿意和我分享达什的点点滴滴。谁都行!”说完，她挥了挥胳膊，碰到了那盆橡胶植物。

那盆橡胶植物被厄尔丽碰得晃了一下，好像在点头，但是会议室里的两个男人却都保持沉默。厄尔丽能感觉出来，此时的沉默包含着某种警告和危险的气息。

被人监视

“我真是个天才，我在这方面真的很擅长，很擅长，很擅长!”厄尔丽回到少儿阅览室，兴奋得几乎要跳起来了。“给我一点线索和暗示，我就能找到正确的方向……”她自言自语。

“擅长什么?侦察吗?”朱比扔掉正在读的书，在座位上蹦蹦跳跳，胳膊也随之挥舞着。

萨姆站起来，无奈地揉了揉眼睛，然后抱歉地冲着管理员塔姆博尔先生笑了笑，他就坐在旁边。萨姆用平淡的语调说："能回到这里来真好，没想到这段时间又来了这么多新书。我们早就想来这儿看看了。"一边说一边整理手边的一堆书，这些都是萨姆拿出来准备看的，然后接着说："还有，谢谢您帮助我们补办借书卡，并且读书给我儿子听。"

厄尔丽看萨姆很累，就没有把自己讲给宾瑟先生的关于钻石的谎话告诉她。如果告诉她，萨姆说不准会更消沉，或者会因为厄尔丽提到了钻石而感到更加苦恼。萨姆也许不理解这是厄尔丽的策略，也不相信宾瑟先生已经咬钩了。

"能这样做我很高兴，欢迎你们经常来啊！"塔姆博尔先生诚恳地说。

"会的。"厄尔丽点点头说，"好了，孩子们，咱们再不回去就赶不上午饭了。"

"嗯，我早就饿了。都是为了等厄尔丽，要不咱们也不会这么晚。"朱比抱怨说。

厄尔丽拉上衣服拉链，她的心情很好，没有理会朱比的抱怨，只是说："嘿！你刚才说的话很押韵啊，很棒，朱比！"

朱比点了点头，对厄尔丽的称赞很受用，他认真地看着塔姆博尔先生说："我很喜欢您。我告诉你哦，我是一个侦探哦，而且厄尔丽会帮我们得到一间屋子。我们会给达什一个惊喜！"

"啊……"塔姆博尔先生笑了。厄尔丽不确定他是不是知道他们家发生的事。

等珀尔一家人离开阅览室，塔姆博尔先生的眉头就紧紧皱了起来，嘴唇也抿得紧紧的，好像在做什么重大的决定。过了好久，他走到角落的办公桌那儿，拿起桌子上的电话，拨通了一个号码，慢慢地说："如你所愿，我打电话来了。"

独自调查

明天中午萨姆有一个面试，应聘麦当劳的服务员，但是之前她已经答应厄尔丽陪她去图书馆。于是厄尔丽提出自己去，但是萨姆不同意。

“我们三个人必须一起行动，亲爱的小姐。”第二天到了图书馆，萨姆说，“等一会儿我们离开图书馆以后，我就去面试，我面试的时候，你和朱比就在麦当劳门口和附近转一转，如果我面试成功了，”萨姆叹了口气，然后又深吸了一口气，“我们就要找一个离图书馆近的日托所，条件好一些的。我们一定会做好的。”

“如果日托所里有玩具和点心就更好了！”朱比插话说。

“嗯，是啊。”萨姆说。

说完这些，萨姆和朱比就开始在少儿阅览室看故事书，就像昨天一样，厄尔丽则赶紧到六层去了。她朝沃尔姆斯太太挥了挥手，沃尔姆斯太太看了看周围，然后给了厄尔丽一个手势，让她赶紧溜进去，自己则走进了角落的一间员工办公室。厄尔丽左右看了看，没有别人，而且前台已经没有人了，于是赶紧溜进员工工作区域，悄悄走向宾瑟先生的办公室。在走廊，她路过一间办公室，里面有一个女人，这个女人她昨天没有见到过。这个女人的头发蓬松而干燥，皮肤透明，能看到皮肤下的血管。一条粗粗的蓝色静脉血管蜿蜒在她的脸上。她的桌子上有一个塑料桌牌，上面写着“玛丽·韦瑟尔”。

她走上前去故意问道：“你好，请问洗手间在哪里？”厄尔丽故意说得很模糊。

那个女人正在电脑前打字，听到厄尔丽问她，说："什么？—……"

厄尔丽听不太懂那个女人说的话，因为她口音太重了。但是厄尔丽本来就不是为了问她卫生间在哪儿的，她来了那么多回，早就知道卫生间在哪儿了。她只是想听那个女人说几句话，这样她就可以证实自己的判断。通过刚才那几句话，厄尔丽基本可以确定昨天在走廊上和宾瑟先生说话的那个女人就是韦瑟尔女士。确认了这一点，厄尔丽微笑着说："谢谢您，我爸爸是这里的员工。噢，我看到了，卫生间就在那边！"她一边说一边蹦蹦跳跳地走了，韦瑟尔女士还在埋头打字，这让厄尔丽松了口气。

这一回，宾瑟先生已经做好准备应付她了，因为他的门紧紧锁着，一张纸贴在上面，写着"今天一天有会"几个字。厄尔丽的肩膀垮下来，慢慢往回走，见到韦瑟尔女士后说："对不起打扰一下，但是我需要您的帮忙。我是达什尔·珀尔的女儿，想找人说一说他的事情，因为我很想他，而且……"厄尔丽说到这里停了下来，等着韦瑟尔女士的反应。但是没有人接话，韦瑟尔女士仍然只忙着打字，于是厄尔丽只好自己接着说："我昨天见了艾尔斯利坡先生，您知道还有谁和达什一起工作过吗？"

韦瑟尔女士的一只眼睛眯了眯，好像厄尔丽的出现让她很不舒服。只听她问道："什么？你刚才在和我说话吗？"

厄尔丽低声说："我想你知道我刚才说了什么。"刚说完，只见那个女人的眼睛刷地一下看向她，充满怒气。"出去！"她说，用下巴指了指走廊，然后转过身去不再理她了。

"好吧，女士。"厄尔丽说，然后又自言自语似的说："我就是想找个人，听他们说说我父亲的事情。"说完，她甩着胳膊，故意在铺着地毯的走廊上重重地迈着步子，然后趁韦瑟尔女士不注意，溜进拐弯处的一间空着的隔间里，然后钻到桌子底下。刚钻进去，她就听到韦瑟尔女士的椅子“咯吱咯吱”响了几声，好像韦瑟尔女士在把椅子往后挪，厄尔丽屏住了呼吸。

“请接宾瑟先生。”那个女人说，然后在等待接通的时间里，她清了清嗓子。

“喂，你好！是的。对，没错，是她。明白了，我会把通知发下去，嗯，很好。”然后，厄尔丽听到她挂断了电话，椅子又响了几下，然后一切归于平静，只剩下“噼里啪啦”敲击键盘的声音。厄尔丽刚想从桌子底下爬出来跑下楼，就听见一阵脚步声，然后一双女人的腿从她面前走过。厄尔丽看着那双穿丝袜的腿走远，一切又恢复平静。她赶紧爬出来，然后悄悄溜进韦瑟尔女士的办公室，走到她的电脑前看看刚才她在打些什么。如果韦瑟尔女士突然回来，自己就说在找餐巾纸。

她凑到屏幕上，心怦怦跳着，她看到了一封发给历史与社会科学部所有员工的邮件，邮件上写道：

为了安全起见，请谨记昨天开会的内容：不能对任何读者谈论关于达什尔·珀尔的任何事情。如有疑问，或者有什么新的消息，请与宾瑟先生联系。

厄尔丽紧紧抱着自己的笔记本，然后飞快跑向这层的另一条走廊。跑到尽头了，面前没有别的路了，只有一扇门。厄尔丽深深吸了口气，然后像下定了什么决心似的，她把手放在门把手上，推门而入。出现在她面前的是一个小小的明亮的房间，房间里全是书，一排一排，从地板堆到天花板，另外还有一些文件柜。这是挂着“闲人勿进”牌子的那间屋子！

这间屋子有一面玻璃墙，透过玻璃墙能看到六层的大厅。

这面玻璃墙的中间有一扇门，门外是一排图书管理员用的桌子，几个工作人员正坐在长条木桌后面，弯着腰整理着一堆堆的书和纸张。一切都静悄悄的。厄尔丽看了看那些忙碌的工作人员，有点发蒙，她到底是哪根筋不对，怎么就跑到这里面来了呢？

忽然，她看到了一张熟悉的脸，竟然是卫福先生！他正半趴在角落的一台电脑上，手指在键盘上快速敲打着。厄尔丽蹑手蹑脚地走过去，但地板还是发出了“咯吱咯吱”的声音。卫福先生抬起头来，用眼角的余光看了厄尔丽一眼，然后那种皱着眉的同时又微笑的矛盾表情又出现了，他用沙哑刺耳的嗓音说道：“你怎么才来？我等了这么长时间了。”

2

第9章　伟大的计划

Catch，源自中古英语 cacchen。

动词：俘获或者抓住；突然发现；欺骗；被影响；看见。

名词：未知的情况；值得拥有的奖品。

2

宝石失窃案

他指着电脑屏幕上的信息说："芝加哥犯罪史，关于阿尔·卡彭和他的手下。这是你爸爸原先所在的部门的专业藏书，大部分的资料都在这里。你知道，这座城市有一段历史，那段历史是关于黑帮、盗贼、走私者、诈骗犯和伪造者的，这是一段很长的历史，也是大家都知道的。莫名其妙的失踪。你爸爸只是那么多失踪人口中的一个。不得不说，这吸引了我！"

厄尔丽坐在卫福先生旁边的电脑前，打开笔记本，开始说话："卫福先……"

她还没说完，卫福先生就打断她："如果有人问你，你就说是我的学生，和我一起来的，在做关于芝加哥犯罪活动的调查报告，知道了吗？"

厄尔丽又点了点头，接着说她刚才被打断的话："卫福先生，关于达什，有一个坏消息。"

这回卫福先生终于认真看向她了。她把声音尽量压低，告诉他关于那颗钻石的事情，只不过没有全都说实话，她把跟宾瑟先生说的那个版本又讲给卫福先生听。

厄尔丽说话的时候，卫福先生低着头，把双手放在嘴边，就像在祈祷。直到厄尔丽讲完，他还保持着这个姿势，并且沉默不语。终于，他抬起头轻声问厄尔丽："你确定你编的那个关于钻石的故事没有破绽？"

听到这句话，厄尔丽的心开始狂跳，冷汗顺着脖子流下来。现在怎么办？对卫福先生说谎真是太不明智了，很显然，他已经看穿自己的谎言了。厄尔丽艰难地咽了口吐沫，喃喃地说："当然不是，噢，对不起，我对您说谎了。我要遵守警察的规定，他们说不能把关于钻石的事情说出去，不能说出钻石的真正来源，但是……"接下来，厄尔丽把所有事情都一五一十地跟卫福先生讲述了一遍。

卫福先生认真听着，眉毛一会儿皱起来，一会儿又舒展开，整个过程中一句话也没有说。等厄尔丽讲完了，他朝厄尔丽这边伸过手来，帮她把电脑打开，在浏览器的搜索栏中输入"2003年安特卫普钻石抢劫案"几个字，然后把手缩回去，在自己的电脑上同样输入这几个字。他说："让我们从这里开始吧，先了解一下那起钻石抢劫案的详细信息。"

接下来的10分钟很安静，厄尔丽和卫福先生仔细阅读着网上的信息。厄尔丽忍不住想，如果达什知道他们的家里有一颗神秘的、闪闪发光的钻石，而且这颗钻石还是世界上发生过的最大的钻石抢劫案的赃物；如果知道自己现在和卫福先生一起，坐在"闲人勿进"的屋子里研究这颗钻石的来源，会作何感想呢？

关于这起案件一直扑朔迷离。八年前二月的一天，数以千计的钻石、金条和珠宝在位于安特卫普珠宝中心的地下室被偷了，这间地下室曾被认为是世界上最保险的地方。这起案件被定义为"内部作案"，因为地下室没有任何"强行闯入"的痕迹。厄尔丽一边看一边理解和猜测这些生僻词的含义。她继续往下看，资料上说，这显然是一起高智商、配合默契的盗窃案，安装在珠宝中心的摄像头和警报都失灵了，据说是世界上最可靠的地下室密码也没拦住这伙窃贼，他们出入这处世界上安防措施最严密的地方如入无人之境。地下室中超过3/4的财物被偷走，这伙窃贼没留下什么破案线索，只是在匆忙撤离时遗撒了几颗碎钻。

这伙窃贼被人们称作都灵帮，包括四名已经被捕的意大利人，这四人都是惯犯，而且各自“身怀绝技”：其中一人人称“贼王”，另外一人人称“开锁王”，其他参与这起案件的盗贼据说还有外号为“天才”“怪兽”和“飞毛腿”等人。很多人认为还有很多其他的飞天大盗参与进来，甚至还有人认为珠宝中心的高层有一个人是他们的内应。被捕的盗贼拒绝招供他们的作案方法，但是承认为了此次行动，他们准备和计划了很多年。

落网的那四个人被逮住也是很偶然的，原因竟然是他们在撤离时，在高速路旁边的树林里匆忙处理了一些垃圾。凑巧的是，这片林地的主人经常在自己的土地上散步巡视，从而发现了那堆垃圾。警方从一个吃剩的三明治上提取到一个人的DNA，这让警察成功锁定了一名嫌疑犯，并将其逮捕；通过几张收据和纸张的碎片，警方很快确定了其他几名嫌疑犯。除了粘在垃圾袋上的几颗钻石，其他的宝物一直没有被找到，被偷的赃物总价值在1亿~1.4亿美元之间。

“这周过后，只要这个消息传出去，他们就得重新改写相关的资料了。”卫福先生低声嘟囔道，“现在，又一颗失窃的钻石出现了，FBI会像万圣节要糖的孩子们一样，挨家挨户搜查了。真是有趣的故事啊。”

“太可怕了！这是别人设好的圈套，达什被拖进这件事情了。但是为什么？那些人为什么会选中达什呢？”

“我想，达什尔之所以被卷入进来，可能是他在关键的时刻无意中采取了什么错误的行动，误打误撞卷入进来。他可能无意中掌握了整件事情的关键之处，只不过从他的角度意识不到而已。”

厄尔丽没有听懂“角度”（vantage point）和“意识”（comprehend）是什么意思，但是她没时间管这个，她急于抓住卫福先生话中更有用的信息。卫福先生建议接下来查一下这些年走私的旧书，于是她看到了长长的名单，上面罗列着各国图书馆和博物馆相继丢失的旧书，好像这些书也变成了抢手货。这些旧书中往往会藏有钱币，大量的纸币夹在书页中。从网上提供的资料中厄尔丽了解到，因为旧书的书脊装订得比现在的新书结实，因此能够更长久地保存。她还从网上找到相关的说明，如何把一本旧书变成走私用的“盒子”：在旧书的中间挖个洞，封面和封底不能挖，然后把大一些的珠宝、古币和金条放进洞里，再用特殊工艺把书的边缘粘上，这样里面的东西就不会掉出来。这些经过特殊加工的旧书和普通的旧书没有什么不同，那些珍宝就是这样被走私的。

“可是达什经手的那些旧书都是很普通的书啊。”厄尔丽喃喃说道，这时卫福先生正往前倾斜着身子看电脑上的资料，厄尔丽看到他衬衣领上有好多小洞，而且他身上有一股浴室中液体肥皂的味道。厄尔丽接着说：“不过，虽然每一本书他都认真检查并做了记录，说不准也会漏掉什么。那颗钻石有可能被藏在某本书的裂缝中，后来不知为什么松脱了，就掉到我们家了。但是达什对这一切并不知道，可那些强盗却认为是达什拿走了钻石。”

“你好像越来越接近事情的真相了。”卫福先生嘟囔着说，“咱们一会儿再谈这些。现在要快点，因为我觉得他们并不欢迎你来这里，还有，别表现得这么兴奋，这会引起别人的注意。”

于是，厄尔丽不再说话，而是飞快浏览着关于被偷和走私的钻石的信息，其中有一条信息引起了厄尔丽的注意，那就是被偷走的钻石很难再被卖掉或者在黑市出手。正在这时，她的椅子靠背被一只手拍了一下。

“宾瑟先生!”厄尔丽冲着宾瑟先生甜甜地笑了一下，她知道，宾瑟先生肯定会看她的电脑，看她在查什么，不过，她已经第一时间就把浏览页关掉了。她转过身面对着宾瑟先生，打着招呼：“能在这里看到您真好！”宾瑟先生的“爪子”从厄尔丽的椅子上拿开了。

“没有大人陪同的孩子是不能来这间阅览室的，恐怕，”他清了清嗓子说，“恐怕，不，噢，跟你说什么好呢！现在必须出去。你，出去！”

厄尔丽眨了眨眼睛又笑了：“这位是我的家庭教师卫福先生，我正在做一项关于国际犯罪的调查报告。查完一些资料我才发现，原来有这么多犯罪案件。我从不知道竟然有那么多躲过警察的法子。不过，达什总是跟我说，只有失败者才会去偷，而不是自力更生。”

“啊，她说得没错。”卫福先生没有回头，只是瞥了一眼，然后说，“这里是公共场所，我是孩子的陪同人，而且我确定这个孩子是有借书卡的。”他咳嗽了两声，好像很不高兴被别人打扰了。

“我知道了。”宾瑟先生说，声音像冰块一样冷，“知道了，是的。历史和……”他剧烈地咳嗽起来，费劲地想把话说完，但是只发出了一个模糊的发音，厄尔丽没听出那个单词是什么。

厄尔丽忍不住讽刺道：“是甜甜圈的碎渣卡着喉咙了吗？我讨厌甜甜圈！我能帮上什么忙吗？”说完，还真绕到宾瑟先生背后拍了拍他的背。

宾瑟先生立刻跳开了，一只手在空气中挥了挥，然后从厄尔丽进来的那扇门迅速离开了。他都走出很远了，还能听到咳嗽声隐隐约约传来。

“和那种人打交道一定要谨慎。”卫福先生跟她说，“千万别去羞辱危险的动物，他们会怀恨在心，相信我，我了解这种人，你爸爸说不准就是吃了这种人的亏。”

“噢，那我是不是犯了很严重的错误？”听卫福先生这么说，厄尔丽忽然觉得一阵后怕。

“也不完全是。拒绝被威胁，做得不错，丫头。已经看到了曙光，继续走下去。”

厄尔丽想，曙光在哪里，自己下面要走向哪里呢？

2

线索

一个小时以后，卫福先生和厄尔丽要去少儿阅览室找萨姆和朱比，在电梯中，卫福先生说：“我也撒谎了。我想我已经习惯撒谎了，唉，真狼狈啊。我跟你一样，也没家了，就在几年前。我记得上回跟你说过，我退休以后，还要照顾妹妹一家人，当时妹妹病重，我所有的积蓄都用来给她治病，并且维持她一家人的生活了。妹妹去世后，我已经身无分文。”他耸了耸肩，尽量说得很轻松，似乎不想让厄尔丽为他感到难过。

“哇，我说你身上的味道闻起来怎么这么熟悉。”厄尔丽说。

卫福先生眼神犀利地看向她，这是厄尔丽第一次看到他失去冷静。

“是救助站浴室中肥皂的味道。”厄尔丽补充道。

他咧嘴笑了：“真是天生的侦探啊，你真是你爸爸的女儿。”

厄尔丽也笑了，卫福先生忽然之间变得没那么可怕了，而且他也不说那么难懂的词汇了。难懂的词汇好像是卫福先生的保护罩，现在在厄尔丽面前，他不需要了。

坐在少儿阅览室门外的长凳上，卫福先生正在全神贯注地听厄尔丽说话。厄尔丽把她昨天在图书馆做的一番调查跟卫福先生说了，她说，不论是宾瑟先生还是艾尔斯利坡先生，他们表现得都很紧张，非常紧张。当厄尔丽大声说出艾尔斯利坡的名字的时候，她有了一个重大发现，这个名字中隐含着另外一个名字，这个名字至关重要。“艾尔斯利坡，艾尔斯利坡，这个艾尔斯利坡会不会就是艾尔呢！”厄尔丽自言自语道。

卫福先生点了点头：“如果是的话，我一点也不觉得奇怪。”然后他沉默了一会儿，又说，“那些戴着头罩的强盗，真的把你们所有的书都抢走了吗？”

厄尔丽犹豫了一会儿，还是决定说实话：“没有，有一本给小孩子看的书当时被砸碎的桌子压在底下，他们没看见，是兰斯顿的《关于韵律的第一本书》。”

“啊！”卫福先生听到这里，眼睛都亮了，看起来很高兴，大大的笑容舒展开来，使他脸上的皱纹更深了，他兴奋地说：“我的老朋友！”

“达什过去给我们背过这里面的一首诗，那首诗的开头是：如果 2+2=4。他说这首诗是你教他的。如果他想弄清什么事情，经常会先说一句话：是什么节奏呢，兰斯顿？”

“啊，听到这些真令人高兴啊。”卫福先生说，他现在眉飞色舞，也不皱着眉头了，“都是我的错，我应该在他离开学校后找找他。我一直记得他是多么聪明的学生，我想知道他后来做什么工作，但都被我自己的事情给耽搁了。”

聪明……实施安特卫普盗窃案的罪犯也被人们描述成聪明的人，厄尔丽很快就把这个想法从脑海中删除了。她注意到卫福先生用了“耽搁”这个词，这个词厄尔丽不会拼写，卫福先生又开始在心中竖起屏障了。“您知道吧，《问题》是那首诗的题目。”厄尔丽说。

“当然记得。”卫福先生呼哧呼哧地说，“在收养家庭中长大的孩子，不容易联系上。在人生路上，你爸爸能自己走这么远，真不容易啊。”

“他还会继续走下去的。”厄尔丽赶紧纠正卫福先生的话，因为卫福先生的话好像在暗示达什的人生已经结束了似的，这让厄尔丽感到很惊慌。卫福先生一向思维缜密，为什么他说起达什的时候，好像达什再也不会回来了似的？

厄尔丽为了赶走自己心中的不安，只能不停地说话：“你和我会找出逼他躲起来的那个人的。”

卫福先生脸上的愉悦又隐藏到深深的皱纹里了，他咳嗽了好一阵。等不咳嗽了，才点了点头。厄尔丽尝试着和他继续聊天，但是他总也不回应。“卫福先生，咱们明天还在这儿见，怎么样？反正咱俩看起来都有时间。”她问。

“研究韵律和节奏。”他一边说一边往电梯走去。厄尔丽没太听清卫福先生那句话，他说的是“研究韵律和节奏”还是“请寻找韵律和节奏呢”？卫福先生的嗓音很沙哑，有的时候说的话很难让人听清。

“嘿！”厄尔丽叫住他说，“好神奇啊，我爸爸也经常这样对我说。”她刚说完这句话，电梯的门就在她面前关上了。

2

餐厅中的尴尬

萨姆在麦当劳面试的时候，厄尔丽和朱比就坐在餐厅里的一堆纸上。厄尔丽给朱比大声读着一本故事书，周围食物的味道很好闻。

终于，朱比坐不住了，虽然萨姆警告过他，让他不要说话好好待着，但他还是插嘴道："嗨，厄尔丽，咱们去向坐在那边的小孩儿要些炸薯条吃怎么样？一边吃薯条一边等萨姆，行吗？他们好像快吃完了……看！他们要把剩下的扔掉了！"

厄尔丽小说对朱比说："如果萨姆能应聘成功，每天她都可以带一些麦当劳的食物给咱们，那不是更好吗？"

"耶！"这句话显然起到了作用，朱比高兴地跳起来，拍着自己的小肚子，把舌头吐出来，像小狗一样喘着气说："我都要饿死了！饿死了！快点，萨姆！"

这时，一群中学生走进餐厅，朱比忽然冲他们喊："我饿，给我一些薯条吃吧！"说完还咧嘴笑了。厄尔丽赶紧把朱比拉回去坐好。

有一个中学生冲朱比挥了挥手，过了一会儿，递给朱比一小堆薯条，薯条是放在一张餐巾纸上的。朱比大声说："谢谢！我们都饿了！"

"噢……"厄尔丽无奈地说。她看到柜台后面的人对萨姆摇了摇头，然后指了指朱比。萨姆没有得到这份工作，厄尔丽怕她会生气，但是她没有，只是很伤心。午饭后，救助站给每个人发了一块三明治，味道比麦当劳的差远了。厄尔丽坐在床上，开始制订自己的计划。

达什的心始终和厄尔丽在一起，厄尔丽能感觉到达什的力量、动力和活力。他们会找到达什的，一定会的！同时，厄尔丽还会完成达什没有完成的工作：找到一个家，一个温暖的让他们成长的地方。没有时间了，她必须快快行动！

萨姆看起来并不足够坚强，不能让她一直住在救助站里，虽然有时候萨姆表现得好像振作起来了，但是厄尔丽能看出来，她正在逐渐崩溃。周围很安静，厄尔丽有点担心，因为她没有听妈妈的话，保守钻石的秘密。她先跟宾瑟先生编了一个瞎话，又跟卫福先生说了实话。但是厄尔丽觉得她这样做很有必要，这是一种战略，珀尔家现在需要采取一定的战略了。厄尔丽看了看妈妈，她正闭着眼睛躺在床上。“坚持住，萨姆。”厄尔丽在心中暗暗说，“坚持自己的梦想，为了达什。”

但是萨姆好像并没有听到厄尔丽的祈祷，朱比忙着玩儿自己的蓝色卡车玩具，在妈妈的脚上滑过来滑过去，但是萨姆好像根本就没注意到。厄尔丽想找到一个引起大人们注意的好办法，尤其是那些有能力提供帮助的人，比如说市长，或者奥巴马总统。奥巴马总统喜欢芝加哥，他一定见过那些分布在芝加哥社区的大量的空屋子。不管是市长还是奥巴马，他们在芝加哥都有孩子而且有家。然后她又想到了休斯学校的莎菲老师，自己把那篇关于家的作文念出来后，她被感动得热泪盈眶。

一个小小的灵感出现在她脑海里，就像一朵小火花。出于习惯，厄尔丽按照达什曾经教给她的方法，快速审视着这朵小火花，想从中找到一个突破点，把灵感变成可实施的方案。然而，她找不到那个突破口，正在沮丧的时候，一个大胆的想法涌入她的大脑，厄尔丽激动地拍起手来，这动静把萨姆和朱比吓了一跳。“就这么办！”她低声喊道，跳下床蹦了起来，“很简单，我需要的是所有的孩子们，我们能做到的，一定能！”她高兴地蹦蹦跳跳，雪地靴在地板上发出“咯吱咯吱”的声音。

她恨不得那间辅导室早点开门，她会从那里开始她的计划。

2

厄尔丽的计划

救助站的很多辅导老师都是在校大学生，他们或许更喜欢和孩子们一起玩儿，但是他们的工作要求他们必须辅导孩子们的作业。而这里的孩子在结束一天的学校生活后，根本不想再花一点时间在学习上。有一些孩子甚至一再留级，因为他们总是搬来搬去，没有固定的居住地点，这些孩子也变得越来越讨厌学校，讨厌学校里的一切。比起学校来，他们更喜欢一个可以让他们玩儿球或者跑着玩儿的地方，但是没有这样的地方。

厄尔丽很理解这些孩子，转学和搬家对于孩子来说本来就很难适应，而在离开一切熟悉的东西后又被贴上“救助站里的孩子”的标签，就更难让孩子们适应了。他们会被排斥在外，永远也融入不到正常孩子的圈子里去，所以放学后他们根本不愿意再做任何和学校相关的事情，比如做作业。有的时候辅导室也会有特殊的客人过来，有时是位画家，有时是个作家，每当这时，所有孩子就会很兴奋，因为他们可以不用写作业了。有一回来了一位画家，帮孩子们在墙上画了一幅壁画。厄尔丽想，这个方法可以激起孩子们的兴趣，她可以借鉴一下。

那天下午，约翰先生一打开辅导室，她和朱比就跑进去，跟在他们后面的只有两个孩子，厄尔丽从前没见过他们。厄尔丽想，他们应该是刚来救助站的，噢，好吧，估计其他时候会有更多孩子来的。约翰先生为他们做了简短的介绍：“伊泽贝尔、马库斯，来见见厄尔丽和朱比！”

四个孩子互相打量着，厄尔丽觉得伊泽贝尔和自己年龄差不多，马库斯和朱比差不多大。马库斯已经拿出一盒蜡笔放在桌子上，看来是准备画画了。

“那么……”约翰先生搓了搓手说，“你们有谁要做作业吗？我知道伊泽贝尔还没去学校，厄尔丽现在在自学。厄尔丽，你觉得自学怎么样？”

“很好！”厄尔丽笑着说，“实际上，我有一个很棒的想法，一个‘伟大’的想法。要把这个想法变成现实，需要救助站所有孩子们的共同努力，这个想法就是：给所有孩子找到一个家，一个可以居住的地方。”

约翰先生眨了眨眼笑着说：“听起来很不错，你打算怎么做呢？”

厄尔丽先跟约翰先生说了一下自己在火车上看见的那些空房子，然后说在伍德劳恩也有很多这样的被废弃的房子，因为当时自己有“家”，就没有注意过。伊泽贝尔插话说：“是啊，我们原来也有家的，但是几年以前就开始在救助站住了，我们做梦都想能再次有一栋自己的房子，噢，我妈妈和弟弟一直想要有自己的房子住！”

“我们也是，也是！”厄尔丽说。

约翰先生点了点头。

“那你有什么办法，能让我们大家都有房子住？”伊泽贝尔问道，双臂交叉放在胸前，一只脚不紧不慢地点着地板，好像厄尔丽不可能解决这么重大的难题。

“我的计划是这样的，首先我们需要一些摄像机和出去转转的机会，可能还需要有人帮我们写写字，此外还需要一些信封和邮票。”厄尔丽把她的计划讲给其他几个人，“然后，这座城市里所有救助站的辅导老师组织几次徒步旅行，这样孩子们就可以在社区里拍照了，把那些废弃没有人住的屋子拍下来，当然了，要选那些修一修还能住的房子拍。接下来，照片洗好以后，孩子们就可以选自己喜欢的那栋房子的照片，然后把自己希望这房子变成什么样的写下来，要写得尽量详细，比如如果他们能有这样的一栋房子，会怎么修好房子，把它整理得像个家。这是珀尔家原来经常玩儿的一个游戏。”

厄尔丽继续解释说：“你就想象自己正在那栋房子里，在卧室里忙碌着，然后从门口往外看去，想着屋子的墙壁应该涂成什么颜色，窗帘应该挑什么颜色的……你可以在这栋房子里做曲奇饼干、开生日聚会，还能在院子里尽情地玩闹。然后再把房子的照片和关于房子的描写订在一起，如果芝加哥救助站所有的孩子都写一份的话，我们会有成千上万份，最后我们再把装订好的照片和文字寄给有能力帮我们的人。当当！”厄尔丽欢呼着，挥舞着胳膊，“那些人就会知道我们的梦想！”

伊泽贝尔也开始拍起手来，约翰先生又开始搓手：“这的确是一个不错的法子，而且做起来很简单，只要获得许可就行。很难说会发生什么事情，为什么不去试一试呢？”说完，约翰先生承诺，回去以后就会和他的导师开始做这件事情。

剩下的时间里，厄尔丽和伊泽贝尔就在辅导室画着房子并描述里面的房间。伊泽贝尔一边画一边说：“噢，还有地毯，不能忘了地毯，走在上面软软的！”说着，就用笔画了好多小线条，不一会儿，一张地毯就画出来了，伊泽贝尔接着说：“还有，我喜欢打扫房间，所以我会每天认真清扫，把地板擦得干干净净。我的房子现在还不知道，它会被我收拾得闪闪发亮的！”

“是的，也许将来我会拥有一张实木床，除了救助站里的双层床铺，我还没有睡过真正的床呢。原来在家里我们是睡在床垫上的，没有床。”厄尔丽说，然后画了一张床，并且画了一床绿色的被子。

“还要画上枕头。”伊泽贝尔补充道，“还有床垫，但是不要那种裹着一层塑料布的床垫，也不要那种喷了杀虫剂的床垫。”

“啊！”厄尔丽恍然大悟地点了点头，想着伊泽贝尔刚才说的话，然后说：“难怪这里的床闻着有古怪味道，原来是喷了杀虫剂。”

“是啊，不过，喷杀虫剂也好过长虱子和跳蚤。”伊泽贝尔说着，把厨房里的桌子涂上了鲜艳的橘色，“所有的救助站都那么做。”

“噢，你住过多少家救助站啊？”厄尔丽问。

伊泽贝尔望着天花板想了会儿，数着自己的手指头，点点头说：“八个。”然后又补充道，“啊，看来我真是搬过不少次家呢！”

“嗯，是啊。”厄尔丽笑着说。

“我喜欢你，”伊泽贝尔歪着头说，“你和我很像，想和我做好朋友吗？在我们都住在这里的时候？”

“想啊。”厄尔丽说，她好长时间没这么笑了。

时间到了，约翰先生要走了，他把辅导室的门锁上，离开的时候很兴奋。四个孩子也是，在离开辅导室到楼上的路上，还在不停地说话。

“待会儿见！”伊泽贝尔和妈妈一起回去前跟厄尔丽说。

“一会儿见！”厄尔丽说，然后抬了几下下巴，暗示伊泽贝尔她们还有好多事情要做。

维尔玛正坐在一张桌子旁边缝衣服，她的外套有一颗扣子掉了。她笑着点点头，自言自语说：“那个孩子打算帮助自己的妈妈，她们会成功的。孩子们不会把问题想那么复杂，她们会用最直接的方式去做。”一个刚住进救助站的女人说：“你刚才说什么？那个女孩儿是谁？”

维尔玛看了看旁边的女人，注意到她穿着一双新运动鞋和一个新外套，没说话，只是耸了耸肩。

第 10 章　躲避伤害

Cover，源自中古英语 coveren、古法语 covrir、拉丁语 cooperire。

动词：隐藏、保护或者隐蔽；在某物或某人周围或上面放上东西，以躲避危险；保护……不受袭击。

名词：避难所或者掩蔽物；提供保护的情况；书的封面或者封底。

那是爸爸吗？

经历了一个礼拜晴空万里的天气，终于又迎来了飘雪的日子，大地一片白茫茫，车上、屋顶上、路灯上，还有行人的帽子上，都覆盖了一层厚厚的雪。没有风，只有雪，大片大片的雪花下得很急，行人都睁不开眼。厄尔丽费了好大的劲才把萨姆叫起来，不过他们三个人还是穿戴好，吃完饭，踏上了到哈罗德·华盛顿图书馆的火车。

“厄尔丽·珀尔，你已经这样坚持了多少天了？”萨姆问，声音里既有抱怨又有无奈，她接着说：“我支持你做这些研究，我也支持你的计划，但是对于我和朱比来说，每天这样往返实在是很累的。我昨天都累得在少儿阅览室的一个角落里睡着了，朱比一个人在那儿玩儿。后来还是那位好心的图书管理员塔姆博尔先生把我叫醒了并问我好不好，我本来应该礼貌地微笑一下，然后说‘很好’，但是我太累了，对这样的生活也烦透了，于是你猜我怎么跟塔姆博尔先生说的？我说：‘你自己去救助站住几天试试看，就知道我好不好了！’”

厄尔丽看着妈妈的脸，她的眼睛下方挂着大大的眼袋，好像年轻和活力已经被生活折磨殆尽。“萨姆，”厄尔丽安慰似的轻轻拍了拍妈妈的胳膊，“我和卫福先生正在调查，进展顺利，我们已经越来越接近事情的真相，我们很快就会找到达什了。还有辅导室的约翰老师，很赞成我的计划，他已经开始准备了。我们在往前推进，促使事情向好的方向发展，所以我们现在必须坚持住。想想达什要你做的事情，你就会坚强起来的！”

厄尔丽的话并没有起作用，萨姆用一只手挡住眼睛，静静地坐着，但是从她的嘴厄尔丽看出来萨姆正在哭。厄尔丽和朱比都看着她，火车上的其他人也在看她。过了一会儿，萨姆用袖子擦了擦眼泪，然后温柔地说："我很抱歉，真的，我努力不让自己这样，但我真的觉得很绝望，我需要达什。我从来不知道，离开达什，生活竟然这样看不到希望。我已经努力过了，真的。"

厄尔丽没有说话，只是紧紧握住妈妈的手，朱比把头靠在妈妈身上说："你还有我们，我们以后会很听话，我不会再哭闹了。"

萨姆听朱比这样说，挤出一点笑容："这可是你说的啊，以后再也不哭闹了吗？"

"我保证，再也不哭闹了。"朱比说。

厄尔丽听着朱比和萨姆的对话，暗暗在心里说："我一定要更加坚强，承担起三个人的重任，就像达什承担着四个人的重任一样，坚强！"

厄尔丽漫不经心地看着窗外，街对面的一个男孩子抱着一只小狗，一辆校车停在一个救助站前面，一直在角落里等着的一群孩子开始上车……然后，突然之间，一个男人的身影闯入厄尔丽的视线，那个男人裹着一件厚厚的夹克，缩着肩膀，从两栋建筑中间走出来。他走路有些一瘸一拐的，向那些孩子们的方向走去。

那个人的侧面……像达什！达什，达什，达什！火车呼啸而过，那人只是一闪而过，但是那个熟悉的侧脸让厄尔丽一下子从座位上直直地站了起来。她看了一眼萨姆，想知道萨姆是不是也看到了，但是萨姆闭着眼睛。朱比则一直忙着玩儿那辆玩具卡车，"嘟嘟——嗒嗒——"，他在自己的腿上把卡车推来推去。

不，厄尔丽想，一定是自己太想达什了，所以出现了幻觉。厄尔丽紧紧闭上眼睛，强迫自己将注意力转到火车撞击铁轨发出的声音上。过了一会儿，她睁开眼睛，正好看见窗外一栋用木板封起来的房子从窗外一闪而过，他们很早就注意到这栋有着红色屋顶的房子了。今天早上，红色的屋顶被一层厚厚的白雪覆盖了，连烟囱上都落满了雪。

火车的汽笛拉响了，哈罗德·华盛顿站到了。从火车下来，和沉默的妈妈、弟弟站在冰冷的站台上，厄尔丽觉得好孤独。

隐秘

今天早上卫福先生没有来。厄尔丽透过“闲人勿进”那个阅览室的玻璃门张望着，不敢自己溜进去。她知道不能去找宾瑟先生或者韦尔瑟女士，但是艾尔斯利坡先生，她可以去找他套套消息。怎样才能知道艾尔先生上下班的时间呢？厄尔丽知道艾尔先生有话要对她说，那天，就在他要说话的时候，被宾瑟先生制止了。

脱下外套，她在公共阅览室的桌子旁坐下来，打开笔记本。她就坐在一个书架旁边，小小的一部分身影被书挡住了，但是她坐的位置视野很好，能够看到“闲人勿进”那个阅览室和进出其间的人。她从旁边的书架上抽出几本厚厚的书摞起来，尽可能多地把自己挡住。然后她打开其中一本书，假装在读书，同时整个身子往下滑进椅子里，眼睛却监视着门口的动静。过了一会儿，一个戴着蝶形领结和金丝眼镜的男人进入了那间阅览室，接着，一个外套镶着毛领的女人走了进去，然后是两个和约翰先生差不多年纪的学生进去了，再然后，宾瑟先生不知道从什么地方冒了出来。噢，不！厄尔丽赶紧把身子压得更低，恐怕被宾瑟先生看到。宾瑟先生正在和一个看起来很像大猩猩的男人一起走过来，那个男人露在衣服外面的皮肤长着浓密的汗毛，额头巨大，这样一副长相的人很难让人把眼光从他身上挪开，这人长得太另类了！

幸运的是，宾瑟先生并没有注意到她，和那个男人一起进了阅览室。厄尔丽坐在那里一直等到10点多，卫福先生还没来，她开始着急起来，因为她必须按时去和萨姆、朱比会合，因为他们必须要赶上救助站的午饭。就在她放弃希望刚要离开的时候，艾尔斯利坡先生竟然推着一辆装满书的小推车经过她身边。

“喂！艾尔斯利坡先生！”厄尔丽小声叫着，艾尔斯利坡先生朝她看过来，很明显，他已经认出她来，但是他看起来好像很害怕？只见他在认出厄尔丽之后迅速转过身去，扭动了几下肩膀，恨不得赶紧走开。但是厄尔丽也发现刚才艾尔先生的头轻轻向右边点了一下，于是她跟着艾尔先生，在他和小推车后面小跑着，穿过一条长长的走廊。

每个人的处事方式不同，说话和做事都有自己的一套方式。如果她能了解艾尔先生的处事方式，她会有什么新的发现呢？

不能说的秘密

“我不能和你说话！”一到没人的地方，艾尔先生就低声跟她说，“这是一件危险的事情，很危险，如果被人看到我和你说话，我会被开除，还有，可能会被杀掉。我们俩都会被杀掉的！”他歇斯底里地低声叫嚷着。

“什么？”厄尔丽低声问道，“你开什么玩笑？被杀掉？”“杀”这个字听起来恐怖而坚硬，光是说这个字就让人感觉挺不舒服的。厄尔丽已经一头冷汗了。

艾尔斯利坡先生又开始匆匆而行，走了一会儿，他紧张地看了看四周，然后拐了个弯，继续走，离这层楼的中心越来越远。终于，他在一间“U”形的学习室停了下来，这里面有很多笨重的椅子，还有一张弧形的大桌子。“你在这里等一下。”他跟厄尔丽说，“你藏在桌子底下，拉一张椅子挡在面前，我再把小推车放在那张椅子旁边。就那儿吧，快点儿，钻进去！”

如果厄尔丽照做了，萨姆会怎么说？她一定会说：“你疯了吗？听一个紧张兮兮的陌生男人的话，藏在六层这么一个偏僻的地方？”然而现实情况逼得厄尔丽不得不这样做，因为她有很多疑问要问，而这些疑问说不准只有艾尔先生能解答。于是她毫不犹豫地点了点头。然后，艾尔先生跑到门口听了听，发现外面没人才又急急赶回来，鞋子在地板上发出轻轻的“嗒嗒”声。

“我们必须尽可能小声地说话。”他坐到小推车对面的椅子上，开始和厄尔丽说话，“上帝啊，我的心都快跳出来了。”他停顿了一下，把一只手放在胸口上，“真是太疯狂了，如果吓到你了，我跟你道歉。但是没有办法，现在是很危险的时期。”说完，他深深吸了一口气，然后一口一口吐出来，就像在吐烟圈。

“没关系，谢谢您肯和我说话。”厄尔丽小声说。

艾尔斯利坡先生擦了擦鞋，利用这个时间让自己冷静下来，然后说：“实际上，我希望你能回来找我，你是一个勇敢的孩子，我有一些事情想要告诉你。首先，你爸爸什么事情也没有做错，起码就我所知，他没做错任何事情。我跟你说这些，是想着如果有一天我也消失了，至少还有你知道真相。或者，更确切一些说，是我知道的那些事情。因为有的时候很难说哪些是真相，哪些不是，特别是在没有人留下证据的情况下。我说这些，你懂吗？一只脚能留下脚印，一本书也能留下印记，然而数字……对不起，我也不知道该怎么跟你讲明白。"

"你是我爸爸说的那位艾尔先生吗？"厄尔丽问，"那个喜欢和他一起玩儿文字游戏的人？"

"是的，是我。"他说。

"我就知道！"厄尔丽愤怒地小声说，"我就知道宾瑟先生在说谎，他跟警察说没有艾尔和莱曼·斯卡布这两个人！"

"真的吗？"艾尔问，他的胡子颤抖了两下，"很好！幸好我早知道他在背后监视着我。"

厄尔丽很快就抓住了话中的关键："你是说宾瑟先生也参与进来了，是吗？"

"不，噢，或许吧，至少我这样认为。先不管这些，咱们还是拣主要的说。下面我要说的是我和你爸爸如何卷入这件事情的：有一天，我正在书库码放图书，一个男人走过来找我。他给我一张名片，上面写着：莱曼·斯卡布，书商。"

厄尔丽聚精会神地听着，艾尔先生继续说："他跟我说需要两个可靠的人，这两个人最好在图书馆工作，而且需要挣些外快贴补家用。"

"是的，这些我都知道了，达什跟我们说过。"厄尔丽打断艾尔先生，想让他尽快说重点，因为她害怕他还没有说完，他们就被人发现了。

"你知道我接下来要说什么吗？"艾尔问，鼻子和脸颊分别抽搐着，这可真是高难度的表情啊！

“对不起，你继续说。”厄尔丽低声说。

“那个叫斯卡布的家伙跟我说，他和一个在纽约的人合作，那个人主要从事捐赠遗产（没人要的）的储存、分类和出售，那些所谓捐赠有一些其实就是垃圾。你知道的，像旧书什么的，没有人想要。”

厄尔丽点点头，她想起达什说到那些绝版书的时候满眼放光的样子，好像那些绝版书是很珍贵的东西似的。艾尔先生不是达什，在他眼里，旧书和垃圾没什么两样。他揪着自己的胡子接着说：“于是，我就选了达什和我一起做这件事情，每个人承担其中的一部分工作。因为住在哥哥家里，我不方便把地址留下，于是你爸爸负责把书搬到公寓里整理，我负责把书运到马奎特公园的一个地点，这个地方我不能告诉你爸爸。”

厄尔丽又点了点头，她嗅到了一丝阴谋的气息，她好像预感到了什么：“听起来，好像你知道这件事从一开始就有问题，太糟糕了……”

“我只是比你爸爸谨慎，知道保护自己。还有，别用那种鄙视的眼神看我，小姑娘，我本来没有必要和你说这些的，你知道。”

“对不起，请继续。”厄尔丽想，艾尔先生现在是不是既害怕又内疚呢？

“斯卡布先生很慷慨，给我们的报酬很丰厚，你爸爸的那份报酬都是由我转交的。后来有一天，你爸爸跟我说他自己留下了一本书，这本书是留给你们看的。他说他已经为那本书付过钱了，他查过这本书的价值，还在清单上这本书的名字旁边画了一颗小星星。那天晚上我把放着这张清单的箱子搬出来，准备像原先一样送到指定地点。走之前我问你爸爸：‘你觉得这样做可以吗？’你爸爸看起来一点也不担心，还说他这样做只是早一些帮这本书找到买主，帮斯卡布先生省了不少事儿呢。然后他交给我一个装着钱的信封，是支付那本书的钱，并托我交给接收这些箱子的人。下面发生的事情我觉得有必要让你知道。我没有把钱给那些接收箱子的人，他们都是大块头，看起来很野蛮，我不敢跟他们说你爸爸买了一本旧书的事情。我估计不等我解释，他们就会一拳砸向我的鼻子。这绝对不是开玩笑，不信你可以凑近看看我的鼻子，现在还能看见伤疤呢，是旧伤了。所以我把信封拿回自己家里了，本来想跟你爸爸说一下这事儿，但又一想还是算了。这么长时间过去了，我一直把那个信封放在抽屉里。我试着说服自己，可能达什说得对，没有人会介意这件事的，如果有人发现丢了一本书的话，我再解释也不迟。两三个星期过去了，一切如常，经我们手又处理了很多书。可突然有一天早晨，仓库的一个人给我打电话，问那些书是不是我检查整理的，就是画着一颗小星星的清单上的那些书。我说不是我整理的，是我的同事达什尔·珀尔。他当时给我打电话时气急败坏，我很害怕，没敢说那本丢失的书是怎么回事儿，也没有说达什花钱买了那本书，并让我把钱带给他们。我知道，我应该把这些事说出来，我应该说的。那天稍晚一些的时候，我看见斯卡布先生和宾瑟先生在书库里低声交谈着，但他们没有发现我。这些事我也没有告诉达什，因为我觉得自己把整件事搞得一团糟。但是我决定把那个仓库的地址告诉达什，然后告诉他我在这宗生意中的角色，做过什么，以及什么没做。于是，我留下了关于那栋屋子的门牌号的线索，我给了他几个时间点，答案就在这些时间点里，我俩平常很喜欢玩儿这样的游戏。我计划第二天就把准确的街道名称告诉他，但是还没来得及告诉他……”

“我爸爸就消失了！”厄尔丽脱口而出，她觉得自己再也不能保持安静了。罪人！她想，艾尔先生逃脱不了责任，他自己不也说自己是有罪的吗？

“嘘！”艾尔先生赶紧靠近厄尔丽，嘴里发出嘘声，厄尔丽闻到了一股大蒜的味道。

她冲着艾尔先生做了一个鬼脸，也不管这样做是不是粗鲁无礼了，她低声说：“如果你怕那些人，达什在那起古怪的交通事故中莫名失踪，你为什么不报警呢？”

艾尔的身子颤抖了一下，说：“我也不知道，可能是出于本能吧，但是你爸爸的事情我真的很抱歉……”

“本能？什么本能？为了自保，就眼睁睁地看着一个家庭被毁掉的本能吗？你知道失去爸爸、失去家、失去整个世界的滋味吗？你知道住在救助站过的是什么样的日子吗？你的一句道歉远远补偿不了你做过的错事！”厄尔丽一巴掌拍在地上，恨不得能一拳打在艾尔先生的鼻子上。

这一回，艾尔先生是真的沮丧懊悔了。

“那，你能把那个地址给我吗？”厄尔丽又追问。

“我不敢给你。”他说，“其实，你爸爸失踪两三天后，我开车去那个地方看过。但是那里的人好像一下子都消失了，找不到生命的迹象。”

“你为什么不能给我地址？”

“不能给，就是不能给。”

厄尔丽真想跳起来骂他胆小如鼠，然后直接跑出去报警，但她强迫自己冷静下来，接着问道：“那么，艾尔斯利坡先生，你是怎么看待这宗旧书生意的？我的意思是，普通的旧书生意不会雇用那么多可怕的人，而且这整件事情都很不正常。”

艾尔快速地眨着眼睛，好像在思考什么，过了一会儿，他才慢慢地说：“可能那些旧书里藏着什么更值钱的东西。”

“怎么藏呢？”厄尔丽问，也眨了眨眼睛。

“我知道，我的猜测有点儿匪夷所思。”艾尔忽然笑了一下，露出了两颗大门牙，“他们不会在一箱书里藏太多，这样容易被中间的经手人——比如你爸爸——发现，不保险。”

厄尔丽还在想着艾尔说“中间的经手人”时的轻松口气，就听他又问：“那天宾瑟先生在的时候，你为什么提到了那些数字？”

“为什么不提呢？反正达什经常玩儿这些数字游戏，特别是设计时间的重复数字，比如1:11，2:22。”

“这样呀，”艾尔说，“真是巧啊，然后你们家就遭到了那场恐怖的抢劫。真可怕，这一切真可怕，是吧？”

“是啊。”厄尔丽表示同意。

“他们没找到什么东西吗？”

“他怎么知道他们在找东西？他会读心术吗？”厄尔丽心里想着，眼睛看向一边，然后说：“谁知道呢？我们没办法清点他们离开后屋子里的东西，他们把所有地方都翻了一遍，能拆的都拆了，我们很害怕，他们离开不久我们就离开了。他们乱翻的时候一直在说：‘它在哪儿？’那些人说话的口音就和宾瑟先生那位助理差不多。”

“嗯，真有意思！”艾尔斯利坡先生又开始揪他的胡子，“宾瑟先生那位私人助理，韦瑟尔女士，在你爸爸出事一两天后来的这里，真是有意思啊，太巧了——”

艾尔先生还想说什么，一阵脚步声向这里走来，他赶紧把厄尔丽的脑袋推到桌子底下，然后快速站起来。

“艾尔斯利坡，你在这儿吗？”宾瑟先生愤怒的声音传过来，“你在这里干什么呢，见鬼！”

“整理这些书啊。”艾尔斯利坡先生回答道，尽量让自己的声音听起来很疲惫，“这么乱，也不知道是谁把这些书弄得乱七八糟的。”

“行了，我知道了。”宾瑟先生清了清嗓子说，“你现在跟我到办公室来，我们有一些新的发现。”

说完这些，宾瑟先生又怒气冲冲地走了，厄尔丽知道自己的时间不多，她必须弄清楚艾尔先生在怕些什么，他和达什都做了什么，尽可能多地问出一些关键信息。

“你是我爸爸的朋友，”她说，“我爸爸总是管你叫艾尔。我知道你不想卷进来惹更多麻烦，但是我也知道你不想看到我们家受到更多伤害，你必须把你知道的告诉警察。”

“如果照你说的做，下一个消失的就是我了！”艾尔说。

厄尔丽认真地想了想，然后说：“如果换一种方式告诉警察，你就不会有危险。你可以让那些坏蛋认为你被警察逮捕了，不得不说出来。”

艾尔没有说话，而是快速离开了，就像是躲避陷阱的小动物。

偷听

厄尔丽回去的时候，发现自己的笔记本和外套已经不见了，取而代之的是一张空白的即时贴。在即时贴的边缘处有一行黑色字体：“来自保罗·宾瑟的办公桌。”厄尔丽的心开始往下沉，快到和萨姆还有朱比会合的时间了，她需要找回她的外套。她仔细想了想自己在笔记本上都写什么了，然后开始庆幸自己听了卫福先生的话，没在上面写什么秘密。卫福先生真聪明！

她悄悄溜进办公区域的门，朝宾瑟先生的办公室慢慢走过去，门关着，韦瑟尔女士也不在。她走进去，听到一阵“嗡嗡”的谈话声，她又往里走了两步，发现谈话的声音反而小了下来，她有些纳闷，又往后退了两步，发现谈话的声音又大了起来，如果仔细听，还能听到一两个字。她疑惑地在屋子里环视了一圈，然后看向那个小会议室，她溜进去，向上看了看，发现屋顶有一个金属的通风口，厄尔丽马上明白是怎么回事了。她站在通风口下方，竖起耳朵仔细听着，她真希望自己的心不要跳得那么大声，好让她能把那些谈话听得更清楚一些。

“待在外面……严肃……危险。”从这些只言片语中，厄尔丽听到了宾瑟先生、艾尔斯利坡先生和韦瑟尔女士的声音，还有一个男人平静的声音。接着，厄尔丽听到一阵长长的撕心裂肺的咳嗽声，是卫福先生！他在这里干什么？宾瑟先生一定是想从卫福先生嘴里挖出什么消息，她还是把卫福先生卷入这件事情了！然后，一丝小小的怀疑从厄尔丽心中升起，但是她很快就否定了，卫福先生不会和他们一伙儿。这些日子以来，她学到的一个道理就是：“每个人都会有一些秘密。”既然如此，卫福先生也不例外。那些秘密有的可能很可怕，从那一刻起，她就决定做一个侦探。厄尔丽听到门开了，卫福先生又咳嗽起来。

“我已经警告过你了，不要再来图书馆，不要再来，再来。”然后门又关上了，厄尔丽听到有脚步声渐渐消失在走廊里，随之消失的还有卫福先生的咳嗽声。没有人发现小会议室中的厄尔丽，她很想跟着卫福先生一起走，问问他发生什么事情了。但是，如果宾瑟先生、艾尔斯利坡先生和韦瑟尔女士的谈话还没结束怎么办？卫福先生已经离开了，下面他们要说的说不准才是重点！于是，她又集中注意力，竖起耳朵仔细听。

“看到……冰上……滑倒……”在冰上滑倒了！他们在谈那场事故吗？接下来，厄尔丽听到了“总算出现了……今天早上……可能离开了……”，这是宾瑟先生的声音，有些气急败坏："只能由我们去做了……咱们几个人都去……我是说都去！"厄尔丽的心好像长上了翅膀，开心得就要飞起来。他说"总算出现了"还有"今天早上"！当然，宾瑟先生刚才说的可能是任何事情，但是厄尔丽肯定他现在说的是达什。因为只有一个和他们有关的人，还是一个很重要的人失踪了，这个人就是达什！达什，达什，达什！从这些断断续续的话中厄尔丽猜，可能宾瑟先生正在威胁另外两个人，让他们尽快找到达什，否则他们就会有麻烦。如果是这样的话，是不是意味着达什百分之百还活着？而且没被人抓起来？那么，早上看到的那个人，是不是就是达什？

厄尔丽开心得想要欢呼，想要尖叫，但是她没有，而是蹲下身子，跪在地上慢慢爬到那棵橡胶植物后面。她刚藏好，宾瑟先生的门就开了，然后又被重重关上了。她听到匆匆离去的脚步声，那脚步声越来越远，没有人来厄尔丽藏身的小会议室。等脚步声走远，厄尔丽想起来在少儿阅览室里的萨姆和朱比，她意识到她必须尽快带着妈妈和弟弟离开图书馆。如果有人想逼达什现身，他们就是首要的目标。只要把他们抓起来，就能逼达什现身了。天哪！她赶紧站起来，溜出宾瑟先生的办公室。她飞快地看了一眼走廊，很好，没有人，虽然韦瑟尔女士此时站在桌子旁边，但是她背对着厄尔丽，低着头正在打电话。趁这个机会，厄尔丽飞快地跑到走廊里，蹑手蹑脚地朝楼梯飞奔而去。好啦！看到楼梯入口处"安全出口"的标志了！她忽地一下子打开沉重的门，飞一般地跑下一级又一级楼梯。忽然，她听到远处头顶的门"咯吱"响了一下，她立刻停下来，屏住呼吸听着，没有人走下来。是什么人听到她跑下楼的动静了吗？她的身体有一瞬间的僵硬，静静地站着，直到上面的门关上了，她才继续跑。终于到少儿阅览室那层了，她冲进通往阅览室的通道，风一般卷进阅览室。

萨姆正大声给朱比读书，他们低着头看着书。厄尔丽跑进来，上气不接下气，一下子搂住萨姆和朱比，整个人半趴在萨姆的腿上。

“噢。”萨姆被抱得喘不过气来。

“放开我！”朱比“咯咯”地笑着说。

“快，咱们没时间了！”厄尔丽急匆匆地说，一边说一边爬起来，但是没有人动。“现在！快！”她终于忍不住冲萨姆和朱比嚷起来，并抓起他们的外套，“我们必须马上离开！”

厄尔丽母子三人急匆匆跑出阅览室时，有个人一直注视着他们的一举一动，那就是图书管理员塔姆博尔先生。看着三人跑出去，他伸手去拿电话，但他犹豫了一下又把电话放下了，转身去整理书桌，整理好书桌他又把读者拿出来看过的书小心地放进一辆小推车里，做完这一切，他伸了个懒腰，又整理了一下刚才朱比玩过的靠枕，然后，看了看表。

爸爸还活着？

“我觉得达什现在很安全，他可能成功逃走了！”等他们跑过长长的台阶到了火车站台上，厄尔丽气喘吁吁地说，“我听他们在说有个人失踪了，必须找到这个人，而且我还听到他们说‘在冰上滑倒了’，这样一来的话，他们要找的人一定是达什，是不是？这些是我偷听来的，我没听全，但是在图书馆里工作的员工好像都受到了威胁，还有卫福先生，也被威胁了。现在，他们都有麻烦了。”厄尔丽一口气说了这么多，不得不弯下腰来喘口气。同时，她觉得有一道视线一直注视着他们，她有一种很不好的感觉，感觉有人在跟踪他们，但是等她回头看的时候，什么也没发现。

“咱们三个最好不要在这里待着等他们来抓。他们在找达什，没有人知道他们会不会去咱们住的救助站抓咱们！”

萨姆的脸有些颤抖，神情随着厄尔丽的话不断变换。等厄尔丽说完，萨姆的眼睛都亮了起来。看着萨姆的样子，厄尔丽雀跃的心慢慢冷静下来，后悔自己说得太早了，她怕万一事情不是自己猜的那样，希望再次破灭的萨姆会承受不住那样的打击，于是赶紧又说：“萨姆，我不确定他们在谈什么，我不确定，刚才的话只是我猜的。”

但是萨姆的眼睛更亮了：“如果达什逃脱了，他肯定会找咱们的，如果他来找咱们的话……”朱比听着妈妈的话，眼睛里是满满的恐惧：“那些坏蛋会来抓咱们吗？我要达什，现在就要！”

“不要怕，孩子，妈妈在这儿。”萨姆轻声哄着朱比，声音里是这几周来都不曾有过的冷静和坚定，“不过你必须按照妈妈告诉你的去做，知道吗？不要把秘密告诉任何人！”

“不，告诉，秘密。”朱比点点头。

“很好。”萨姆说，“现在，厄尔丽，宝贝，把事情从头到尾说给我听。”于是厄尔丽就把刚才听到的只言片语、昨天和卫福先生一起做的调查还有自己的猜测都告诉了萨姆。她刚才还在担心萨姆会把她说的事情拼凑起来，然后得出达什现在很安全的武断结论。不过现在一想，她又觉得没必要再瞒着萨姆什么事了。如果萨姆坚信达什一切安好，也没什么不好，因为萨姆现在需要这样的希望。

“达什，对不起，我好像让萨姆过于激动了。”厄尔丽在心中对自己说。刚说完，一个新的担忧涌入她的脑海：“还有一件事我们要绝对保密，包括你，朱比，一定要保密。”

朱比张着小嘴点了点头。厄尔丽担心有人在跟踪他们，所以为了保险，她把一只手拢在嘴边，声音更小了，火车上其他人什么都听不见：“如果让那些坏蛋知道咱们有这个，达什会更危险。这是咱们现在最重要的东西了，虽然我说不出原因，但它真的很重要。这本书藏不下任何珠宝，而且我们已经一页一页检查过了。但是艾尔斯利坡先生暗示，珠宝有可能会被藏在书里……”

萨姆点了点头悄声说：“第一版印刷的书可能会让一本书变得更有价值，《关于韵律的第一本书》。”

“这是个秘密。”朱比凑到厄尔丽的耳朵旁边说。

“没错。它现在在哪儿呢?”厄尔丽问妈妈。

“在一个抽屉里。”萨姆回答，“我把它放在咱们的衣服下面了。”

“拉上拉链，朱比。”萨姆叮嘱道。

朱比用一只手拉上拉链，咧开小嘴笑了。对于此时的珀尔一家，火车的速度真慢啊。

小偷

一踏进救助站的大门，萨姆松了口气。厄尔丽三步并作两步跑上楼，拉开抽屉，把手伸进衣服堆中摸了摸，也松了口气笑了。

“我就说嘛，咱们想多了，自己吓自己！好了，你们两个去洗手准备吃午饭了。”萨姆自从厄尔丽说了关于达什的消息，就一直很开心，朱比也比前一阵儿话多了起来，不过厄尔丽倒一直很安静。救助站熟悉的吵闹声在今天的珀尔一家人听起来是那么悦耳，就连排的队比往常长，也没有人抱怨。

“噢，他们在那儿。”半小时后，哈帕蒂太太的声音响起来，一位警官站在她旁边。“你们三个能跟我来一下吗？”她礼貌地问道。厄尔丽注意到餐厅的门口已经聚集了好多看热闹的人，此外还有十多名警察。在用餐时间，餐厅总是一片混乱，如果不是正好发生在自己身边，很少有人会注意到这里的混乱。珀尔一家三口站起来，把盛着食物的盘子留在餐桌上。

“你们抓到坏人了吗？”朱比问哈帕蒂太太旁边的警察，声音因为兴奋而有些尖利。

警察没有说话，萨姆和厄尔丽示意朱比别再说话，哈帕蒂太太则伸出手牵起朱比。离开餐厅后，一个衣衫褴褛的男人出现在眼前，他头上罩着一只灰色的袜子，手上戴着手铐，头低着，眼睛盯着地板。等他抬起头，厄尔丽吸了一口冷气。是艾尔！但很快她就冷静下来，在弄明白发生了什么事之前，她最好保持沉默。

维尔玛就站在围观的人群里，这时走上前来说：“我看这个人一直跟着你们三个，他装作收垃圾的样子，但是我觉得这个人很可疑，就一直监视着他。他看着你们三个上了楼，就装作这里人的样子跟着你们上了楼。等你们三个都下楼了，他还没下来，我觉得我还是去看一眼比较好。一上去就发现他正把你们抽屉里的东西往一个大垃圾袋里放，我当场就把他抓住了。”维尔玛继续气喘吁吁地说，声音里透着高兴：“我抓住他以后，他就像一只胆小的老鼠一样。”维尔玛说完“咯咯”地笑着。厄尔丽第一次为眼前这个男人觉得可怜。

“噢，维尔玛！”萨姆拥抱了一下维尔玛说，“太谢谢你了，谢谢你们所有人。但是在你们带走他以前，能让我看一下那个包吗？我想确认一下我们所剩不多的东西是不是都在。”

萨姆跟着警察走了，去查看哈帕蒂太太已经锁好的包。厄尔丽和朱比尴尬地站在人群的一侧，厄尔丽有些不好意思地看了一眼艾尔，艾尔好像感受到了厄尔丽的目光，抬起头来朝厄尔丽快速眨了一下眼睛。厄尔丽朝艾尔轻轻点了点头，这一刻，她想她明白了艾尔这样做的用意。一会儿过后，萨姆回来了："警官先生，没少什么东西，非常感谢你们。"

等警察带着艾尔离开后，哈帕蒂太太带着珀尔一家来到她的办公室说："救助站有一间能上锁的屋子，在三层。你们不介意那层有孩子的爸爸们住吧？"

"噢，当然不介意了。能有单独一间房住已经很好了，哈帕蒂太太，您真是太好了！"萨姆感激地说。

"不客气。"哈帕蒂太太说，她看起来有点疑惑，问道："你们有什么东西值得那个男人尾随而来呢？珠宝或者其他重要的东西？我的意思是，警察检查他偷的那些东西时我也看了，没什么特别的东西啊。"

"我也不太确定。"萨姆说。

"这是个秘密。"厄尔丽赶紧补充道。

"我不知道秘密。"朱比点点头说，"我什么也不知道哦。"

哈帕蒂太太冲朱比笑了笑，然后对萨姆说："珀尔夫人，您的一双儿女太可爱了。"然后，就带着他们向三楼走去，萨姆手中拿着那个大垃圾袋，袋子里装着他们所有的家当。经过艾尔先生这么一收拾，他们也省事儿了。

又一颗钻石！

"噢，上帝啊。"哈帕蒂太太受不了这屋里的气味，赶紧把窗户打开一条缝。这间屋子和达伦住的那种昏暗的屋子一样，墙上只有一扇窄窄的窗户，屋里光线很暗，闻起来有一股潮湿的难闻的气味。墙壁上有很多运动鞋的鞋印、用钢笔写上去的脏话，还有很多锯齿状的划痕，像是用刀子划的。“我去拿一下你们用的床单和毯子，再拿一些打扫卫生用的东西。”哈帕蒂太太说。

厄尔丽去帮忙，和哈帕蒂太太一起去拿东西。她和哈帕蒂太太一起收拾原来的床铺时，哈帕蒂太太忽然停下来，眼睛紧紧盯着地板上一个闪闪发光的金属片说：“天哪，这是一个刮胡刀刀片！一定是那个小偷的！真可怕！”说着，她小心翼翼地把它捡起来放进衣服口袋。

萨姆、厄尔丽和朱比整整一个下午都在打扫卫生。这间屋子的光线虽然还有待改进，以便他们可以躺在床上读书，但是看起来干净多了，也没有那些怪味道了。等把这间屋子的抽屉收拾干净，萨姆开始把衣服什么的从那个黑色垃圾袋里拿出来，叠得整整齐齐的放进抽屉里，好像这样能让这间屋子看起来更有家的样子。

“噢，上帝啊，这本《关于韵律的第一本书》现在更破了。”萨姆心疼地翻着书，皱着眉头说，“这里又被划了一道，这到底是怎么被划破的？”

“让我看一下。”厄尔丽伸手接过书，一道锋利的、精准的划痕从书脊的下端开始出现，不仔细看根本看不出来。这道划痕大约长 0.85 厘米，不可能是撕成这样的。“哇哦，一定是那个刀片割的，我们需要用透明胶带把它粘起来。”厄尔丽小声说。

厄尔丽说这话的时候，萨姆已经转过身和朱比说话，因此没有听见她说什么，厄尔丽也没有再说。她皱着眉，手指摩挲着没被划破的那截书脊，感觉到疙疙瘩瘩的。她把书举起来，想透过书脊的缝隙看看那些凸起是什么。她努力往里面看去，里面黑乎乎的什么也看不见。然后她又摇了摇，一些干燥的胶块掉落出来。现在，书脊的两头都被弄开了，什么也没有发现。厄尔丽有些纳闷，艾尔先生忙活半天是为了什么呢？

这时，萨姆已经把东西都整理好了，整整齐齐地摆放在干净的抽屉里。那个垃圾袋很结实，和人们搬家时用的袋子差不多，他们原先没用过这种袋子。厄尔丽想，这一定是艾尔先生在从图书馆到这里来的路上顺手偷来的，她把袋子打开说："咱们检查一下是不是这本书的一部分掉在这个袋子里了。"

萨姆正忙着把洗发水和牙刷摆放到梳妆台上，因此只是点了点头，让厄尔丽自己看。于是厄尔丽把手伸进皱巴巴的袋子，把袋子的每一个角落和接缝处都仔细摸索了一遍。忽然，她的手指触摸到了一个小小的坚硬的东西，大小和晒干的黄豆差不多，但不是圆的。很高兴此刻她背对着妈妈和弟弟，厄尔丽把那个小东西攥在手心里拿出来，然后慢慢打开手掌，举到窗前，五彩缤纷的光线顿时把她的小脸照得熠熠生辉。

那是一颗钻石！

"萨姆——"她轻声叫了一声妈妈，但很快又闭嘴了，把手掌合上，弯下腰开始剧烈咳嗽，咳嗽的时候，她脑子里转过无数想法：如果萨姆知道了，她一定会报警，而警察不会相信达什与此事无关。她把手抵在嘴边，又咳嗽了一会儿。萨姆过来拍着她的背帮她顺气，说："一定是灰尘太大了，去喝点水吧！"

厄尔丽听话地站起来去喝水，顺便把钻石快速装进自己牛仔裤的口袋里。装进去以后，她把手平放在口袋上，遮住口袋里那个小小的凸起。卫生间里有很多孩子和他们的妈妈，他们说着话洗漱着。厄尔丽快速闪进一个隔间，坐在马桶上开始思考接下来怎么办。她不知道该和谁说这件事，她不知道现在什么该说什么不该说。她不能一直待在厕所里，她得赶紧想明白接下来要做什么。"快想！厄尔丽，快想！"她对自己说，然后站起来，整理了一下衣服走出来，弯着腰就着水槽的自来水管喝了口水，抬起头看向镜子里的自己。

达什说过，我就像一道彩虹，而钻石也能反射出彩虹。也许我可以像钻石一样坚强。再说了，珍珠也是一种宝石！我姓珀尔（珍珠的英文为 pearl，珀尔是音译，实际意义为珍珠。——译者注)，也该像珍珠一样坚强！达什一定希望我这样做！那要不要先瞒着萨姆呢？这件事带给人的冲击太大，这可不是一件小事啊！厄尔丽打了个哆嗦。如果不告诉萨姆，家里的另外三个人就一定会安全吗？或者她这样做的后果只是保护了那群坏蛋，到最后，说不定那些人会伤害自己的家人，然后得到他们想要的东西。

有时，没有比独自守着一个秘密还坏的事情了。

想有自己的家

把门关上，他们的新住处就像是一个鞋盒，比原来住的大屋子黑多了。

“萨姆，你能和我一起睡吗？”过了几分钟后，朱比开口说道。

“当然。”萨姆说完，就从上铺爬下来，去陪朱比。

厄尔丽翻来覆去睡不着，好的事情、坏的事情，正确的、错误的，通通是一团乱麻，她不知道该怎么办才是最好的。她已经厌倦了不停思考和做选择的生活，她太累了。

“你还好吗，厄尔丽？”萨姆轻声问道。

厄尔丽只回答了一句：“就是很累。”那天晚上，她想到的唯一一件不烦的事情就是关于如何得到一个家的计划。她开始仔细考虑这个计划，这让她感觉好了一些。明天，又是辅导室开门的日子，约翰先生也会来的。厄尔丽迷迷糊糊地想着，如果这个计划成功了，他们就有家了，达什该多么惊讶和骄傲啊。正这样想着，在走廊的深处忽然传来“砰砰”的敲门声，还有人在喊：“警察，开门！”厄尔丽、萨姆和朱比都被惊醒了，这敲门声唤醒了他们共同的恐怖回忆：他们在伍德劳恩的公寓里，也是有人这么敲门，然后是寂静、等待和最后的破门而入。

“噢，不……”萨姆喃喃地说着，朱比吓得开始小声哭泣。

“警察！”那个声音又响起来，然后他们听到门开的声音，接着是叫喊声和哭声，还有人被摔到墙上又落下的声音。

“那不是我的东西，不是我的！”有人叫喊着。

珀尔一家待在屋子里，厄尔丽已经从自己的床铺上下来，和萨姆还有朱比待在一起。萨姆躺在床边上，脸正对着门。朱比躺在中间，小小的身子蜷成一个小球，紧紧依偎着妈妈的背，他不停地小声说着：“不！不要让他们进来！”

警察带着一个女人离开了，但是走廊里仍然一片喧嚣。珀尔一家听到哈帕蒂太太在走廊里走来走去，说服人们安静下来。等一切恢复平静的时候，一个孩子的抽泣声传到珀尔一家的耳中。又过了一会儿，就是沉重的编织袋被拖走的声音，珀尔一家对这个声音已经很熟悉了。

“我们对于紧急事件引起的喧闹已经习以为常了，”厄尔丽心中这样想到，“我不会说这些事，因为这会让朱比觉得恐惧，但是我也觉得这样很恐怖，我也觉得很难受。如果我们住在自己家里，到了晚上一定很安静，安静得能听到雪花飘落的声音。我们一定会有自己的家，不会像兰斯顿的诗中所说的：‘等梦想破灭，生活就是一块冰冻的荒野。’我们的生活不会是冰冻的荒野的。”厄尔丽想象着达什轻拍着自己的头，他现在在哪儿呢？她看到一片雪地里，达什裹着一张毯子，这么冷的天，如果睡在露天的雪地里该有多冷啊。她摇了摇头，把这个可悲的画面从脑海中赶走，想象着一家人走进伍德劳恩那座黄色的房子里，萨姆和达什拉着手，自己和朱比跑在前面，他们一起把门口的雪清扫干净，然后萨姆在有着蓝色墙壁的厨房里给他们煮咖啡。

爸爸没有犯罪

吃早饭排队时，厄尔丽从人们小声的议论中听到了“毒品”两个字。伊泽贝尔和马库斯的妈妈昨天晚上被捕了。厄尔丽和朱比互相看了一眼。

“什么？”厄尔丽说，“真是不敢相信！可怜的伊泽贝尔和小马库斯——这太糟糕了！”

“那他们俩现在怎么办？谁来照顾他们？”朱比问，声音里满是担忧。

“我相信警察会安置好他们的。”萨姆说，“真让人难过，但是这种事情也不是没有发生过。”

“希望他们能被送到亲戚家。”厄尔丽说，“伊泽贝尔是我刚认识的小伙伴，而且我们还一起制订了一个计划呢！她现在肯定被吓坏了。”

“嗯，是啊，要是他们把萨姆带走了，多可怕啊，是吧，厄尔丽？”朱比问道，然后接着说，“我希望马库斯能带着他那辆橘黄色的小卡车。”

“我哪儿也不去，会一直和你们在一起，我保证。”萨姆说，“坐好把鸡蛋吃了，我们必须吃好睡好，保持体力。”

维尔玛慢慢点了点头，正了正外套上用别针固定的橡胶人，说：“我们这些做妈妈的要互相帮助，因为孩子需要妈妈。”

“的确如此。”萨姆说，拍了拍维尔玛的后背，然后大家开始吃饭。每当发生了什么事情，救助站的饭菜都会好一些。而救助站里总是会时不时发生一些不好的，或者残酷的事情。这不，正当人们吃完饭清理自己的餐盘和杯子时，两名警察就走了进来。哈帕蒂太太的肩膀垂着，厄尔丽听到她小声说：“希望别再出事了。”哈帕蒂太太带警察去办公室了，萨姆、厄尔丽和朱比收拾完餐盘，刚打算上楼回房间，就被哈帕蒂太太叫住了：“我这里有一些消息你们可能想听。”她对萨姆说。萨姆的身子一僵，急切地看向哈帕蒂太太，她赶紧接着说：“一切还没有确定，但是我想这个信息对于你们来说很重要。”

“我和孩子们一起听。”萨姆说，然后转过身看向朱比，命令道：“我希望你能安静地坐着，一句话也不要说，现在。”

他点了点头，用手在嘴边做了一个拉拉链的手势。然后，珀尔一家三口和哈帕蒂太太一起到办公室见警察。

“夫人您好，经过一段时间的调查，证明您上回的一些猜测是对的。您的丈夫可能卷入了某些恐怖的事件，而他自己可能根本没有意识到。”说话的警官看了萨姆一眼，接着说，“我们还没找到您丈夫，这一点我必须跟您说明。但是我们对于整个案件已经有了一个大概的了解，您的丈夫，在整起案件中可能只是一颗棋子。”

萨姆点了点头，肩膀耷拉下来：“我会把这个当作好消息的。”她喃喃地说，“尽管我早就是这么认为的，但是你们这样认为的话，就说明你们也相信我丈夫是无辜的了。请把一切都告诉我，只要你们能说的，请告诉我。”

于是，警察把事情讲述了一遍，这是一个疯狂的故事。首先，艾尔斯利坡先生向警察供述，说自己是故意被抓的。他证明了自己的身份——芝加哥公共图书馆的工作人员，然后说自己需要警方的保护。他把被捕当天宾瑟先生和他、韦瑟尔女士还有卫福先生开会的内容告诉了警察，并且把自己的猜测和想法也都跟警察交代清楚了。根据艾尔斯利坡先生的供词，宾瑟先生曾经警告他们，现在他们已经卷入一起跨国的宝石走私案，走私的一部分事务是由纽约的一伙儿人负责的，宾瑟先生说他们必须保持沉默。艾尔斯利坡先生还交代说，出于恐惧，达什支付的那本书的钱自己留下了，他还把原来送书到马凯特公园的地址告诉了警察。他为自己做过的错事表示愧疚，并且希望珀尔一家不要再受到任何伤害。他说在图书馆遇到厄尔丽之前，他不知道事情已经演变得这样糟糕。

厄尔丽听完，问警察是否还记得那个马凯特公园的地址，那个警察有些惊讶，耸了耸肩说：“噢，那是一个旧仓库，没有门牌号码，现在空着呢，什么都没有。”厄尔丽听到这里皱了皱眉，艾尔斯利坡先生跟她说的时候，可是告诉她那个地方有门牌号的。

警察接着说，宾瑟先生和韦瑟尔女士昨天晚上双双被捕，经过一番审讯，发现宾瑟先生的过去并不光彩。他原来是一个没有正当职业的打手，受雇于一些需要裁员的大公司。在进入图书馆工作时，他编造了一个背景并且提交了一份虚假的简历，没想到蒙混过关，被图书馆聘来管理那些复杂的预算。韦瑟尔女士在宾瑟上班第一天就出现了，说是做他的免费私人助理。韦瑟尔女士跟宾瑟先生说自己处于待业状态，想体验一下图书馆的工作，宾瑟先生同意了，认为自己捡了一个便宜。但他没有意识到，这位陌生的女士是这起高智商犯罪链中的一环，和其他图书馆发生的事情环环相扣。

当所谓的斯卡布先生找到宾瑟先生，并且给了他一笔可观的酬金，问是否可以从图书馆雇用两个员工，在他们的非工作时间帮他干点活时，宾瑟先生很痛快地答应了。贪婪，让他想也没想就掉入了职业罪犯的圈套，而斯卡布先生和韦瑟尔女士则是一伙的，认识多年。和宾瑟先生一样，艾尔斯利坡先生也是一个不在意他人生活的人。当斯卡布先生找到他，并给了他一笔钱，让他找一个可靠的人和他一起做这件事时，他问都没问就同意了。

萨姆听到这里，把头埋在双手里。

“一个感到愧疚的胆小鬼，艾尔斯利坡先生就是这样的人。”厄尔丽嘟囔着说，所有在场的大人都朝她看过来。

韦瑟尔女士曾经打算神不知鬼不觉地到救助站看一下，希望能从珀尔一家的行李中找到一些线索。厄尔丽想，如果这样的话，艾尔先生到救助站的目的就值得怀疑了，如果维尔玛没有逮住他，他是不是打算带着他们所剩不多的一点物品远走高飞呢，包括这颗神秘的钻石？厄尔丽不自在地在椅子上扭来扭去，看似随意地把手放在口袋里的钻石上。藏匿钻石会不会让自己成为一名罪犯呢？此刻她应该把这件事说出来吗？如果说了，会不会让警察重新怀疑达什？怀疑达什早就知道这本书里藏了钻石？如果她不说，等待他们所有人的又是什么呢？说还是不说，这个难题困扰着厄尔丽，她头都晕了。

这是一颗钻石啊……一个想法忽然钻进厄尔丽的脑子里：如果把它卖掉，好多事情都会实现。但厄尔丽很快就意识到，这是一个不该有的想法，她突然有些理解艾尔先生了，毕竟，这个诱惑如此大。

第 11 章　事情的真相

Cast，源自中古英语 casten。

动词：用力投掷、扔或者抛；往外面扔；计算或者求和。

名词：掷骰子；命运或财富的冲击。

听到爸爸的声音

两名 FBI 特工走进来，要求单独和萨姆谈一谈，萨姆还没说话，哈帕蒂太太就拖着厄尔丽和朱比出来了。

“刚才他们说什么了？难道还有别的事情吗？”萨姆一出来，厄尔丽就问道。

萨姆只是摇了摇头，说：“该说的警察基本已经说了，他们抓了几个坏人，而且相信达什是无辜的。这对于咱们来说算是最大的好消息了。但对于警察来说，他们还有一些环节需要搞清楚，比如钻石走私是如何操作的，都有谁参与了这件案子。他们问我达什是否向我提起过仓库什么的，因为艾尔斯利坡先生跟他们说的那个地方看起来被遗弃好多年了。我跟他们说，达什没跟我说过，很抱歉帮不了忙。”

“有意思。”厄尔丽心想。很显然，恐惧让艾尔斯利坡先生犹豫了，没有跟警察说实话，或许他害怕那些没有被抓住的坏蛋，还有那个每次他送货时和他接头的那个人。

“所以，现在最重要的是，咱们的达什已经洗脱嫌疑了，他可以正大光明地出现了。但是，要怎么告诉他呢？一位 FBI 特工说，在他们掌握足够的信息前，是不会发布任何关于宝石盗窃案中的钻石被发现的消息的，也不会发布钻石走私案的任何消息。但是他们会公布达什的照片，让他找警方寻求保护。他们同时会公布，他的家人们在等他。”说到这里，萨姆的声音开始哽咽，她不得不停下来。没有人指出最坏的一个可能：达什可能已经不在人世。

厄尔丽高兴极了，但同时又害怕起来。警察知道的和她一样多吗？他们知道还有另外一颗钻石的存在吗？而且那第二颗钻石近在眼前？还有，达什如果现身的话，真的安全吗？

“那我们就等着吧。”萨姆接着说，好像所有事情都解决了似的，“达什终于可以回家了，等他回来了，就可以把他知道的事情告诉我们了。我觉得他离我们好近，但是却触摸不到他，也不能拥抱他，真是痛苦啊！”

厄尔丽点了点头。她希望此刻她的头脑能像那颗充满了秘密的钻石一样坚强和灵光。但同时又提醒自己，更要像一颗珍珠，从进入贝壳的一粒不受欢迎的沙子开始，历经磨难和时光的打磨，最终变成一颗美丽的珍珠。做珍珠更好。“我能上楼躺一会儿吗？”

“当然可以了，宝贝。”

厄尔丽休息的时候，萨姆和朱比回屋里抱着一堆衣服下楼去洗，这正是厄尔丽需要的：一些独处的时间。“达什，”她急切地叫着，这回不是在心里默默地叫，而是小声叫了出来：“达什！我不知道要怎么办了！”她听着外面垃圾车刺耳的声音，盯着窗户对面黑乎乎的墙壁，希望能看到一片天空或者一些除了黑以外的其他色彩。或许她可以直接把它扔到厕所里冲走，这样就没有人知道珀尔家曾经拥有这样一颗钻石。然后她又想到了雪地里那些贫苦的人，如果这颗钻石自己会飞就好了，这样，它就可以飞出救助站的大门，然后落到一双需要帮助的人的手里，实现那苦命人的梦想。想完这些，她又想到了那个最重要的疑点：仓库地址。正想着，她忽然听到了达什的声音，很大很清晰：“你可以做到的，它没有看起来那么难。”她忽地一下从床上坐起来。

“达什？”她小声喊道，没有人回应她。但是突然间，她意识到另外一些事情。这里的每一件事情都是相互联系的，就像她口袋中那块小石头的每个切面，彼此相连。那个地址！还有那个时间：3:33，如果把这3个3分别依次相加……原来她怎么就没有想到呢？艾尔斯利坡先生实际上已经跟她说得很明白了！369，一定是它！但她要怎么告诉警察呢？如果由萨姆告诉他们，会有点奇怪，因为她刚跟FBI的特工说她不知道。那警察会不会接一个小孩子的电话，并且相信她说的话呢？

厄尔丽想了一圈，哪些大人愿意帮这个忙，把这个消息告诉警察。忽地，她从床上跳下来，拿出自己的笔记本，撕下一页纸开始写……

维尔玛的帮助

“我想去洗一个热水澡，行吗，萨姆？”萨姆和朱比抱着一堆洗过的衣物一进来，厄尔丽就问道。如果甩干机正用着，萨姆从来不会把衣服留在楼下，因为他们已经丢不起任何一件衣服了。

“当然可以，宝贝。”萨姆回答道。

萨姆说话的时候，厄尔丽已经收拾好了毛巾、干净衣物和洗发水等物品。出门后她反手把门关上，然后轻轻地小跑下楼。白天，维尔玛总是坐在一楼的一张长条桌子旁边，帮助哈帕蒂太太注意一下来往的人，因为哈帕蒂太太有很多事情要做，不可能总是盯着这些。作为回报，维尔玛能在救助站住更长的时间。她在一楼坐着的时候，有的时候会玩儿填字游戏，有的时候就只是静静地坐着。

“维尔玛！”厄尔丽喊道，“快来，我有事情要和你说！”一边说一边把维尔玛拉到辅导室所在的走廊里，此时辅导室空无一人，门上落着锁。在救助站，你很难找到一个比较私密的空间和人说什么事情，这里还比较安静。几分钟以后，维尔玛愉快地朝救助站门口走去，边走边说："放心吧，我会告诉那些警察这颗钻石的事情，但是不该说的决不会说的。我会把钻石亲自交给警察的，一切都会好起来的。"说完，她拍了拍自己外套的大口袋。

"谢谢你，维尔玛，你最好了。"厄尔丽说。

"告诉你妈妈，我会一直帮她照看你们的东西的。"维尔玛回过头来说。

真正的罪犯的下场

维尔玛把厄尔丽告诉她的故事做了一下修改。首先，她到离救助站最近的警察局，跟一位警探说她是珀尔家的朋友，和珀尔家一起住在附近那家救助站。在那个拿着垃圾袋的男人被抓走以后，她在地板上发现了一颗钻石。说完，就把钻石交了上去。然后，她又向警察出具了厄尔丽精心准备的纸条，纸条上的字迹很清秀：马凯特公园 369 号，仓库。关于这张字条的来历，维尔玛又撒了另外一个小谎。她说，那天，那个男人在被抓住之前打了个电话，她无意间听到他说了这些话，她也不知道这些话是什么意思。

那天中午，警察请维尔玛吃了一顿美味的意大利面，因为她的门牙掉了，没有办法吃三明治。吃完饭，维尔玛就和警察等消息，与此同时，FBI 和芝加哥的警探正在马凯特公园来回搜索。维尔玛说她想在警察局等着，想知道字条上的话到底是什么意思。这个地址那样神秘，芝加哥公共图书馆的职员艾尔先生曾经把这个地址以字谜的游戏告诉了达什尔·珀尔，而达什的女儿厄尔丽则解开了这个秘密。

那天下午，事情终于有了很大进展，案件的真相即将大白于天下：警察们闯入门牌号为369的仓库时，发现有九名荷枪实弹的保镖看守着桌子上码放整齐的一百多本书，这间屋子里除了那张放书的桌子，没有什么多余的东西。这九个人都拿着枪，警察们进来的时候他们正在看电视，电视的声音开得很大，因此FBI悄悄从一楼的窗户潜入房间，这九个人竟然谁也没有听见动静。于是，九人未放一枪就全部被捕。经过一番搜查，警察了解到，这些人显然是吃住在这里的，警察在这个仓库里搜到了衣服，装满空啤酒瓶、易拉罐和快餐盒的垃圾箱。警方还搜到了一间曾经关押达什的房间、一个脏兮兮的只有一扇小窗户的厕所。那九个人跟警察发誓，说达什尔已经逃走了。

那天下午，警察开着车把维尔玛送回了救助站，珀尔一家三口很快就从警察的嘴里得知了这个有点恐怖的好消息。萨姆说在晚饭之前想一个人躺着休息一下，静一静，于是把厄尔丽和朱比两个人留在了辅导室里。维尔玛留在辅导室和他们说着话，她把一只手放在厄尔丽的背上认真地说："你是一个聪慧的女孩儿，你拥有改变生活的能量。去吧，尽自己最大的能力帮助你们的妈妈。"

"嘿，还有我呢，我也很聪明，是不是？"朱比不甘落后地问。

维尔玛安抚地拍了拍他的胳膊说："当然了，就像你们的爸爸那样聪明，我打赌！"

朱比高兴地用力点着头，不小心把他的蓝色玩具卡车掉到地上去了，于是不得不手忙脚乱地去捡。

厄尔丽对维尔玛说："我爸爸喜欢兰斯顿·休斯，他想搞明白什么事情的时候经常会说：'是什么节奏呢，兰斯顿？'"

“我喜欢这句话，以后我也会这么说。”维尔玛回答道。

“这句话很管用。”厄尔丽诚恳地说，“再次谢谢你，维尔玛，为你所做的一切。”

“厄尔丽，你真是一个可爱的女孩子。”维尔玛说，“朱比，快来，现在你们要去找妈妈并且告诉她，现在要做的只是等待了，达什已经逃出那些坏蛋的掌控了，这是一件好事啊！”

第 12 章　爸爸回来了

Click：词源未知。

名词：机械装置发出的简短尖锐的声音，比如照相机或者电脑发出的声音；非洲语言中的一部分。

动词：选择；成功；两样东西很适合。

等待爸爸

自从他们得知达什曾经被绑架，后来又成功逃脱的消息后，既高兴又担心。警察跟萨姆说，所有的执法人员都在忙着粉碎这一组织严密的团伙，这个团伙和欧洲那起珠宝抢劫案有直接关系。他们要抓捕涉案人员，包括纽约和芝加哥的这些分支人员。他们跟珀尔母子说，要抓到所有涉案的嫌疑犯可能要花好几年时间，不过，既然在马凯特公园抓住的那几个人都说达什逃走了，那达什应该暂时没有生命危险。但是，其他犯罪分子有可能正在寻找达什，在达什还没意识到自己可以找警察之前，把达什逮住并有可能将他灭口。

最让珀尔母子担心的是，不知道那些人跟达什说什么了。但有一点，侦探和警察一致认为，那些人肯定威胁他，让他不要在芝加哥露面。换句话说，即使他现在逃出来了，他也不能肯定自己是否无罪，为了不连累家人，他只好继续躲着。达什可能还不知道那九个人已经被抓了，也不知道警方已经知晓真相。

由于珀尔一家的合影已经被闯入家中的歹徒抢走了，而达什也没有护照什么的，因此珀尔母子拥有的唯一一张达什的照片是他的公民身份卡上的。照片上的达什很严肃，看起来有点陌生，一点也不像他平时的样子，平常，达什的眼睛里总是有光在闪烁的。

警方把这张照片给了芝加哥的电视台和各大报纸，但并没有提供太多的文字资料。萨姆没有关注电视上和报纸上播了什么或者刊登了什么，但是卫福先生却一直关注着事态的发展，看着晚间新闻上播放着达什的照片，他还注意到，芝加哥的一些报纸上还配了简短的说明。

在警方的抓捕行动进行的时候，达什尔的老师卫福先生正在住院。因为他曾经被迫到宾瑟先生的办公室并被宾瑟威胁过，因此也成了警方的调查对象。卫福先生的证词很重要，通过他的回忆，警方了解到，达什并不是普通人，而是一个正直且很有天分的人。卫福先生病得很重，厄尔丽很伤心。救助站的生活折磨着他的身体，好像感冒和流感特别喜欢救助站这样的地方，几乎每一个住在救助站里的人都会生病。厄尔丽给卫福先生写了一张便条，希望等他出院后再和他见一面。

自从知道了关于达什的那些消息，他们感觉每一天过得都那么慢。他们一次次看向大门口，希望达什能突然出现在他们眼前。除了等达什，萨姆大部分时间都花在找工作和写求职信上，她就在一层的桌子旁边写求职信，这样就能时不时看一眼门口。正当他们三个人都在等待的时候，接待台的电话响了，管理员一边听一边写着什么。厄尔丽看了一眼，想象着有一天达什会突然在吃饭时间出现，她、萨姆和朱比尖叫着跑过去，冲进他怀里给他这个世界上最大的拥抱。救助站里所有人都欢呼着，喊着："达什！达什！达什！"

这些天，厄尔丽一直在紧张和期待中度过，唯一放松下来的时候就是在想她的"关于家的梦想"的时候。关于这个计划，厄尔丽还没有什么具体的想法，但是，她的这个计划已经在芝加哥市引起了不小的反响，就像野火一样迅速蔓延。救助无家群体的社会机构已经从"芝加哥的希望"——救助站的家教辅导组织——那里知道了这一计划，所有的工作人员都很喜欢这个主意。这个计划让孩子们说出自己的愿望和想法，如果成功的话，不用花费过多钱财就能给那些没有家的人群提供住处。

很快地，关于家的梦想的信件就像雪片一样邮寄到芝加哥市长的办公室、一些大的基金会和美国总统那里。这些信件承载着孩子们对家的渴求和愿望。这些信件的回信地址全部都是“家的梦想”，然后是各个城市的救助站的详细地址。随便打开这其中的一封信，你都会发现一封说明性的信件，这封信是手写完以后又用施乐复印机复印的，信件的全文如下：

嗨！我叫厄尔丽·珀尔，这是我抱着一摞书的照片——咔嗒！我今年11岁，和妈妈还有弟弟住在救助站里。爸爸身上发生了很糟糕的事情，但是我知道，他一定会回来找我们的。等他找到我们的时候，将是我这一生中最幸福的时刻。

孩子们需要大人帮助他们开始人生之路，同时他们也需要一个家。想一想，如果您工作劳累了一天想回家的时候却无家可归；想一想，当您的孩子们结束了一天学校的功课想回家时却不知道去哪儿，那该是多么令人难过啊！不管岁数多大了，你都需要一个属于自己的空间去休息、和朋友相聚、和家人生活，都需要一个能提供安全感和隐私空间的地方，都需要一个可以规划未来、可以做梦的家，一个可以把自己的根深植的地方，一个——像我爸爸说的——人的一生开始和成长的地方。

在这些字下面，厄尔丽讲述了自己的故事。然后是每个孩子自己的故事，每个故事上也订着一张照片。

我叫玛赛拉，今年9岁，照片上就是我——咔嗒！

照片上那件粉色的运动衫是我最喜欢的。我爸爸来这里做园丁，但在一个冬天从台阶上摔下来，把腿摔断了。他没有钱看医生，于是只能自己想办法。他用木棍把腿夹住，但是那条腿总是疼。现在他很难找到好的工作，也走不快了，因为他那条摔坏的腿不能弯曲了。

我喜欢的房子是这样的，如果我们家能住进这样的房子，我们会高兴得唱歌的。妈妈、爸爸、哥哥和我会在院子里种好多蔬菜，这样我们就随时都有新鲜蔬菜吃了：辣椒、彩椒、西红柿、菜豆、莴笋、南瓜。我们还可以把这些蔬菜分给邻居和饥饿的人们。我们还会冷冻并且腌制一些蔬菜，为过冬做准备，奶奶还可以做她拿手的彩椒果冻。

我和妹妹们住在二楼，窗户上挂着窗帘，窗帘打开，就有阳光洒进屋子，我们还能从窗口往外看风景。我们还会在窗前的大树下做祷告。如果有人也愿意和我们一起祷告，我们会很高兴，会准备好椅子欢迎他们一起来。

我们会有自己的烤箱、冰箱和餐桌。我会帮妈妈做饭刷碗。我们一家人会相亲相爱，妈妈也不会总是哭泣了。爸爸的腿也会好起来，因为我们会多卖一些蔬菜，攒够钱给他治腿。而且，我妈妈是一个很出色的厨师，做的玉米粉蒸肉和墨西哥卷饼很好吃，妈妈可以多做一些拿去卖，我们这些小孩子会帮妈妈搬一张桌子放在门廊前，帮着收收钱、找找钱什么的。

这就是我的梦想。

我叫约翰尼，今年 10 岁，照片上就是我——咔嚓！那是我的猫，叫尚普。它真是一只漂亮的猫，对不对？那天，执法人员来到我家让我们搬走，我不得不把尚普留在那里。走之前，我把能找到的吃的东西都倒在它吃饭的碗里，我感觉糟极了！太糟糕了！或许有一天，我能重新回到那里，尚普说不准还在等我呢，它用爪子洗着脸，就像什么也没发生过一样。在我离开的这段时间，希望有人能一直喂它并且给它梳理毛发。走的时候，我把给它梳毛的梳子、它最喜欢的旧枕头，还有吃饭的碗留在家里大门口的台阶上了。我希望有一天能再回到那里。

这是我挑选的房间，位于公寓的二层。我选择这个房间是因为它有好多大窗户，这样的话，尚普就能有好多地方可以看向外面了，我也会和尚普一起看。我会在窗前看着朋友们骑着车呼啸而来，在窗前看着校车过来，然后在最后一刻冲下楼去。可能我会和大哥住一间屋子，如果这样的话，一到周末我们就可以晚睡了，因为我们会一起玩儿到很晚。我们还会再有自己的厨房，想什么时候吃东西就什么时候吃东西，哪怕是半夜饿了，也可以起来吃东西。有了自己的房子住，妈妈和爸爸也可以找到更好的工作。我们会有一个大沙发，到了晚上，一家人就穿着睡衣挤在一起看电视，再也不会有争吵。

如果有了自己的家，我们都会很高兴很高兴，而且永远也忘不了没有家的日子是怎样难挨的。如果每天放学回家还能看到尚普在门外等我，那就更圆满了。

这就是我的梦想。

大家好！我叫比琳达，但我给自己改了一个名字叫爱莎，今年 10 岁了。照片上就是我，戴着我的魔力发卡，发卡上还有亮闪闪的蓝色碎钻——咔嗒！

我理想中的家是这样的：它是由砖建成的，建在地面上，很坚固，不会像我们原来的公寓那样被大火烧掉。砖石建成的房子可不像木头搭建的房屋那样容易着火。妈妈和我们三个孩子跟姥姥住在一起，那天，加热器忽然着起火来，在我们往楼下跑的时候，着了火的墙壁朝我们倒来，然后姥姥、哥哥和小妹妹就被夺去了生命。妈妈那天晚上在工作，所以捡了一条命。

如果我和妈妈有了一个新家，就可以开始新的生活，我妈妈一直这样希望，开始新的生活。我和妈妈都很想念姥姥、布克和梅·罗斯，但我们也明白，人生是要往前看的。自从那场大火之后，我很少说起姥姥温暖的怀抱、和布克一起玩儿捉迷藏的时光，还有逗梅时她“咯咯”的笑声。妈妈说我们还要继续活下去，而让自己忙碌起来是忘掉悲伤的良药。

如果我们有机会得到一栋房子，我们会买来有粉色玫瑰花蕾的窗帘和一张沙发，我们在离开家时会给对方一个吻，不用担心别人会嘲笑我们。周围没有陌生人，我们会放轻松；我们的家就建在地面上，是用砖建起来的平房，没有阶梯，我们会感觉到安全。

我的梦想是有时候可以忘掉那些悲伤的事情。但是我每天晚上都会为姥姥、布克和梅祈祷，希望他们知道我是多么爱他们。妈妈说他们永远在我们心里，我的理解是，在这个温馨的小家里，我们的灵魂是在一起的。

爸爸怎么还不出现?

寒冷仍旧席卷着一切。还有那雪花！厄尔丽从来没有见过那么多种雪花。在过去的三个星期里，她看到了毛毯一样厚的雪、有影子的雪、下得猛而急的雪、结了一层薄冰的薄雪，还有悄无声息慢慢飘落的诗一样的雪。当小雪花慢慢地飘落在衣服和手套上时，仔细观察一下你会发现，它们是那样小，又是那样美。小心地移动一下，把它举到阳光下，你会发现那小雪花居然会像钻石一样闪闪发光，漂亮极啦！而这样“漂亮的钻石”是大自然给所有人的礼物，厄尔丽这样想，而且和单词一样，不用花费一分钱就可以得到，而且取之不竭。厄尔丽想知道为什么从天空中飘落的和从人们大脑中浮现的那么多美丽的事物，人们都视而不见呢?

后来，厄尔丽得到了答案：人们总是被各种烦恼和悲伤困扰，被各种事物占据了思维和视线，他们要付出更多以看到那些美好，紧紧守护住梦想，比如萨姆。这些天来，萨姆好像比原来脆弱了，厄尔丽知道，那是因为在达什回来之前，她要担负起三个人的生活，并且为了梦想而坚持着。

她仍旧没去学校，因此有时间去欣赏雪花、解读秘密、思考人们在生活中做出的各种艰难选择。警察还没抓住这宗走私案的头目，因此萨姆不能冒险，让他们任何一个人有被绑架的危险。她要保证孩子们时刻都在自己的视线内。萨姆跟厄尔丽说，等达什回来后，他们就搬回伍德劳恩，厄尔丽就能回原来的学校上学了。

有时她会在手工做的记录本上写些东西，但是也会时不时感到孤单。厄尔丽想念自己的朋友们，她希望达伦、爱莎、伊泽贝尔和马库斯一切都好，无论他们在哪里。都住在救助站的经历让他们很快成了朋友。救助站的生活很不安定而且充满变数，你不能期望什么人能长久住在那里。所以如果你喜欢一个人并且想和他说些什么，就赶紧吧，否则，等你要说的时候他可能已经不在救助站喽！厄尔丽有点难过，因为她不知道要怎么联系那些朋友，因为他们和她一样，没有家，也没有家庭电话可以打。

在等待达什的一周里，厄尔丽有时觉得救助站的人们好像彼此厌恶着：有的人上完厕所总是不考虑后面的人的感受，不把厕所冲洗干净；有的人踩了别人的脚也不说对不起；有的人把收音机的声音开得很大，不考虑别人会不会嫌吵；还有的人大声说话、训斥或者打自己的孩子，旁若无人。厄尔丽觉得救助站的生活简直就是悲剧。厄尔丽在字典上查了“shelter”这个词，并把它记录在本子上。字典上说，这个单词词源不可考，意思是指供人们躲避危险、提供保护的相对封闭的区域。就像它的字义，这个单词的发音以温和的 sh 开头，以一个干净利落的音节结尾，就像门关上的声音。她很喜欢这个词，现在她觉得救助站更像是一个安全的地方，而不是让人迷失的地方。

日子一天一天过去，仍然没有达什的消息，萨姆越来越沉默，厄尔丽只好每天早上带着朱比下楼吃饭，因为萨姆说她“不想吃”。即便萨姆起床了，看起来也总是很累似的。她已经不再像前几天似的精心打理自己的头发了，有的时候甚至都会忘了梳头；她也不再积极地找工作了，甚至孩子们和她说话她也听不到，而且也不怎么给孩子们读书了。就好像她的热情和精力在听到达什安然逃脱的前几天里就用光了，随着时间一天又一天地过去，达什始终没有出现，萨姆便一天比一天消沉。

当朱比试着把她从床上拉起来而不断摇晃她的肩膀时，萨姆有气无力地说："对不起，宝贝儿。"当厄尔丽跟她说，达什会希望他们好好活下去的时候，萨姆只当没听见。好像对于萨姆来说，提到"达什"这两个字眼都是一种痛苦。厄尔丽也越来越害怕和不安。一天晚上，给朱比读完书后，她关掉灯，然后在心里默默地和达什说着话："达什，你在哪里？你在哪里啊？我们在这里的每一天都好漫长，而且萨姆的状况很糟糕。我已经尽力了，但是我们太想你了！如果你再不来的话，我不知道我们会变成什么样子！我们快要绝望了，达什，我们需要你！需要你！需要你！"在黑暗中默默说完这些话，厄尔丽就在自己的脑海中清空一块地方，等待着达什的回答，并且努力忍住不哭。

没有等到任何回应，只有朱比和萨姆翻身时床垫上的塑料膜发出的窸窣声，还有冬天的风从建筑间的空隙呼啸而过时打在窗户上的"哒哒"声。然而，就在厄尔丽快要睡着的时候，她忽然感觉到达什的手在轻轻拍自己的脑袋。她立刻撑着一只胳膊肘半坐起来。可是，没有人。厄尔丽难过地想，达什怎么会来这里呢？自己到底在期待什么呢？但就在这个时候，厄尔丽听到了，真真切切听到了达什的声音："坚持住！"

"坚——持——坚——持——"厄尔丽又躺下了。刚才那句话，真是达什说的，还是只是自己的想象？厄尔丽有点害怕又有点伤心，于是她赶紧想那些高兴的事情——咔嗒！她想到了伍德劳恩家里的墙上挂着的那些照片，等有了自己的房子后，他们一家四口可以坐在屋前的台阶上……朱比猫在餐桌下玩儿……自己看着书……萨姆轻轻吻了一下达什……阳光、笑声、跑闹、擦伤的膝盖、粘在胳膊肘上的通心粉、满满的爱和希望……

2011 年 2 月的第三个星期，有薄冰

一天早上，一个瘦骨嶙峋、头发乱蓬蓬的男人走入了救助站的大门。他环顾了一下四周，然后看了看附近几个人，就走到接待台前问了一句话。

管理员拨了一个电话，然后哈帕蒂太太就跑过来了。等她到了这个年轻人跟前，看清他的长相，就张开双臂给了他一个拥抱。但看到那个年轻人困惑的神情，她马上松开他，但是双手还是紧紧地握着年轻人的双手，这真是很热情的欢迎啊！

“跟我来。”她什么也没说，只说了这么一句话。

他们开始往楼上走，肩并着肩，谁也没有说话。和这位年轻人一起来的还有一位警探，此时，警探拿着一个小铁箱子跟在他们身后。哈帕蒂太太注意到这位年轻人走路时有点艰难，就放慢了脚步。这两个人刚刚见面，彼此并不认识，但是喜悦却在两人之间无声流动。到了三层，一扇门打开了，四个人紧紧拥抱在一起，没有人能分开他们。惊喜的叫声中混杂着高兴的抽泣和一连串的“达什！达什！达什”。

过了一会儿，等在门外的警探咳嗽了两声，达什向四周看了看，然后松开妻子和孩子，拿起一本封面为红色的书，然后把一根手指伸进书脊下面，惊讶地说：“啊，就藏在大家眼皮底下，在书脊下面。”说完，露出一个灿烂的微笑。

厄尔丽急忙插口说：“是啊，是啊，这么长时间我都没发现。原来这里藏着东西！”

达什有些疑惑地看了一眼女儿，然后又使了个眼色给她，意思是一会儿再说，然后就向门口走去，把书交给了那位警探。

“谢谢你，先生，我们会很快把它还给您的。”警探礼貌地点点头说，然后把书放进那个小铁箱子，并把箱子锁上。等警探和哈帕蒂太太都离开了，他们房间的门也关上了，四个人又紧紧拥抱在一起，这个拥抱充满喜悦、幸福和温馨。厄尔丽很快发现一个事实，就是达什的身体被毁坏得很严重。

“首先，我要跟你们三个说对不起。”达什轻声说，“对不起，因为我的贪心而让大家陷入危险和困境，因为想走捷径而让自己陷入圈套。对不起，我没能及时发现这件事中的不对劲，被事情的表象困惑而迷失了自己。”达什一直不知道最近发生的事情，直到一天早上，他偶然在一团皱皱巴巴的报纸上看到了自己的照片，那团报纸被塞在火车站的垃圾箱里。他赶紧把报纸拿出来，然后看到了那则报道。看完之后，他就拖着那条受伤的腿找到了值班警察。值班警察立刻打了几个电话，然后在火车站拿了一个可能是放贵重物品的小箱子，就把达什直接带到救助站和他的家人团聚。“我那天一被绑架，很快就意识到那些人可能认为我偷了他们什么东西。他们一直冲我喊着：‘冰！会发光的冰！’看我真的不明白他们说的是什么，于是又冲我喊：‘你偷的钻石藏哪里了？’之后，他们一直不停地审问我，问我《关于韵律的第一本书》在哪里，我对那本书干了什么。我不停地埋怨自己，为什么会忽略那么明显的疑点呢？我每次拿起那本小书，都会觉得书脊僵硬得不正常，而且也不是这本小书该有的重量。”

“噢，”萨姆吸了一口气，张大嘴巴有点儿不可置信，“噢……”

“果然是这样。”厄尔丽自言自语着。

达什想说话，但是还没说就咳嗽起来，显然在承受着什么痛苦。他咳嗽了半天才停下来，赶紧喘了几口气。

“亲爱的，噢，你还好吧？”萨姆轻声说，一边说一边拍着达什的背帮他顺气，“这不是你的错，不能怪你，亲爱的。”

达什想说什么，但是又咳嗽起来，于是只好在咳嗽停止的短暂空隙摇了摇头，好像是说：“就是我的错。”

厄尔丽跳到达什跟前说：“我知道，达什，我也早就发现了这个秘密。刚一开始的时候我也不敢相信，世界上竟然有这种事情，把钻石藏进书里面！我发现了这个秘密，但却不敢和别人说，怕说出来会给你带来更多麻烦。所以，我只能保持沉默。”厄尔丽说得越来越快，好像终于卸下了什么沉重的负担，“我在救助站发现了第二颗钻石，就是韦瑟尔女士从艾尔先生手里抢回咱们的东西的那天。不过别担心，那颗钻石已经交给警察了。等会儿我会把这件事情的经过统统告诉你们。”

“什么？”这回，萨姆和达什异口同声地问道。

“要说秘密了！”朱比忽然开口，警告说，“不能说钻石的事情哦！”

“儿子，没事儿了。”萨姆轻声跟朱比说，“秘密已经被公开了。”

厄尔丽站得直直的，开始绘声绘色、手舞足蹈地讲她的故事：“我发现那颗钻石后，马上就想到了《关于韵律的第一本书》这本书，于是我把那本书彻底检查了一遍，终于搞清楚那颗钻石是从哪儿来的了，然后，也就知道第一颗钻石为什么会出现在咱们公寓里了。那天晚上，我正坐在桌子旁边看《关于韵律的第一本书》，那帮强盗就开始敲门并且闯进来了。我想可能是恰巧摔坏了那本书藏钻石的某个地方，于是就有一颗钻石掉落出来了。宾果！事情就是这样的，藏在人们的眼皮底下。然后，等我们匆忙离开后，警察调查现场，发现了那颗掉落出来的钻石。”

“厄尔丽，我的女儿。”达什不可置信地轻声感叹道，眼里满满的全是骄傲。厄尔丽觉得这是她听过的最好听的话了。

她吞了口唾沫，接着说：“一旦开始相信我们经历的这些事情都不寻常并且关系重大之后，更多的秘密就开始浮现出答案。比如3-6-9这个地址，艾尔以密码的形式告诉了你，你知道的，就是你本子上写的那些时间，你失踪那天得到的线索。可是我破解这个地址后，怕他们不相信孩子的话，就把这个地址——一个门牌号——交给了我们在救助站的一个朋友——维尔玛，让她去跟警察说。”

“哇哦！”达什刚说了两个字，就又开始咳嗽起来，等不咳嗽了，他说：“我只希望有人能把我那个笔记本救下来，并且……噢！”

原来，在达什说这些话的时候，萨姆就把什么东西从自己的T恤里拿出来，达什看清是什么后高兴地笑了，似乎想说“真的被救下来了”，但是却被又一阵咳嗽打断了。萨姆赶紧把给朱比吃的治咳嗽的药递给达什，然后假装愤怒地说：“厄尔丽！这些事情你竟然都瞒着我们，宝贝儿？”

“是的，现在能说出来我好开心啊。心里装着这么多秘密，我也好辛苦的。”厄尔丽高兴地说。

“耶！我们是‘运动鞋侦探’！”朱比欢呼着，厄尔丽对朱比竖起了大拇指。但朱比却又不高兴地撇了撇嘴说：“可我没帮上忙啊。”

“但我们是一起的啊。”厄尔丽说，“侦探只要做到随时随地多观察就行了，不一定非要做什么事情啊！”

“厄尔丽，你说得很对，不愧是我的女儿！”达什赞同地点点头。

“达什，我呢，我呢？我可是好好保守秘密了呢！”朱比立刻围着达什叽叽喳喳地说着，“一个字也没说哦！”

达什眼里泛着温柔的光，说：“当然了，你也是我的好孩子，朱比雷森先生。如果没有你好好地保守秘密，咱们也不会这么快就见到的！”

朱比听到爸爸的夸奖高兴极了，在地板上滚来滚去，重复地欢呼着：“耶！爸爸万岁！爸爸万岁！”

喝完止咳糖浆，达什继续说，嗓子仍然有些发紧：“我接着说吧，把经历的所有事情都告诉你们，我们是一家人，是一个整体，秘密应该分享。”

“好的，亲爱的，你说吧，我们认真听着呢。”萨姆说。

达什深吸了一口气，吸气的时候气息还有些颤抖，他接着说：“等我意识到他们想要的东西是那本书时，我立刻开始为你们三个担心。于是，编造了一些谎话，想让他们把注意力从你们身上移开。我骗他们说，我把那本书留下后，发生了一件很不幸的事情：有一天，我带着这本书去上班，想和网上看过的那些版本比较一下，但是在回家的路上在火车上睡着了。估计睡觉的时候那本书掉到地上了，我没发现，那本书就那样丢了。那些坏蛋不知道我说的是不是真的，一开始，他们用你们三个人的安全威胁我，后来又试着不给我饭吃饿着我，再后来，就开始对我拳脚相向了。”

“真可恶！一定要把那些坏蛋全都抓起来，然后我就好好揍他们一顿！”朱比插话进来，把玩具卡车当枪使，挥舞着玩具卡车，嘴里发出子弹发射的声音：“哒哒哒哒！”

“抓进监狱里。”达什补充道，“那是他们该去的地方。还有，儿子，枪战游戏可不好玩儿，而且你那也不是枪啊！”

“好吧。”朱比听话地把卡车放到地板上。

“但是夏天的时候，咱们可以用西瓜和樱桃来打仗啊，很好玩儿的。”厄尔丽安慰朱比说。

“你说得没错！可以用西瓜子和樱桃核玩儿打仗游戏。”达什赞赏地笑了笑，自从见到家人后，达什觉得终于又找到了旧日的自己。他接着说：“他们用尽了一切办法也没有奏效，于是决定清理那间关我的屋子了，也就是说，要杀我灭口了。虽然他们在给我解释‘冰’是什么意思之前，我确实什么也不知道，但是，在跟我解释了这个词的意思之后，他们肯定猜到我知道了一些什么。而事实也的确如此，等他们告诉我他们口中的冰就是钻石之后，我终于知道了，艾尔和我处理的那些旧书原来可以用来收藏和运输那么多值钱的东西。厄尔丽，你猜得很对，那些小小的钻石就是被塞进那些小书的书脊里了。这的确是一个非常保险的法子，通过这种方法，那些钻石就可以在公共场所流通和换手。那些旧书的书脊都是用布做的，很难被损坏，比现在的书脊可要结实多了。通过这种方式‘洗黑钱’真是天衣无缝，很难被发现。这伙罪犯计划通过芝加哥公共图书馆工作人员的手，交易一批偷盗的钻石，很不幸，你们的傻爸爸我被选中了。如果不出意外，事情会进行得很顺利，它披着正常生意的外衣，用芝加哥公共图书馆做掩护，还有正式的书单。这些书会很容易就通过各种安检，这种方式比把那些钻石放在一个袋子里或者箱子里运输都要隐秘和保险得多。我听到那些人说，这些钻石一旦被成功转移，就会由珠宝设计师进行细微的打磨，以改变它们原来的样貌，这样一来，就没有人会认出它们是被偷的那些钻石，交易起来就不会有麻烦了。从这些话里，我渐渐猜出藏在兰斯顿那本书里的钻石是一套钻石的一部分。弄明白事情的经过之后我发现，对于这伙人来说，我和艾尔做的事情是整件事情中最关键和风险最大的环节，而我又恰巧保留下了那本书……”

达什沉默了一会儿接着说：“一天晚上，那伙人在楼下喝酒，并且为‘谁结果我’这件事打了起来。我当时就决定了，宁可从二层的窗户跳下去摔断腿，也不想被他们用枪打死，莫名其妙地消失，于是我真的做了一些疯狂的事情：我把衣服脱掉，只穿着内衣，用从洗手间偷来的一小块儿肥皂在肩膀上擦了擦，然后从狭窄的窗户栏杆中挤出去，再攀到房顶上，我不敢相信我竟然真的做到了，但是我觉得冰——是真的冰哦——帮了我的大忙。那些窗栏由于白天积雪融化，有些潮，到了晚上气温一下降，就结了一层薄薄的滑滑的冰。同样都是冰，第一次差点害得我丢掉性命，而第二次，竟然救了我的命。现在想想真是很神奇的一件事啊！一爬出窗户上到屋顶，我根本就站不稳，摇晃得很厉害。但是听着屋里的吆喝声和喊叫声，我知道自己没有时间浪费了。我开始匍匐前行，因为屋顶也有很多冰，于是一不小心我就滑下去了，不过还好，正好滚落到了阳台上。几分钟后，当那伙人从窗户往外张望的时候，我已经离开那个地方了。我从落地的地方找到了安全出口，迅速闪入一个小胡同，然后一瘸一拐地进了一家旅馆的后门。我请求他们把我藏起来，他们听我讲完后很痛快就答应了，把我藏在放脏桌布的箱子里。那天，我藏在一堆脏桌布下面，觉得那令人作呕的气味是那样让人安心。我不知道那间旅馆的主人为什么会对我那么好，那天我看起来那么狼狈，一看就是麻烦缠身的人。他把自己的内衣和袜子给我穿，还帮我躲过了那些坏蛋的搜索……如果没有他的帮忙，我们今天也不会团聚，这一点是肯定的。那群坏蛋，每天喝得醉醺醺的，全副武装，在周围进行了好几天地毯式的搜索。而我真的很幸运，那间家庭旅馆的老板是位立陶宛人，他相信了我的故事，并给我提供了很多帮助。那些天我一直藏在他那里，白吃白住，他还给我找来御寒的衣物、一副太阳镜、一顶新帽子和一件带帽子的夹克。然后，他就开车带我回到咱们的公寓，尽管我们知道这很危险，但我们还是去了。我看到了被毁掉的公寓，立刻就猜到发生了什么。如果不是住在咱们旁边的老太太听到我的声音后打开门查看，告诉我你们三个已经连夜去了一家救助站，我可能会因为震惊和伤心当时就死在那儿了。那位好心的太太一说，我立刻看到了希望。尽管她也不知道你们具体去了哪家救助站，但知道你们还活着，这就够了。”

达什又停顿了一下，然后接着说：“那家旅馆的老板给了我坐火车和汽车的卡，同时还给了我一张名单，上面是这个城市所有救助站的名称和地址，有了这个，我就能开始寻找我的家人了。他偷偷在我的口袋里塞了 40 美元，并给了我他的祝福，让我一找到你们就和他联系。他真是一个很好的人，就像我的父亲一样，我真等不及让你们和他见面了。噢，有点儿跑题了，我接着说，和旅馆的老板分开后，我晚上就睡在联合车站，白天就一家一家救助站地找，我每到一家救助站就站在门口等着，门一开就赶紧往里看，看能不能看见你们三个。我不敢去警察局报警，因为绑架我的那些坏蛋说，警察怀疑我偷了钻石，如果我报警，警察会把我抓起来，而且，我一旦被抓进监狱，那些坏蛋说他们就会去抓我的家人。我不知道他们说的是不是真的，但我害怕报警后他们真的会报复你们，所以一直没敢去报警。直到看到报纸上的那则消息……我就来了。咱们四个终于可以回家了，一起回家。”

“是啊，这一切真是太好了。”萨姆轻声说。

“有时我会听见你和我说话。”厄尔丽说，“在脑子里，就好像你的声音能通过空气传到我的脑子里。还有一回，在火车上的时候我好像看到你了，看到你在一家救助站门前，那时候我还以为你住在那家救助站呢。”

“是啊，我们可伤心可伤心了。”朱比也插话说，“萨姆越来越伤心，我生病的时候萨姆都快疯了，不过后来我的病好了。可是没有你，我们还是很伤心很伤心。我们再也不会让你离开了。”说完，朱比就紧紧地抱住了爸爸的脚，因为爸爸的腿还受着伤，他只能抱脚了。

“伤心、崩溃，然后是兴奋。”厄尔丽冲着朱比笑了笑。

“嗯，一定。”达什温柔地说着，“我再也不会离开你们了。离开你们的这段时间，我每天都想着你们，是你们支撑着我活了下来，让我能坚持到今天，见到你们。”说到这里，达什停了一下，用手抚摸着萨姆的脸颊，然后接着说，“还有兰斯顿，也给了我很大的帮助，我一直在想《问题》中的那几句诗：‘如果第四个人来迟了，会发生什么？’这句话激励着我一直不停地找，可是该死的，我好像还是来晚了一点！”

“见鬼！”朱比点点头表示同意。

“嘿，宝贝儿，不要说粗话。”萨姆轻声责备着朱比，然后说，“咱们说一些好事情吧。主要是‘给没家的孩子找一个家’这个项目，这可是厄尔丽·珀尔小朋友想出来的主意呢！这个项目是让住在救助站的孩子们把他们对家的渴望写下来，然后想办法让那些有能力提供帮助的人知道。”

“那时我正在读兰斯顿关于梦想的诗歌，突然就想到了这个办法。”厄尔丽说。

“我也研究什么东西来着，我也不挑食了呢。”朱比也插话说。

“哇哦，看来我不在的这段时间，你们都长大了呢！真是好棒的事情啊！”达什很高兴地说，然后对萨姆眨了眨眼，“如果厄尔丽真能帮咱们找到一个家，咱们可以给那个家取个名字叫 HOLD FAST（绝不放弃），怎么样？还有朱比，如果你能继续当好侦探并且好好吃饭，不久之后就能抓坏人了呢。”

“抓坏人！”朱比兴奋地跳着说。

“噢，好啦，别闹啦！”萨姆说，然后对达什翻了个白眼。

在剩下的时间里，他们慢慢诉说着分开后发生的事情，每一个细节都没落下。他们回忆着那些帮助过他们的人：卫福先生、维尔玛女士、那位热心的旅店老板、伍德劳恩的邻居老太太、休斯学校的 B 女士、图书馆的沃尔姆斯太太、哈帕蒂太太，还有艾尔，最后，还要感谢兰斯顿，他的诗帮助他们坚持下去，一直到今天。

那天下午，他们还得知了一个很巧的消息：今天正好是安特卫普宝石盗窃案案发 8 周年。一名 FBI 来到救助站，跟达什和萨姆说，如果被盗的宝石能归还原主人，主人一般会提供一定金额的奖励。由于很多宝石都是私人收藏的，设计一般都很独特，所以很容易找到宝石的主人。珀尔一家对那批被盗宝石的追回工作提供了帮助，因此可能会有一定金额的酬金，当然，只是可能，那位 FBI 不敢保证一定会有，但这毕竟也是一个好消息。

同时，哈帕蒂太太也很热情地欢迎达什暂时住在救助站里。她给达什联系了免费医疗，医治碎裂的肋骨、脱臼的膝盖和身上被撕裂的肌腱，断了的锁骨处也包扎好了。然后，医生又给他开了维生素类的药物和高蛋白谷物条，帮助他更快地恢复。

等媒体知道了他们的故事——由闪亮的钻石引起的一系列阴谋和一个无辜的家庭如何坚强地躲过了灾难并协助警察揭穿了那些阴谋——之后，数不清的捐赠衣物、电子产品和餐厅以及商场的优惠券便纷纷寄到了救助站。还有一件更值得高兴的事，那就是，芝加哥公共图书馆已经向达什发出邀请，只要他身体好了，随时可以继续到图书馆上班，他们已经决定聘请达什为正式员工了。达什在救助站养伤的这段时间，珀尔一家快乐地住在救助站虽然小但很温馨的屋子里。

过去短短的几周时间，让珀尔一家人都感觉度日如年。那些冰好像一直都不会融化似的，连时间也被一起冻住了，停留在悲伤的时刻不肯向前。缺少了达什，他们感觉生活什么颜色都没有了。现在，达什回来了，虽然他们还是没有家，但是，只要达什回来了，一切都不是问题了！

现在，珀尔一家又是四个人了，谁也不缺，而且还有一本关于韵律与节奏的老书和好多好多梦想。将来会发生什么，谁又知道呢？但是，我们都期待着，不是吗？

后 记

要统计那些无家可归的人的数据，很难。

因为他们有的人会躲起来，有的人一直在流动，还有的人因为年龄太小而不懂得向社会寻求帮助。可能每一天的夜晚，在美国，你都会发现近百万的孩子和成年人没有一个可以让他们休息的家，没有一扇属于他们自己的房门。

2011 年 10 月，芝加哥公布了一份调查报告，报告称，芝加哥有将近 15000 座被遗弃的房屋，这些房屋大部分都是丧失抵押品赎回权的。它们静静地坐落在一个个社区中间，无人居住。而报告同时称，芝加哥城估计有 20000 名无家可归的孩子。到这里，问题就很明显了。

我们希望有一天，这些无家可归的孩子能实现他们的梦想，得到一个家。我们也希望那些空置的房屋，能再次被利用起来，承载起孩子们的梦想！

致　谢

这将会是一张很长的清单，很多人和机构都给过我帮助，如果没有他们的鼎力相助和全力投入，这本书就不会顺利出版。我尤其要感谢兰斯顿·休斯管理会，允许我使用兰斯顿的部分诗歌作品。休斯先生是世界著名的诗人、小说家和演说家，出身贫寒，在缺少关爱的环境下长大，这一点和本书的主人公之一达什尔·珀尔一样。

1949年，在休斯先生快50岁的时候，他接受芝加哥大学附属实验中学的邀请，担任诗歌方面的客座讲师。这所学校的教学理念是“学习与实践”相结合。在这所学校担任讲师期间，休斯先生居住在海德公园，紧邻伍德劳恩。他的观察和讲课对象包括从幼儿园到高中年龄段的孩子，每一个和他相处的孩子都非常喜欢他，从他那里学到了宝贵的人生经验和处世态度。休斯先生很和蔼，很喜欢笑，但是在对待艺术上却很严肃。他认为，所有人，不管来自何种背景和传统，都应该有塑造自己独立人格的机会，都应该有成长为自己希望的那类人的机会——获得一份自己喜欢的工作，并且能追求自己的梦想。

《关于韵律的第一本书》于1954年出版，根据封面上的注释，这本书正是写作于他在实验中学任客座讲师期间。现今这本书已经绝版，但是我们可以在网上读到它，网址为：http://wetoowerechildren.blogspot.com/2010/10/langston-hughes-first-book-of-rhythms.html。

我也要感谢朋友们和同事们的帮助，这其中包括鲍勃和桃乐西·斯特朗，他们都是在实验中学任教多年的老师。在本书中，我借用了鲍勃·斯特朗的一句话：“单词是免费的，而且取之不竭。”谢谢你，鲍勃。如果多年前的一天我不曾和桃乐西一起在海德公园散步，如果我们不曾在一家旧书店前驻足，如果我们没有看到书店展窗中的《关于韵律的第一本书》，后面的好多事情都不会发生。

还有好多芝加哥的相关组织和机构也为本书的出版提供了很多帮助，它们是：无家可归者联盟、人人都有家联盟、天主教慈善会、芝加哥的希望、芝加哥家庭和救助服务部门、灵感咖啡馆和《街头智慧》。《街头智慧》是周刊，由无家可归的人们在街头出售，挣些钱维持基本生活。还要感谢那些从繁忙的日常工作中抽出时间解答我的问题的人们，感谢那些欢迎我的救助站，以及向我讲述他们自己故事的住在救助站的人们。

我还要感谢下面的朋友，他们给了我很大的帮助：奥尔西亚·克莱因（Althea Klein）、芭芭拉·恩格尔（Barbara Engel）、大卫·威廉姆斯（David Williams）、里克·科根（Rick Kogan）、迪克·巴里（Dick Barry）、克里斯汀·奥特曼（Kristin Ortman）、贝琪·马尔泰洛（Becki Martello）、玛格丽特·布朗（Marguerite Brown）、艾琳·希金斯（Eileen Higgins）、迈克尔·南麦查（Michael Nameche）、凯利·范德拓坡（Kelly Vanderstoep）和亚当·康韦（Adam Conway）。

芝加哥公共图书馆真是一个美丽的地方，每一位工作人员都很专业，而且热情友好。图书馆内的环境舒适而安静，很多设施非常贴心且人性化。

最后，我还要感谢我的家人和朋友，在我全副精力投入本书的创作时，他们默默支持着我。写这本书时，我没有太多时间照顾家庭，陪伴我的丈夫和三个可爱的孩子，但是他们没有抱怨，而是给了我最大的支持。还有我的老朋友安妮(Annie)，在我写作思路阻塞时给了我极大的鼓励和帮助。多伊·库佛（Doe Coover）是我的代理人，也是我的朋友，认真阅读了这部书的成稿，并提出了很好的修改建议。戴维·利维坦（David Levithan）是这本书的编辑，我由衷感谢他，从几年前我们拟定这个题目开始，他就付出了极大的心血和热忱，谢谢你，戴维。如果本书在描述一些机构或者组织有不实或不当之处，敬请谅解。

关于无家可归的人数时刻都在变化，而且很难掌握精确的数据，可能不同的渠道收集的数据都会有所不同。关于救助站的规则也是在变化的，但有一点是肯定的，那就是无家可归的人们面临的严峻生活和残酷现实。我很难过，这部小说并不能解决这个问题。

图书在版编目（CIP）数据

钻石谜踪 /（美）巴利埃特 著；子淇 译. —北京：东方出版社，2015.9
书名原文：Hold Fast
ISBN 978-7-5060-8503-8

Ⅰ.①钻… Ⅱ.①巴… ②子… Ⅲ.①儿童文学—长篇小说—美国—现代
Ⅳ.①I712.84

中国版本图书馆 CIP 数据核字（2015）第 240583 号

钻石谜踪
(ZUANSHI MIZONG)

作　　者：[美] 布鲁·巴利埃特 (Blue Balliett)
译　　者：子　淇
责任编辑：陈丽娜
出　　版：东方出版社
发　　行：人民东方出版传媒有限公司
地　　址：北京市东城区朝阳门内大街 166 号
邮政编码：100706
印　　刷：鸿博昊天科技有限公司
版　　次：2015 年 12 月第 1 版
印　　次：2015 年 12 月第 1 次印刷
印　　数：1—5000 册
开　　本：880 毫米×1230 毫米　1/32
印　　张：8.375
字　　数：150 千字
书　　号：ISBN 978-7-5060-8503-8
定　　价：35.00 元
发行电话：(010) 64258117　64258115　64258112